Hansjörg Schertenleib

Die Namenlosen

Hansjörg Schertenleib

Die Namenlosen

Roman

Kiepenheuer & Witsch

Der Autor bedankt sich beim Deutschen Literaturfonds e. V.
für die Unterstützung seiner Arbeit an diesem Roman.

1. Auflage 2000

Umschlaggestaltung: Barbara Thoben, Köln
Umschlagmotiv: nonstøck/Bilderberg
Gesetzt aus der Caslon Buch (Berthold)
bei Kalle Giese Grafik, Overath
Druck und Bindearbeiten: Pustet, Regensburg
ISBN 3-462-02893-6

For Sabine, Sonja

and Monika
hidden among the stars

*** DELIRIUM LUDENS ***
Erich Stanggassinger, Kaunizgasse 16/II, 1060 Wien, Österreich

Wien, 25. Mai 1998

Frau
Bernadette Zenhäuser
11, Rue du Rawyl
CH-1950 Sion

Sehr geehrte Frau Zenhäuser,

ich habe beinahe zwei Jahre gebraucht, um Sie zu finden. Nun kann ich endlich meine Pflicht erfüllen und Ihnen die beiliegende Lebensgeschichte zusenden. Wie ich von den zuständigen Behörden weiß, sind Sie bereits vor einiger Zeit darüber informiert worden, daß Sie gleich nach Ihrer Geburt am 6. Oktober 1972 adoptiert wurden. Das beiliegende Manuskript ist die Geschichte Ihrer leiblichen Mutter.
Ich habe mir erlaubt, diese Geschichte aus meiner Sicht zu ergänzen. Mehr kann und will ich Ihnen dazu nicht sagen.
Bitte lesen Sie die Geschichte, Sie wird Ihre Fragen beantworten.
Sollten Sie dennoch das Bedürfnis haben, sich mit mir zu unterhalten, zögern Sie nicht, sich bei mir zu melden.

Mit freundlichen Grüßen, Ihr:

Erich Stanggassinger

»Ein jeder Engel
ist schrecklich.«

Rainer Maria Rilke

DANACH

2. September 1996

Die nächsten Menschen leben vier Meilen von mir entfernt. Vom Dach des Cottages kann man McGowans Hof sehen, das weiß ich. Vor über zwanzig Jahren hockte ich auf den verwitterten Steinplatten und beschrieb meinem Vater, was ich sah: Lough Craig, die Handvoll Häuser von Barnesmore an der Hauptstraße nach Ballybofey, ein Stück des Flusses Lowerymore, die Küste und eben McGowans Hof. Aus den Fenstern des Cottages sieht man nahezu nichts: Die Hecken, die das Grundstück auf drei Seiten begrenzen, sind nicht nur ein Schutz gegen den Wind. Sie verstellen auch den Blick über die Landschaft. Was ich sehen kann, sind die Kuppen der Hügel und dahinter die Blue Stack Mountains.

Weißt Du, was die Mexikaner vom Pazifik behaupten? Sie sagen, der Pazifik habe keine Erinnerung und auch kein Gedächtnis. Eines Tages werde ich an seinem Ufer sitzen und mein eigenes Ende abwarten, ohne mich zu erinnern, ohne an früher zu denken. Aber noch ist es nicht soweit. Noch erinnere ich mich. Entweder man will leben, oder man will sterben. Ich habe mich entschieden. Du sollst meine Geschichte von mir selbst erfahren. Dabei kenne ich nicht einmal Deinen Namen, mein Mädchen. Ich weiß nur, daß Du am 6. Oktober 24 Jahre alt wirst. Sehen wir uns ähnlich? Ich kann mir denken, daß Du nichts von mir hören willst. Daß Du mich haßt und gar nicht wissen willst, wer ich bin. Aber ich erzähle es Dir trotzdem:

Ich heiße Christa Notter.

Ich bin Deine Mutter.

Mein Vater hat mir einmal gesagt, daß ich zu groß wirke für meine Umgebung. Daß ich aussehe, als ziehe ich immer den Kopf ein, besonders wenn ich sitze. Heute halte ich meinen Körper aufrecht. Meine Augen sind groß, braun und stehen etwas zu weit auseinander. Dadurch wirkt mein Gesicht breiter, als es ist. Ich bin keine attraktive Frau. Ich war auch kein hübsches Mädchen. Aber mein Mund ist schön: Meine Lippen sind geschwungen und voll. Mein Haar ist schwarz. Früher trug ich es bis über die Schultern, heute trage ich es kurz. Ich bin kräftig, nicht übergewichtig. Eigentlich habe ich den Körper eines Mannes. Das kann in gewissen Situationen auch ein Vorteil sein. Die Narbe unter meinem Kinn sieht man nur, wenn man von ihr weiß: Ich war zwölf, als ich mit dem Rad stürzte. Der Schnee fiel an jenem Tag so dicht, daß ich das Schulhaus erst erkannte, als ich bereits daran vorbei war. Ich bremste viel zu abrupt und versuchte gar nicht erst, mich mit den Händen abzufangen. Ich knallte mit dem Kinn auf den Rinnstein. Meine Füße sind die Füße eines Mädchens geblieben. Sie sind klein und schmal und wirken, als seien sie noch nicht ausgewachsen. Meine Hände dagegen sind ziemlich groß und breit. Am 2. August wurde ich 40 Jahre alt. Damit ist mehr als die Hälfte meines Lebens vorbei, das ist mir bewußt.

Ich wage nicht, mir vorzustellen, daß Du nicht mehr am Leben sein könntest. Bist Du glücklich? Ich habe mich nicht nur für mich erinnert, sondern auch für Dich. Dies hier ist die Geschichte meines bisherigen Lebens. Du wirst sie lesen, es ist auch Deine Geschichte. Sie erzählt Dir, woher Du kommst.

Die letzten drei Wochen habe ich das Haus nur verlassen, um nach Donegal Town zu fahren und Lebensmittel einzukaufen. Ich habe Tag und Nacht geschrieben. Der einzige Mensch, mit dem ich regelmäßig rede, ist McGowan. Er brauchte einen Moment, bis er mich erkannte, als ich am 9. August auf seinem Hof auftauchte und nach dem Cottage fragte. Er ist alt geworden in den sieben Jahren, die wir uns nicht gesehen haben. Das Rheuma hat seinen Körper gebeugt, sein Haar ist dünn und weiß. Entweder er sitzt vor seinem Haus und sieht über die Felder, oder er fährt auf dem Traktor durch die Gegend. Seit ich hier bin, kommt er einmal am Tag zu mir herüber. Ich mache eine Kanne Kaffee, den er früher nicht anrührte, und wir setzen uns in die Küche und reden von vergangenen Zeiten. Seine Frau Aoife ist vor drei Jahren gestorben, seither führt sein jüngster Sohn Peadar den Hof. Die beiden anderen Söhne leben in England, seine Tochter im Süden von Irland. McGowan kann sich an Dinge erinnern, die ich längst vergessen habe. Er erzählt mir Details aus der Zeit, als ich eine junge Frau war. Und natürlich erzählt er unentwegt von meinem Vater, erinnert sich an gemeinsame Wanderungen und Abende in »Biddys Pub« in Barnesmore, an Angeltouren und an eine Bootsfahrt auf dem Lough Eske, bei der beide in den See fielen. Um McGowan nichts erklären zu müssen, habe ich ihn belogen: Ich habe behauptet, mein Vater sei vor fünf Jahren gestorben.

Keine Zeitung und kein Fernsehsender hat über ein Attentat auf den Papst berichtet. Also hat Fisnish niemand anderen aus unserer Gruppe bestimmt, der Johannes Paul II. an meiner Stelle töten sollte. Fisnish weiß von dem Cottage. Er wird es finden. Aber er wird zu spät kommen: Ich habe mein Geständnis bereits niedergeschrieben.

McGowans Sohn Peadar steht neben seinem Pickup, etwa dreihundert Meter vom Cottage entfernt. Seine beiden Hunde treiben eine Herde Schafe über die Wiese. Peadar brachte mir den Torf, mit dem ich heize, obwohl sie im letzten Sommer eine Zentralheizung einbauen ließen. Auch der Fernseher und die Mikrowelle sind neu, sonst hat sich in dem Feriencottage nichts verändert. In den drei Zimmern stehen die gleichen Möbel wie damals, an den Wänden hängen die gleichen Photos der Blue Stack Mountains. Sogar das Geschirr ist dasselbe. Peadar organisierte auch die elektrische Schreibmaschine mit den zwei Typenrädern für mich, ohne mir eine Frage zu stellen. Den Kaffee, den ich ihm anbot, trank er nur aus Höflichkeit. Er bringt es nicht fertig, mir in die Augen zu sehen. Seine Freundin, von der mir sein Vater erzählte, habe ich noch nie gesehen.

Ich habe wieder angefangen zu rauchen. Ich inhaliere den Rauch, so tief und so lange ich kann. Das Geräusch der Streichhölzer, die sich zischend entzünden, gefällt mir genauso wie der Rauch, der über meinem Tisch schwebt und im Lampenschirm verschwindet. Ich trinke keinen Alkohol. Einmal am Tag koche ich mir eine warme Mahlzeit. Das ist wichtig, wenn man allein ist. Es hilft einem, Würde zu bewahren. Man muß sich selbst verwöhnen, wenn es sonst niemand tut. Ich schlafe wenig und träume viel. Manchmal beginne ich plötzlich zu lachen, ich kann mich nicht dagegen wehren. Es platzt einfach aus mir heraus, und ich brauche mehrere Minuten, um mich zu beruhigen. Seitdem ich hier in McGowans Cottage bin, habe ich noch kein einziges Mal geweint. Das kommt später.

Der Wind drückt gegen die Scheibe, und ich schließe die Küchentür. Als ich wieder ans Fenster trete, ist McGowans Sohn verschwunden. Die Wolken, die vom Meer her über die Hochebene treiben, sind schwarz und bringen Regen, vielleicht sogar ein Unwetter. Letzte Nacht fiel wieder einmal der Strom aus. Ich saß mehrere Stunden im Dunkeln und konnte meine Lebensbeichte erst im Morgengrauen zu Ende tippen. Warst Du schon einmal in Mexiko? Der Pazifik soll wunderschön sein, weit und blau wie der Himmel und angenehm warm.

Bevor es abends dunkel wird, ändert das Licht schlagartig seine Farbe. Erst wird es dunkelblau, dann schwarz. Wenn das Zwielicht in die Dunkelheit übergeht, ist es für einen Moment lang unwirklich ruhig. Als halte die Welt inne. Selbst die Tiere verstummen. Die Luft hier ist voller Gerüche. Ich stehe jeden Abend am offenen Fenster, um diese Gerüche zu genießen, die in der Dunkelheit noch intensiver sind als tagsüber. Nachts haben die Blue Stack Mountains eine blauviolette Farbe. Sie leuchten, als könnten sie das Sonnenlicht speichern.

Fisnish wird nachts kommen. Ich kann fühlen, daß er in meiner Nähe ist. Ich fürchte mich vor ihm und erwarte ihn trotzdem voller Ungeduld. Ich will ihm erklären, warum ich uns verraten habe. Er wird versuchen, mich hinzurichten. Darum werde ich ihn töten, nachdem ich ihm meinen Verrat erklärt habe. Ich bin im Vorteil, denn ich erwarte ihn. Und außerdem hat er mir beigebracht, keine Skrupel zu haben.

Natürlich habe ich daran gedacht, mir das Leben zu nehmen. Aber dann ist mir klar geworden, was die Selbstmörder in den Tod treibt: Es ist die Angst vor der Zukunft. Die Angst vor der Zeit, die sie erwartet. Bei mir ist es genau umgekehrt: Ich freue mich auf die Zukunft. Es ist meine Vergangenheit, über die ich hinwegkommen muß.

Jetzt regnet es. Sofort wird es dunkel. Das Cottage ist feucht. Wenn ich die beschriebenen Seiten auf dem Tisch liegenlasse, statt sie in die Schublade zu legen, rollen sie sich zusammen wie Laub im Regen.

Bist Du verheiratet?

Hast Du Kinder?

Ich weiß nicht, wie oft ich in all den Jahren versucht habe, mir vorzustellen, wie Du aussiehst, wie Du lebst.

Weißt Du, auf welchen Namen ich Dich getauft hätte? Claudia.

Bitte verzeih mir. Ich habe mich von dem Mädchen, das nicht Deine Mutter sein durfte, befreit. Ich habe Buße getan. Bitte richte nicht über mich. Nimm Dir die Fehler Deiner Mutter zu Herzen und lerne aus ihnen. Letztlich kann man nur mit sich selbst Frieden schließen. Das habe ich getan, Claudia. Ich bin mit mir im reinen. Ich leugne die Wahrheit nicht.

Ich habe einen Menschen getötet und bin am Tod von mindestens sieben anderen beteiligt gewesen. Aber ich verlange trotzdem, daß man mich als diejenige erkennt, die ich bin. Das steht mir zu.

Denn was hat man, wenn man keine Geschichte hat?
Für die Wahrheit ist es nie zu spät.
Das hier ist die Wahrheit.
Das hier ist für Dich, Claudia:

JUNI 1996

18. Juni

Wir Frauen lachen. Den Männern hat er es verboten. Ihre Gesichter bleiben unbewegt. Ich weiß, daß sie sich beherrschen müssen. Sie stehen aufrecht vor der Wand mit dem Fenster, dessen Scheibe Fisnish nach unserer Ankunft letzte Nacht mit der Faust herausgeschlagen hat. Er kauert mit geschlossenen Augen vor dem Feuer. Er lächelt, sein Oberkörper ist nackt. Eben hat er noch gesummt. Jetzt schweigt er, genau wie wir.

Ich höre Leas Atem, sie ist seit Tagen erkältet. In ihren Nasenlöchern rasselt Rotz, sie hat es aufgegeben, sich zu schneuzen. Ich friere, aber ich lächle trotzdem. Wir haben seit zwei Tagen weder geschlafen noch gegessen. Ich fühle mich leicht und gut, obwohl ich unsicher auf den Beinen bin. Als wir das Brennholz zusammensuchten, stürzte ich, dabei ist das Gelände um die zerfallene Stallung flach. Wir haben die Nacht im Freien verbracht. Erst der Regen, der am frühen Morgen fiel, trieb uns in den Schutz des Stalles.

Fisnish hustet. Die Ringe unter seinen Augen haben die Farbe von Asche. Eine Weile ist es sehr still. Selbst das Prasseln des Feuers scheint aufgehört zu haben, und Leas Atemwege sind endlich frei. Ich weiß, daß ich leicht vor- und zurückschaukle, sobald ich meine Augen schließe. Wir Frauen lachen immer noch. Als wir im Morgengrauen die letzte Dobla beteten, die sechzehn Vaterunser umfaßt, hatte ich das beglückende Gefühl zu schweben. Jeder Atemzug trug mich weiter in die Luft, und schließlich sah ich unsere Gruppe aus großer Höhe um Fisnish herumknien. Dieser Anblick war wunderschön, er gab mir Kraft und Zuversicht.

Dann muß ich eingenickt sein. Ich träume nicht, ich habe mich in der Gewalt.

Ich lächle, obschon meine Gesichtsmuskeln schmerzen. Jetzt erhebt er sich. Das ist der Augenblick, in dem wir auf die Knie fallen. Fisnish flüstert, aber ich verstehe trotzdem jedes seiner Worte.

»Ich bin durch das Gewitter gegangen, und es hat mir nichts anhaben können. Nicht Blitz, nicht Donnerschlag. Und genauso wird es auch euch nichts anhaben können.«

Sein Gesicht sieht aus wie das Resultat lebenslanger Askese. Es erinnert mich an die Einsamkeit, die ich im Gebirge oder in der Wüste empfinde. Seinen kalten Blick ertrage ich nicht immer. Dann schlage ich die Augen nieder und fühle mich ertappt, ohne zu wissen, wobei.

»Wir sind stumme Propheten. Wir ersetzen das Wort durch die Gewalt. Sie erzählt unseren Feinden, was wir zu sagen haben. Sie erzählt der Welt, was wir wollen und wer wir sind.«

Selbst wenn er flüstert, ist seine Stimme voll und melodiös. Die Sätze, die er an uns richtet, lassen mich an Knochen denken, die in der Sonne gebleicht worden sind. Sie sind wunderschön und machen mir gleichzeitig angst. Fisnish läßt seine Worte im Raum stehen, bis wir uns ratlos und unsicher fühlen. Als gehörten wir zu etwas, das wir nicht richtig begreifen. Er hat Narben an beiden Handgelenken. Schiefe weiße Striche, über die ich immer wieder nachdenke. Er gibt sich nicht die geringste Mühe, sie zu verbergen. Er hat seine Arme so gedreht, als wolle er uns die Narben präsentieren. Auf seiner Stirn pocht ein Aderndelta. Schon bei unserer ersten Begegnung wußte ich, daß er keine Freunde sucht, sondern Anhänger und Bewunderer.

Fisnish hustet. Das Lederband, das er um den Hals trägt, lenkt meinen Blick auf die Mulde zwischen seinen Schlüsselbeinen. Seine Haut ist straff und sonnengebräunt, fast verbrannt. Uns hat er jeden Schmuck verboten, natürlich auch das Kreuz.

»Es ist der leere Raum zwischen den Wörtern, den die Menschen nicht ertragen. Die Stille, die verheißt, daß nichts mehr gesagt werden kann. Daß gehandelt werden muß«, sagt er mit sanfter Stimme.

Mein Magen knurrt, und mir ist schwindlig. Wenn ich mich leicht nach rechts neige, berühre ich Roberto, der neben mir kniet. Ich weiß, daß ihm das Fasten zu schaffen macht, daß er unter Hunger leidet. Vor zwei Tagen habe ich ihn dabei beobachtet, wie er sich eine Handvoll Bärlauch in den Mund stopfte. Er schluckte ihn, ohne einmal zu kauen. Roberto ist klein und dick.

»Wir benutzen weder Seife noch Parfum. Der Geruch, der uns umgibt, ist der Geruch des Zölibats. Wir riechen anders als die anderen. Und das erfüllt sie mit Neugier und Furcht«, flüstert Fisnish.

Er läßt sich leise stöhnend auf die Knie fallen. Sein Rücken ist zerkratzt, wir sind durch Brombeerranken und Ginsterbüsche gekrochen. Ich würde mich sehr gerne hinlegen. In letzter Zeit denke ich manchmal an mein Bett und meine Decke, die dick und schwer war. Ich konnte mich wie ein Kind in ihr verkriechen. Aus dem Fenster des Schlafzimmers sah ich eine Backsteinmauer mit dem verblichenen Schriftzug einer Tischlerei. Wenn ich mich neben dem Bett auf den Fußboden legte, konnte ich einen Streifen Himmel sehen. Damals fand ich diesen Ausblick deprimierend, weil er mich an die Aussicht einer Gefängniszelle erinnerte. Heute fehlt er mir manchmal so sehr, daß ich mich zwingen muß, nicht an meine ehemalige Wohnung zu denken.

Wir besitzen nichts. Nichts als uns und unseren Glauben. Und das Wissen um die zerstörerische Kraft unseres Hasses.

Wir sind ohne Anspruch. Abgesehen vom Anspruch, die Schuldigen zu bestrafen. Anfangs fühlte ich mich schmutzig, hatte ich unablässig das Bedürfnis, mich zu waschen, ein Bad zu nehmen. Doch das ist vorbei. Ich habe mich an mich gewöhnt. Der Schmutz ist uns zur zweiten Haut geworden. Wir zählen nicht. Einzeln gibt es uns gar nicht. Als Gruppe sind wir mächtig. Der Schmerz verlangt unserem Körper mehr ab als die Lust. Wir Frauen lachen immer noch, er hat uns nicht gebeten, damit aufzuhören. Unsere Gesichter wirken wie Masken. Frag nie, warum. Hör auf, zu sein.

»Unter uns sind welche, die zu Gott streben, auserwählt, um seine Feinde zu erkennen und zu vernichten. Der Sturm mag euch die Kleider vom Leib reißen, die Menge mag euch Ungläubige heißen, doch das Kind des Herrn strauchelt nie. Habt niemals Mitleid mit denen, die da krank sind vom Bösen. Denn der Teufel spricht in vielen Zungen und tritt auf in mancher Verkleidung.«

Es ist immer noch kühl, obwohl ein Teil des Berghanges vor dem Fenster jetzt in der Sonne liegt. Fisnish setzt sich dicht vor das Fenster und bedeutet uns, es ihm gleichzutun. Er hat schmale Handgelenke und ungewöhnlich lange Finger.

Wir Frauen dürfen aufhören zu lachen. Meine Mundwinkel zucken, und ich fasse mir ins Gesicht, als könnte mich diese Berührung beruhigen. Die Männer sollen dafür sorgen, daß das Feuer eine größere Hitze entwickelt. Pierrette hat damit begonnen, zwei Steine aneinander zu reiben. Sie wirkt abwesend und gelöst. Irgendwo schreien zwei Vögel. Die Männer werfen so viele trockene Äste und Zweige ins Feuer, daß die Flammen für ein paar Sekunden bis unters Dach schlagen. Sofort erhitzt sich die Haut meines Gesichtes, und ich schließe die Augen. Auf der Kommode neben meinem Bett standen ein Blechclown, der früher meinem Vater gehörte, und eine Schneekugel, die ich von einer Frankreichreise mitgebracht habe. Drehte man die Kugel, stand der Eiffelturm für eine Weile mit blinkender Spitze im Schneegestöber. Der Clown ließ sich mit einer Rückenschraube aufziehen: Er schlug mit seinen Stöcken auf eine Blechtrommel, nickte mit dem Kopf und drehte sich ungeschickt um die eigene Achse. Manchmal beschäftigte ich mich über eine Stunde mit diesen Spielzeugen.

Die Sonne wird von einer Wolke verdeckt. Die Blätter der Büsche und Bäume glänzen vom Regen, der gegen Morgen fiel. Aus dem Flußbett in der Senke steigt Dampf; das graue Band zieht sich durchs ganze Tal. Das Holz des Türrahmens sieht aus wie polierter Stein, Marmor. Andreas knackt mit seinen Fingergelenken. In der Ecke steht ein Stuhl, der rot lackiert ist wie ein Feuerwehrauto.

»Ein jegliches hat seine Zeit, und alles Vorhaben unter dem Himmel kennt seine Stunde. Geboren werden hat seine Zeit, und sterben hat seine Zeit. Pflanzen hat seine Zeit, und ausreißen, was gepflanzt ist, hat seine Zeit. Weinen hat seine Zeit, und lachen hat seine Zeit. Klagen hat seine Zeit, und tanzen hat seine Zeit. Bauen hat seine Zeit, und abbrechen hat seine Zeit. Heilen hat seine Zeit, und töten hat seine Zeit.«

Seine Augen ruhen auf jedem von uns, er sieht uns der Reihe nach an. Seine Stimme ist immer noch sanft, aber deutlich und lauter als vorher. Er lächelt nicht. In seinem Gesicht liegt ein Leuchten, das mich nicht beruhigt, sondern ängstigt.

Roberto sitzt auf seinen Händen und atmet stoßweise. Ich sehe mich in Gedanken vor einem Teller heißer Suppe kauern. Meine rechte Hand ahmt die Form eines Löffels nach und bewegt sich vor meinem geöffneten Mund auf und nieder. Ich schnappe nach dem Löffel wie ein Hund nach Fliegen.

»Der Jüngling aus Sparta beschwert sich bei seiner Mutter, sein Schwert sei zu kurz, worauf sie antwortet: ›Dann geh näher ran.‹«

Stoner beginnt glucksend zu lachen. Er rasiert sich jeden zweiten Tag den Kopf. Die Schnittwunden sehen aus wie Runen, die sich entziffern lassen, wenn man sich lange genug mit ihnen beschäftigt. Wir sehen ihm dabei zu, wie er lacht und sich dann beruhigt. Er zieht mehrmals hintereinander seine Schultern in die Höhe, um sie sofort wieder fallen zu lassen. Das sieht aus, als schlage er mit Flügeln, die man ihm gestutzt hat. Sonnenlicht fällt in den Schuppen und teilt den Raum in zwei Hälften. Stoner hat einen Höcker auf dem Sattel seiner Nase.

»Warst du bereit, Stoner?«

»Bereit wofür?«

»Nahe heranzugehen.«

»Ja, das war ich.«

»Denn Rache ist nicht Gottes Aufgabe«, sagt Fisnish.

»Sondern unsere«, ergänzt Stoner.

»Richtig. In Frieden wollen wir das Land bestellen, doch unsere Furchen müssen wir ziehen mit dem Schwert. Wir vergelten Feuer mit Feuer.«

»Und Asche mit Asche«, singen wir im Chor.

Die Hälfte von Annemaries Gesicht liegt im Schatten. Trotzdem kann ich sehen, daß sie völlig erschöpft ist. Hat sie geweint? Ihre Haut ist weiß und fast durchsichtig. Sie hat mir gestanden, daß sie sich Kieselsteine auf die Zunge legt und diese so lange im Mund behält, bis sie davon überzeugt ist, sie seien kleiner geworden und hätten ihren Nährwert an sie abgegeben. Haben Kieselsteine einen Nährwert? Ich sah Annemarie an, daß sie daran glaubt. Ihre Finger sind zerkratzt, ihre Hände voller Schrammen und Schnitte. Selbst ihr Lachen hat etwas Trostloses. Auf ihrer Seele scheint etwas zu lasten, das zu groß und zu imposant für uns ist. Das sie uns nicht zumuten will. Es erfüllt sie mit Stolz, beschämt und gedemütigt zu werden. Sie erinnert mich an eine Nonne. Manchmal möchte ich sie schlagen, manchmal in den Arm nehmen und trösten. Es ist uns nicht erlaubt, uns zu berühren. Wenn Fisnish aus seinem konzentrierten Schweigen, das uns ausschließt, wieder auftaucht, sagt er oft Dinge, die nicht leicht einzuordnen sind.

»Wer sich nicht an die Vergangenheit erinnert, ist dazu verdammt, sie zu wiederholen«, sagt er.

Sein Lachen klingt wie die Aufforderung, sich auf seine Kosten zu amüsieren. Wir lachen, aber es klingt künstlich und unaufrichtig. Die Sonne fällt auf meine gefalteten Hände und meine Brust. Würde mich mein Vater noch erkennen? Was würde ich seinem Gesicht ablesen? Entsetzen oder Bewunderung? Ablehnung oder Zustimmung? Meine Mutter ist tot, mein Vater ein alter Mann, der mich nicht mehr versteht. Hat er mich jemals geliebt? Früher war ich davon überzeugt, ihn zu verabscheuen. Aber heute weiß ich, daß das nicht stimmt. Ich vermisse ihn.

»Jeder Heilige hat eine Vergangenheit, jeder Sünder eine Zukunft«, sagt Fisnish.

Stoner und Gerard nicken gleichzeitig. Gerard hat einen unterwürfigen Zug, er ist ein Heuchler mit unsicherer Stimme. Ich bin nicht gern in seiner Nähe. Er sieht aus wie jemand, der sich ausschließlich mit bedrückenden Gedanken befaßt. Auf seiner Oberlippe steht Tag und Nacht Schweiß. Dem Mittelfinger seiner rechten Hand fehlt das letzte Glied. Ich weigere mich, darüber nachzudenken, wie das passiert sein könnte. Vor zwei Wochen schreckte ich mitten in der Nacht aus dem Schlaf. Ich öffnete die Augen, blieb aber auf dem Rücken liegen, ohne mich zu bewegen. Dann bemerkte ich, daß Gerard neben mir saß und mich anstarrte. Er hatte die Hände gefaltet. Obwohl ich ihn ansah, wandte er seinen Blick nicht von mir ab. Er lächelte und hob den Zeigefinger an die Lippen, als teilten wir ein Geheimnis. Ich drehte den Kopf weg und machte die Augen zu. Als ich sie wieder öffnete, war Gerard verschwunden gewesen. Hatte er mir wirklich zugeflüstert: ›Ich erlasse dir alle Strafen, Christa?‹

Ich bin so müde, daß ich mich zwingen muß, still sitzen zu bleiben. Roberto schmatzt. Das Sonnenlicht füllt jetzt fast den ganzen Raum. Siona ist die einzige, die immer noch im Schatten sitzt. Ihre Haare sind schwarz wie Tinte. Sie wirft sie mit einem Schwung zurück und blickt stolz in die Runde. Sie hält sich abseits der Gruppe. Man sieht ihr die Bereitschaft an, monatelang auf dem Erdboden zu schlafen und ergeben zu fasten. Sie wirkt wie eine Frau, die fähig ist, für ihre Überzeugung zu töten. Ich bewundere sie. Wenn wir kniend beten, beugt sie sich so weit nach vorn, daß ihre Stirn den Boden berührt. Dann sieht ihr zusammengekrümmter Körper aus wie der Körper eines Ungeborenen. Roberto schmatzt schon wieder. Er senkt beschämt den Kopf. Gerard und Stoner grinsen.

»Wie lange wollt ihr schlafen?«

Wir schweigen, ohne uns anzusehen. Ewig möchten wir schlafen, ganze Tage und Nächte nichts anderes als schlafen. Wir opfern unseren Schlaf. Unser Glaube ist unser Schicksal. Wir haben den starren Blick. Wir gehören zusammen. Das macht denjenigen angst, die allein sind, die verloren sind. Die an nichts glauben, nicht einmal an die Rache.

»Wie lange wollt ihr schlafen, na?«

»Wir brauchen keinen Schlaf«, behauptet Stoner.

»Wir wollen gar nicht schlafen«, sagt Siona.

Fisnish klatscht in die Hände, bevor er in lautes Gelächter ausbricht und den Kopf schüttelt. Seine Oberarme sind kräftig, auf seinem Rücken bewegen sich Muskelstränge unter der zerkratzten Haut.

»Ich würde wahnsinnig gerne schlafen«, sagt er gleichgültig.

Wir müssen der Situation gerecht werden, wir müssen ihm gerecht werden. Er liebt es, uns in die Irre zu führen. Und danach wieder auf den rechten Weg.

»Bist du hungrig, Andreas?«

Andreas schüttelt den Kopf. Er ist bleich, mager und klein. Er hat ein spitzes Gesicht und flehende Augen. Er erinnert mich an einen Vogel.

»Und du, Roberto? Hast du keinen Hunger?«

Roberto sieht sich aufgeregt um. Auch er schüttelt wortlos den Kopf, leckt sich aber gleichzeitig die Lippen.

»Schade. Sehr schade.«

»Warum?« fragt Roberto.

Seine Stimme ist dünn und fast schrill und paßt nicht zu seinem Körper. Sein Französisch ist immer noch miserabel, man hört sofort, daß er Italiener ist. Er hat beide Hände flach auf den Boden gelegt, als wolle er auf allen vieren aus dem Schuppen kriechen. Auf der Suche nach dem Freßnapf, nach Futter.

»Warum? Weil ich nicht nur müde, sondern auch hungrig bin. Und weil ich für euch kochen werde.«

»Natürlich habe ich Hunger«, sagt Roberto kleinlaut.

Fisnish sieht ihn an und schüttelt voller Mitleid den Kopf. Sein Schweigen steht wie ein Graben zwischen uns. Roberto senkt beschämt den Blick.

»Es spielt keine Rolle, ob wir draußen bei den anderen lügen oder die Wahrheit sagen. Aber hier bei uns spielt es eine Rolle. Wir belügen uns nicht gegenseitig. Wir sagen uns die Wahrheit. Nichts als die Wahrheit.«

»Ich sterbe fast vor Hunger«, gibt Roberto zu.

»Ich weiß. Und darum brechen wir bald auf.«

»Wohin?« fragt Pierrette.

»An einen sicheren Ort.«

Bevor wir gehen, beten wir eine Dobla. Der Hang, den wir schräg durchsteigen, liegt schutzlos in der prallen Sonne. Über Felsblöcken flirrt die Luft. Die Umrisse der Bäume scheinen zu vibrieren und sich aufzulösen. Wir gehen an einem ausgetrockneten Brunnen vorbei. Er ist mit Brettern abgedeckt, die von der Sonne silbern gebrannt worden sind. Auf den Brettern liegen Steine, die wie Totenköpfe aussehen. Wir steigen in Einerkolonne bergauf. Roberto geht hinter Fisnish. Er keucht vor Anstrengung. Lea trägt ihre Sandalen in der Hand. Ihr rechter Fuß blutet. Der Himmel ist leer, die Bergspitze kahl. Der Pfad schlängelt sich um die Schulter des Berges und führt dann in ein Wäldchen. Von einer Lichtung aus können wir die Hauptstraße sehen. Der Wald zieht sich durch eine kühle Senke. Auf der Straße fahren zwei Streifenwagen vorbei. Sie verschwinden mit singenden Reifen um eine Kurve. Fisnish hat uns erklärt, daß wir den ganzen Tag und die halbe Nacht unterwegs sein werden. Als wir aus dem Wald in die Sonne hinaustreten, sind Gerards Ohren für einen Augenblick durchsichtig. Sie leuchten auf und erlöschen wieder. Stoner weist mich lächelnd darauf hin.

Stoner hat den Priester getötet. Ich habe ihm als einzige dabei zugesehen. Bevor er ihn umbrachte, hat er ihn gequält. Ich mußte ihn dazu überreden, sich danach das Blut des Priesters von den Händen zu waschen. Seine Euphorie machte ihn leichtsinnig und gefährdete uns beide. Seit dem Mord ist Stoner ein anderer Mensch. Sein Blick ist abwesend, seine Bewegungen sind harmonisch und fließend. Stoner hat eine Grenze überschritten, das sieht man ihm an. Er lächelt die meiste Zeit und strahlt eine Ruhe aus, die mich nur deshalb ängstigt, weil ich weiß, woher sie stammt.

Es riecht nach Ginster, obwohl ich keinen einzigen Busch sehen kann. Stoner legt mir die Hand auf die Schulter, aber ich schüttle sie ab und gehe weiter.

19. Juni

Als ich erwache, ist es hell und heiß. Ich liege zwischen Siona und Annemarie. Sie schlafen beide auf dem Rücken und haben die Hände vor dem Geschlecht gefaltet. Ihre Gesichter sind ernst, ihre Lippen spröde. Lea liegt zusammengerollt auf der Seite. Hat sie wirklich den Daumen im Mund? Siona wirkt selbst im Schlaf entschlossen und willensstark. Sie ist nackt. Sie ist schön. Ich habe seit mehr als vier Monaten keinen anderen Menschen mehr umarmt, nur mich selbst. Leas Fußsohlen sind schmutzig, ihre rechte Wade ist zerkratzt und blutverschmiert. Pierrette kniet am Fußende der Matratzen. Sie hat ihren Oberkörper so weit nach vorne gebeugt, daß ihre Brust die Knie berührt. Ihr Hintern ruht auf den Fersen. Sie hat die Arme auf den Boden gelegt. Beide Handflächen zeigen nach oben und leuchten in der Sonne. Auf ihrer linken Handfläche liegt ein ovaler Stein.

Wir haben in einem Anbau geschlafen, der in zwei Räume unterteilt ist. Aus dem Zimmer der Männer ist lautes Schnarchen zu hören. Die Matratzen liegen auf dem Steinboden. Es gibt keine Kissen, dafür mehrere dünne Wolldecken. In der Ecke steht ein Wasserkrug auf einer Kommode. Als ich aufstehe, trete ich auf eine Handvoll großer toter Käfer, die auf dem Boden liegen, als hätte sie jemand bewußt so angeordnet. Pierrette reagiert weder auf das Knacken der zerbrechenden Chitinpanzer noch auf meinen Gruß. Aber ich weiß, daß sie mich gehört hat: Ihre Handflächen bewegen sich.

Aus dem Fenster blickt man auf die Mauer, die das Grundstück umschließt. Das Haus liegt im Schutz dichter Bäume am Ende eines kleinen Talkessels. Bis ins nächste Dorf sind es zehn Kilometer. Als wir gestern nacht an der Mauer entlang auf das Eisentor zugingen, flammten Scheinwerfer auf und tauchten das Gelände in grelles Licht. Überall im Haus brannten Kerzen, aber es war niemand da. Fisnish ließ uns die ganze Nacht schlafen, ohne uns wie sonst alle zwei Stunden für die Gebete zu wecken.

Ich war zu müde, um sofort einschlafen zu können. Ich dachte unablässig an den toten Priester. Stoner hatte ihn gezwungen, sich mit ausgebreiteten Armen vor den Altar zu knien. Der Priester mußte sich nackt ausziehen und laut beten. Stoner ritzte ihm mit dem Messer ein Kreuz in den Rücken. Dann schnitt er dem Mann den Finger der linken Hand ab, an dem er einen Ring aus Silber trug. Die Wunde auf seinem Rükken blutete kaum, das Kreuz sah aus, als habe es einen Schatten aus Blut. Als der Priester aufhörte zu beten, brach ihm Stoner beide Handgelenke. Es klang, als würde Stoner mit seinen Stiefeln zwei trockene Äste zertreten. Er nahm die Hostien, die von der Messe übriggeblieben waren, aus dem Deckel des Ziboriums und stopfte sie dem Mann in den Mund. Er befahl ihm, die Hostien zu zerkauen und den Brei auf den blutverschmierten Boden seiner Kirche zu spucken. Der Priester robbte aus der Nähe des Altars, als wolle er sich in einem Beichtstuhl verkriechen. Er gab keinen Ton von sich. Dann drehte er sich auf den Rücken, sah Stoner haßerfüllt an und schluckte die Hostien hinunter. Stoner reagierte nicht sofort. Er wandte sich nach mir um; es brachte ihn aus dem Konzept, daß ihm der Mann nicht gehorchte. Der Brustkasten des Priesters hob und senkte sich. Jetzt wimmerte er. Er war jünger als ich. Erst flehte er Stoner an, dann mich. Er bettelte um sein Leben, bis Stoner ihn mit dem Ziborium bewußtlos schlug. Dann ging Stoner neben ihm in die Knie und schnitt ihm die Kehle durch. Die Beine des Priesters zuckten einige Sekunden lang, er machte ein gurgelndes Geräusch, danach war es sehr still. Eine Staubsäule stand im Sonnenlicht, das durch die prächtigen Fenster des Seitenschiffes fiel. Stoner kniete auf dem Boden. Er redete mit sich selbst, aber ich konnte nicht verstehen, was er sagte. Ich weigerte mich, unser Zeichen mit dem Blut des Toten auf dem Portal der Kirche anzubringen. Ich sah Stoner an, daß er mich gerne gezwungen hätte, es zu tun. Daß er mich gerne geschlagen hätte. Der Geruch des Blutes war überwältigend. Stoner drückte beide Handflächen in die Lache. Bevor wir die Kirche verließen, schnitt er das bestickte Seidenmäntelchen, in dem das Ziborium steckte, in Streifen, mit denen er das Gesicht des Toten bedeckte. Das Blut tropfte von seinen Händen und hinterließ eine Spur auf dem Boden. Stoner überließ es mir, die schwere Tür aufzustemmen. Erst als wir aus der dämmrigen, kühlen Kirche in den hellen und warmen Abend traten, klappte er sein Messer zu und steckte es ein. Während er unser Zeichen mit beiden Händen auf das Portal schmierte, leckte er sich die Lippen. Er strahlte Kompetenz aus, Zuversicht.

»Wir haben es gemeinsam getan, Christa. Du und ich«, sagte er.

Als der Schlaf endlich kam, lag ich auf meinem Feldbett in dem Zelt unweit jenes Meeres, das uns Mädchen nachts Angst eingejagt hatte, weil es so dunkel war und weil Pfarrer Lingen behauptete, ein Ungeheuer lebe auf seinem Grund. Ein Ungeheuer, das an nichts anderes denke als an Mädchen wie uns. Aber nur wer unartig sei, lüge und nicht genug bete, gehe dem Monster in die Falle. Mit diesen ungehorsamen Mädchen verschwinde das Ungeheuer im bodenlosen schwarzen Wasser. Auf dem Grund des Meeres küsse es den Sünderinnen die Atemluft aus dem Leib, bevor es sie mit Haut und Haar verschlinge.

Ich schließe die Tür hinter mir und stehe in einem kurzen, fensterlosen Flur. Die rechte Tür führt ins Bad, durch die andere gelangt man in den größten Raum des Hauses. Dort steht ein langer Holztisch mit zehn Stühlen. Letzte Nacht war dieser Tisch leer, jetzt ist er bedeckt mit gefüllten Schüsseln, Schalen und Tellerchen. Es riecht nach gebackenem Brot, Früchten, Gemüse, Fisch und fremden Gewürzen. Während wir schliefen, hat Fisnish für uns gekocht. Er steht aufrecht am Herd, rührt in einer Pfanne und sieht mich lächelnd an. Die Küche ist winzig, aber eingerichtet für jemanden, der gerne kocht. Fisnish hat ein Glas Rotwein in der Hand. Er ist barfuß und wirkt ausgeruht.

»Ausgeschlafen?«

Ich nicke. Er streicht mir mit dem Zeigefinger über die Wange, dann küßt er mich sanft auf die Stirn. Sein Finger riecht nach Muskat und Zitrone.

»Wein?« fragt er und streut Gewürze in den köchelnden Reis.

»Was sind das für Gewürze?«

»Kardamom. Und Sternanis.«

Im Spülbecken liegen Fischköpfe, Flossen und Innereien neben dreckigen Pfannen und Tellern. Durch das Fenster sehe ich, daß ein grüner Renault ohne Nummernschild hinter dem Haus steht. Auf der Anrichte liegen Selleriestangen sowie ein einzelner großer Fisch.

»Wein?«

»Wir trinken keinen Alkohol«, sage ich leise.

»Sei nicht zu streng mit dir selbst. Heute ist ein außergewöhnlicher Tag.«

Er füllt ein Glas mit Rotwein und drückt es mir in die Hand. Jetzt erkenne ich, daß er doch müde ist. Seine Augen verraten ihn.

»Auf unsere Sache«, sagt er und stößt mit mir an.

»Auf unsere Sache«, wiederhole ich.

Wir heben gleichzeitig die Gläser und stehen uns wortlos und einträchtig gegenüber. Kaum habe ich den ersten

Schluck von dem Wein getrunken, breitet sich eine wohlige Mattigkeit in mir aus.

»Weißt du, was das ist?« fragt er und nimmt den Fisch von der Anrichte.

Ich nicke, ohne Fisnish anzusehen.

»Hast du eine Ahnung, wie man einen Seeteufel filetiert?«

Ich muß nicht antworten. Fisnish steht vor dem dampfenden Topf und lächelt, während er eine Schublade öffnet und ein Filetiermesser herausnimmt.

»Man hebt das Rückgrat an den Augen heraus. Achte auf den Kontrast zwischen seinem Teufelskopf und seinem festen Fleisch.«

»Stoner hat ihn getötet«, sage ich.

»Das war seine Aufgabe, Christa. Hattest du Mitleid?«

»Ja«, sage ich, »er hat um sein Leben gebettelt. Er war jünger als ich.«

»Ich meinte nicht den Priester, sondern Stoner. Hat er dir leid getan?«

Ich schüttle ungläubig den Kopf. Fisnish ist kaum größer als ich, seine Zähne sind perfekt. Seine Augen sind blau und warm. Er rührt den Reis um und sieht mich prüfend an.

»Das solltest du aber, Christa. Denn er hat auch für dich getötet. Und ich bin mir sicher, daß Stoner mit dir mitfühlen wird, wenn du zum ersten Mal jemanden umbringst.«

Ich stelle das Glas auf die Anrichte und sehe ihn voller Entsetzen an. Aus dem Backofen riecht es nach Kartoffeln. Die Kümmelkörner, die auf dem Fußboden liegen, halte ich im ersten Augenblick für Ameisen.

»Du mußt bereit sein, zu töten«, sagt er und öffnet die Tür des Backofens.

Es riecht nach Thymian und verbranntem Kümmel. Der Dampf, der aus dem Ofen steigt, steht für einen Moment zwischen uns. Fisnish sieht mich prüfend an, dann lächelt er und streicht mir mit dem Zeigefinger über die Kehle.

»Du mußt sogar bereit sein, mich zu töten.«

»Das kann ich nicht.«

»Aber ich bin bereit zu sterben. Das mußt du akzeptieren, Christa. Und falls es notwendig wäre, würde ich dich töten, Christa.«

Sein Lächeln ist erstarrt. Er schwitzt. Nebenan wird eine Tür geöffnet, ich höre die Stimmen der anderen. Annemarie und Gerard lachen.

»Du gehörst zu den Auserwählten, Christa. Vergiß das nicht. Deckst du bitte den Tisch?«

Fisnish hat uns natürlich verboten, Notizen zu machen oder Tagebuch zu führen. Wir hatten weder Papier noch Bleistift. Darum bin ich gezwungen, alles noch einmal durchzumachen, indem ich es für Dich aufschreibe, Claudia. Es muß sein, als würde ich alles überhaupt erst erleben, indem ich es in Worte fasse. Satz für Satz, Tag für Tag: Das Mahl, das Fisnish für uns gekocht hat, war üppig und außergewöhnlich. Es waren Speisen darunter, die ich nicht kannte und die ich seit jenem Tag nicht mehr gegessen habe, Claudia. Bevor wir uns hinsetzen durften, segnete Fisnish die Tafel. Während er das Brot, das von einem weißen Tuch bedeckt war, in zehn Stücke brach, sprachen wir zwei Vaterunser. Es gelang nicht allen von uns, sich zurückzuhalten. Roberto schaufelte sich das Essen in den Mund, ohne einen Moment innezuhalten. Seine Gier war widerlich. Er hätte am liebsten mit den Händen gegessen. Sein Gesicht war schweißnaß, sein Blick irr. Er beugte sich über seinen Teller, als müsse er ihn vor Dieben schützen.

Fisnish aß nichts. Als Pierrette ihn fragte, ob er nicht hungrig sei, schüttelte er lächelnd den Kopf.

»Es macht mich satt, euch zuzusehen«, sagte er.

Wir aßen mehrere Stunden lang. Fisnish verbot uns, die Küche zu betreten. Er bediente uns. Wir unterhielten uns, aber ich kann mich nicht erinnern, worüber. Das Essen war wichtiger, es stand im Zentrum. Die Farben und Gerüche der Gerichte waren betörend. Fisnish stand immer wieder auf, um weitere Schüsseln, Pfännchen oder Teller zu holen. Ich hielt mich zurück, kostete mehr, als daß ich wirklich aß. Ich war vorsichtig. Roberto dagegen war hemmungslos. Nach etwa zwei Stunden stand er plötzlich auf und lief aus dem Haus, um sich zu übergeben. Kurz darauf setzte er sich schwer atmend zurück an den Tisch und aß wieder genauso hemmungslos wie zuvor. Er ließ sich durch nichts ablenken oder stören. Pierrette aß noch weniger als ich. Sie kam mir vor wie ein Vogel, der von den Tellern nascht. Sie beteiligte sich genausowenig an unserem Gespräch wie Fisnish. Er wirkte gelöst und zufrieden. Aber er war wachsam und beobachtete uns. Die vier Flaschen Rotwein, die er kommentarlos auf den Tisch stellte, rührten wir erst an, als er uns fragte, ob sein Essen nicht gut genug sei, um Wein dazu zu trinken. Die Flaschen waren in zwanzig Minuten leer. Danach tranken wir eisgekühltes Wasser aus Karaffen, in denen Minzblätter und Zitronenscheiben trieben.

Natürlich dachte ich darüber nach, weshalb Fisnish uns verwöhnte. Das Essen war ein Test. Es zeigte ihm, wie wir waren, wer wir waren. Es offenbarte Charakterschwächen. Er mußte wissen, ob wir belastbar waren.

Für den Kaffee schüttete Fisnish die Bohnen von zwei verschiedenen Sorten in einer Mühle mit vergoldetem Griff zusammen. Dann bat er Siona, die Bohnen zu mahlen. Wir anderen sahen ihr schweigend zu, und ich muß gestehen, daß ich sie beneidete. Sie war Fisnish näher als wir, sie war die Auserwählte, seine Vertraute. Selbstverständlich kostete sie die Situation aus: Sie nahm sich sehr viel Zeit, und Fisnish ließ sie gewähren. Wir sahen Siona gebannt zu. Sogar Roberto hörte auf zu essen. Ihre linke Hand beschrieb perfekte Kreise in die Luft. Langsam, majestätisch, autoritär. Siona hielt die Augen geschlossen. Sie vergaß, wo sie war; sie vergaß sich. Wir waren Zeugen einer religiösen Handlung. Schließlich nahm ihr Fisnish die Mühle wortlos aus der Hand.

Er servierte uns den Kaffee in winzigen Tassen. Mittlerweile war es Abend geworden. Wolken bedeckten den Himmel. Ein heftiger Wind brachte die Kronen der Bäume in Unruhe, fuhr ungestüm in die Büsche. Fisnish bestand darauf, auch den Abwasch allein zu machen. Wir sollten uns hinlegen und ausruhen. Keiner widersprach.

In unserem Schlafraum war es warm, aber wir legten uns trotzdem dicht nebeneinander auf die Matratzen. Wir hatten das Bedürfnis nach körperlicher Nähe. Nur Siona hielt sich abseits. Sie kniete vor dem Fenster und betete. Wir kümmerten uns nicht um sie. Die toten Käfer waren verschwunden. Ich öffnete immer wieder die Augen, um zu kontrollieren, ob mich die anderen beobachteten. Aber schließlich beruhigten mich ihre Atemzüge: sie schliefen.

Dann begann es zu regnen. Irgendwann sprang ein Automotor an. Bevor ich einschlief, sah ich Dich vor mir, Claudia. Du trägst ein Sommerkleid und kommst auf mich zu. Du bist nicht allein, Michael geht hinter Dir her. Er sieht aus wie eine Krähe, daran ist der Priesterrock schuld. Er ist keinen Tag älter geworden. Das Licht ist gelb und grell. Wenn ich ihn ansehe, fühle ich nichts, auch keine Wut. Du kommst genau auf mich zu, Claudia, du wirst größer, immer größer. Dein Blick ist nicht vorwurfsvoll, Du breitest sogar die Arme aus. Du hast keine Ähnlichkeit mit ihm, mit Michael. Keine. Dann bleibst Du plötzlich stehen. Du hast beide Arme um Deinen Körper gelegt, ähnlich einer Blüte, die sich schließt, jedes Blatt dicht am anderen. Michael kniet mit gefalteten Händen neben Dir. Seine Oberlippe blutet. Ich habe ihn mit seinem Schlüsselbund geschlagen, mit dem er unentwegt spielt und den er auch nicht aus der Hand legt, als er mir verkündet, daß ich Dich zur Welt bringen, aber nicht behalten darf, Claudia. Er sieht aus wie ein Junge, wie ein Kind. Dann beginnt es noch einmal zu regnen. Die Tropfen schmerzen auf der Haut wie Nadelstiche. Wieviel Zeit bleibt uns? Ist es nicht unmenschlich anstrengend, einen Charakter zu bekommen?

Fisnish weckte uns kurz nach Mitternacht.

20. Juni

Wir ziehen uns wortlos an. Ich bin benommen, weil wir viel zu lange geschlafen haben. Fisnish trägt weiße Hosen und ein weißes Hemd. Er hat sich den Schädel kahlrasiert. Seine Füße sind nackt. Bevor ich einschlief, fühlte ich mich gelöst und glücklich. Jetzt bin ich angespannt und unruhig. Die Anwesenheit der anderen stört mich. Ich möchte allein sein, allein mit ihm.

Draußen ist es kühl, doch der Regen hat aufgehört. Die Lichter von Perpignan erhellen den Himmel über den Hügeln im Osten. Der Renault ist verschwunden. Dafür brennt ein großes Feuer im Hinterhof. Siona schiebt mich beiseite. Darauf rempelt mich Roberto von hinten an, ohne sich dafür zu entschuldigen. Ich muß mich beherrschen, um ihn nicht zu schlagen. Er riecht unangenehm.

»Wie man eine Hand umwendet, so waren alle meine Zweifel hinweg.«

Fisnish sucht Zuflucht bei den Sätzen. Den Sätzen eines anderen. Er meidet sich. Er ist ein Mann, der alles daran setzt, Genugtuung für ein erlittenes Unrecht zu erlangen. Er ist zutiefst gekränkt. Der Gedanke an Rache bestimmt sein Leben. In dieser Beziehung sind wir uns gleich. Er fordert uns auf, um das Feuer Platz zu nehmen. Er selbst bleibt stehen.

Dann fangen wir an zu beten. Mir ist übel, wir sind es nicht mehr gewohnt, soviel zu essen. Ich liebe den Chor unserer halblauten Stimmen. Er beruhigt mich, gibt mir das Gefühl, nicht allein zu sein. Meine Stimme ist Teil dieses Chores. Wenn ich mich konzentriere, kann ich mich selbst beten hören. Der Klang unserer Stimmen scheint in meiner Mundhöhle zu summen, hinter meiner Stirn zu vibrieren. Nach einer Weile sagen sich die Gebete wie von selbst. Ich muß mich nicht an ihren Wortlaut erinnern. Wir sind Teil von ihnen. Die Gebete sind in uns und werden von uns ausgesprochen, wieder und wieder ausgesprochen.

Ich bete mit geschlossenen Augen. Meine Füße und Hände sind zuerst eiskalt, dann werden sie warm und schließlich heiß. Sie glühen, als ich meine Augen endlich wieder öffne. Ich habe keine Ahnung, wer Holz nachgelegt hat.

Fisnish hat sich inzwischen auch hingesetzt. Es wird bereits hell. Der Wind hat sich gelegt. Unsere Stimmen haben seine Funktion übernommen. Sie streichen über die Felder und verlieren sich in den unwegsamen Hügelzügen. Sie bewegen die Wolken, treiben Vogelschwärme in die Höhe. Wie weit kann man uns hören?

Roberto wiegt seinen Oberkörper unermüdlich hin und her. Er erinnert mich an die alten Männer, die stundenlang auf den Parkbänken neben dem Spielplatz hockten und den Kindern zusahen, genau wie ich. Sie hielten ihre Gesichter in die Sonne und schaukelten ihre gebrechlichen Körper vor und zurück, ohne es zu bemerken. Sie sahen aus wie Pilger, die ihren Segen empfangen wollten. Roberto hustet, dann wendet er seinen Kopf ab und übergibt sich.

Fisnish steht auf und kniet sich neben ihn. Er streicht ihm die verschwitzten Haare aus dem Gesicht und klopft ihm auf den Rücken. Wir beten weiter. Nichts kann uns aufhalten, niemand. Nur Fisnish. Robertos Körper wird von einem Krampf geschüttelt, und er beginnt zu stöhnen. Weint er? Fisnish bleibt so lange neben Roberto sitzen, bis er sich beruhigt hat. Er redet leise auf ihn ein und streichelt ihm mit kreisenden Handbewegungen den Rücken.

Ich liebe die Männer. Sie sind einsam und schwach. Sie benötigen Schutz und Beistand von uns Frauen, sonst sind sie verloren. Es dauert unendlich lange, bis Roberto sich beruhigt. Was für ein Jammer sich doch in den Augen offenbart. Jammer, den man mit zwei Daumen zudecken und zum Verschwinden bringen kann.

Als sich Roberto noch einmal übergibt, steht Fisnish auf. Er wendet sich von ihm ab. Ich sehe ihm die Enttäuschung und auch den Zorn an. Er kann die Schwäche anderer nur für einen begrenzten Zeitraum ertragen. Dann will er erkennen, daß sich dieser andere auffängt, wieder an sich und unsere Sache glaubt. Jetzt weint Roberto. Er ist erbärmlich. Sein Blick bettelt um Hilfe und Unterstützung. Ich hasse ihn. Er hat die Arme ausgestreckt und quengelt wie ein Kind, das Trost und Aufmerksamkeit sucht.

»Schluß damit«, befiehlt Fisnish leise.

Seine Stimme bringt uns zum Schweigen. Seine Zehen berühren beinahe die Glut des Feuers. Um Robertos Anblick nicht länger erdulden zu müssen, sieht er in den Himmel. Ich bin dankbar um den Schmerz, der mir unvermittelt in den Magen fährt. Jetzt kann ich beweisen, daß ich stark bin. Ich lasse den Schmerz so groß werden, bis ich glaube, mein Unterleib brenne. Dann erst trete ich ihm gegenüber. Ich zerstöre den Schmerz, indem ich ihn ignoriere. Ich habe Gewalt über meinen Körper. Ich bin mein Körper.

Roberto hat die Hände vors Gesicht geschlagen und hält sich die Augen zu. Dann öffnet er den Mund und erbricht sich in seinen Schoß.

»Schluß damit.«

»Mir ist schlecht«, flüstert Roberto.

»Du mußt lernen, dich zu beherrschen, Roberto.«

»Ich will sterben.«

Über den Bergen steht ein Streifen Tageslicht. Ich bin jetzt hellwach. Die Magenschmerzen sind weg. Roberto macht eine wegwerfende Handbewegung, die unecht und theatralisch wirkt. An seinem Kinn klebt Rotz.

»Töte ihn, Siona, er will sterben.«

Roberto verstummt sofort. Er springt auf die Beine und schüttelt entsetzt den Kopf. Er hat die Arme um seinen Oberkörper geschlungen und umarmt sich selbst. Dann lacht er, unsicher und viel zu laut. Ich vermeide es, die anderen anzusehen. Siona steht langsam auf. Ich kann hören, daß sie Luft ausstößt.

»Ich gehöre doch zu euch«, sagt Roberto.

»Ich habe dir schon einmal erklärt, daß wir uns nicht gegenseitig belügen. Daß wir uns nur die Wahrheit sagen. Was hat Roberto noch vor ein paar Sekunden behauptet, Christa?«

»Daß er sterben will«, antworte ich.

»Daß er sterben will, genau.«

»Aber das habe ich doch nur gesagt, weil mir schlecht ist.«

»Und weshalb ist dir schlecht?«

»Weil ich zuviel gegessen habe.«

»Können wir einen gebrauchen, der lügt und sich nicht beherrschen kann? Was denkst du, Stoner?«

Stoner sitzt aufrecht und mit geschlossenen Augen zwischen Gerard und Lea. Er lächelt. Er strahlt eine Bedrohung aus, die mich fasziniert und zugleich abstößt.

»Nein«, sagt er und öffnet die Augen.

»Ist nicht jeder von uns gleich?« fragt Fisnish.

Roberto hat die Hände zum Gebet gefaltet. Könnte ich einen Mann wie ihn lieben oder zumindest achten? Verdient er meine Zuneigung, mein Mitleid?

»Was hat der Mörder für eine Aufgabe?«

»Ich will nicht sterben«, sagt Roberto leise.

»Kommt er zu seinem Opfer wie der Priester zum Gläubigen, um ihm die Beichte abzunehmen? Was ist unsere Aufgabe?«

»Wir erlösen die Sünder von ihren Sünden«, sagt Siona.

»Wir vergeben ihnen, indem wir sie töten. Wir befreien sie von einer Last, von der sie nichts wissen, denn sie sind unwissend und blind.«

Fisnish geht auf Roberto zu und nimmt ihn in den Arm. Eine Umarmung kann auch etwas Bedrohliches haben. Kein Wissen ist endgültiger als die Gewißheit, daß wir sterben müssen. Wie oft ertragen wir es, zurückgewiesen zu werden?

»Du hast gelogen, Roberto. Du weißt, was das bedeutet?«

»Drei Tage endura«, sagt Roberto sofort.

»Drei Tage fasten, richtig.«

Fisnish läßt Roberto frei. Siona setzt sich wieder hin. Ist es wirklich Enttäuschung, die ich in ihrem Gesicht sehe? Das Schlimmste ist nicht der Haß. Das Schlimmste ist die Lust hinter dem Haß.

»Es ist an der Zeit, unseren Bund zu besiegeln. Jeder Schritt, den wir von nun an tun, wird uns daran erinnern, daß wir zusammengehören. Daß wir eins sind. Ich möchte euch keinen Schmerz zufügen, doch ich habe keine andere Wahl. Ich muß es tun, denn es ist sowohl zu eurem wie zu meinem Wohl.«

Roberto hat sich hingesetzt. Wir wissen nur das, was wir wissen müssen. Frag nie, warum. Hör auf, zu sein. Der Himmel wird jetzt rasch heller. Der Erdboden ist kalt, ich habe die aufgehende Sonne im Rücken. Ein schwacher Wind streicht über meinen Hinterkopf und wirft Annemarie die Haare ins Gesicht. Es sieht aus, als trage sie eine dunkle Maske. Sie preßt die Lippen aufeinander. Ich möchte mich gerne hinlegen und die Augen schließen. Laß mich ruhen in Gottes Fels. Das Lamm ist lahm.

Erlösung. Gemeinschaft. Verzückung. Diese drei Worte sind nicht bloß in meinem Kopf. Sie schweben über dem Horizont und leuchten. Am liebsten würde ich die anderen mit ausgestrecktem Arm darauf hinweisen. Sie sollen sich umdrehen und dasselbe empfinden wie ich. Dieselben Gefühle sollen sich in uns allen ausbreiten.

Fisnish entfernt sich wortlos vom prasselnden Feuer, von uns. Der Himmel hat eine schieferblaue Farbe. Fisnish bückt sich hinter einem Busch und bleibt irritierend lange verschwunden. Wir sehen uns alle nach ihm um. Als er wieder auftaucht, hat er eine Stange bei sich, auf der er sich abstützt wie auf einem Bischofsstab. Er geht übertrieben langsam, genießt den Auftritt. Sein kahlrasierter Kopf spiegelt das Feuer. Vor ein paar Stunden bin ich schweißgebadet aus dem Schlaf geschreckt, daran erinnere ich mich plötzlich: Ich hatte von meiner Mutter geträumt. Ich saß an ihrem Bett, sie starb. Aber ich war kein Kind gewesen, sondern eine erwachsene Frau, und trotzdem ihre Tochter. Sie hatte ein schwarzes Kreuz auf der Stirn, eine Tätowierung, wie ich erstaunt feststellte. »Mach es weg, Christa, bitte!« Ich rieb mit bloßen Fingern an dem Kreuz herum, rieb und rieb, versuchte es mit Spucke und schließlich mit der ganzen Kraft, die ich aufbrachte.

»Ihr werdet mich hassen, doch es muß getan werden.«

Fisnish steht vor uns, ohne sich zu rühren. Wir warten schweigend ab. Ich bin erwacht, weil meine Finger die Stirn meiner Mutter durchstoßen haben. Ihre Haut war straff und glühend heiß. Bis ich begriff, was ich tat, hatte ich bereits in ihren Kopf hineingegriffen: Weiß ich nun, wer sie ist?

Fisnish hält das Ende der Stange ins Feuer. Ich ahne, was uns erwartet. Er wird uns zeichnen. Die Narbe wird uns daran erinnern, daß wir dazugehören. Für immer und ewig. Fisnish vertraut uns, glaubt an uns. Wir sind das Pergament, er ist die Feder. Er gibt uns nicht die Zeit, über das nachzudenken, was geschehen wird. Er zieht die Stange aus dem Feuer und präsentiert uns ihr glühendes Ende. Die Stange sieht aus, als sei sie zu dem Zweck hergestellt worden, weitergereicht zu werden. Von einer Hand in die nächste Hand weitergegeben wie ein Pfand. Unser Zeichen auf dem Brandeisen ist nicht größer als mein Daumen. Es erinnert mich an den Buchstaben V. Fisnish hat uns nicht erklärt, was es bedeutet. Er wird uns schmücken und zeichnen.

»Es ist unmöglich, das Gesicht des Windes festzuhalten oder ein Seil aus Sand zu flechten. Doch es ist nicht unmöglich, zu einer Gemeinschaft zu gehören. Nun ist es an euch, zu beweisen, daß ihr zu mir gehört. Daß ihr an uns glaubt.«

Fisnish hält das Eisen noch einmal in die Flammen. Ich stelle entsetzt fest, daß ich meine Angst nicht mehr im Griff habe. Gerard starrt mich an. Meine Finger sind kalt. Gänsehaut überzieht meine Arme. Als ich aufstehe, verliere ich fast das Gleichgewicht. Fisnish tritt neben mich, ich spüre seine Hand an der Schläfe. Die Berührung ist leicht wie ein Luftzug, wie von einem verwehten Blütenblatt.

»Einige Vögel sind nicht geschaffen, eingesperrt zu sein. Ihr Gesang ist zu prachtvoll, ihr Gefieder zu glänzend. Sie gehören in die Freiheit. Aber kaum ist ihnen die Flucht gelungen, beklagen sich die anderen Vögel, die sich längst an ihr Leben in Gefangenschaft gewöhnt haben, die glänzenden Federn und den prachtvollen Gesang der Geflohenen zu vermissen. Auch wenn sie sich bis anhin einbildeten, sich gar nichts daraus zu machen.«

Fisnish spricht an mir vorbei in die Dämmerung hinaus. Erkenne ich Verachtung in seinem Blick, oder ist es Kälte und Desinteresse? Kurz vor Tagesanbruch ist es immer am dunkelsten. Fisnish nimmt das Brandeisen aus dem Feuer und streckt es in die Luft. Ich muß mich zwingen, ruhig zu bleiben und mich wieder hinzusetzen.

»Wer ist bereit?«

»Wir sind alle bereit«, behauptet Roberto.

»Wer geht voran?«

»Ich«, sagt Stoner und will aufstehen.

Fisnish legt ihm die linke Hand auf die Schulter. Das Brandeisen zeigt auf mich. Für den Bruchteil einer Sekunde sehe ich meine Mutter vor mir. Sie lächelt glücklich, aber es gilt nicht mir: Pfarrer Lingen steht in der Tür unseres Wohnzimmers. Ein Kranz Schweißtropfen hängt in seinem Haaransatz. Seine schmalen, manikürten Hände schweben auf mich zu. Mein Gesicht wird in ihnen liegen wie in einem Gefäß, und mir wird wie immer übel werden von dem Geruch nach Nikotin und Parfum. In der Liebe und im Krieg ist alles erlaubt. Darum trete ich ihn vors Schienbein und laufe aus dem Haus. Er wird den Kuchen meiner Mutter loben, ein Gläschen Likör nach dem anderen trinken und sich gütig lächelnd ihre Probleme anhören, bevor sie gemeinsam beten. Wenn ich unter dem Fenster des Wohnzimmers stehe und den Atem anhalte, kann ich ihre Stimmen hören.

»Siona«, sagt Fisnish und hilft ihr auf die Beine. Er nimmt sie fürsorglich, aber resolut am Arm.

Der Himmel ist geteilt. Blau, orange. Vogellärm setzt ein. Die Sonne fällt flach über die Berge und taucht die Landschaft in unwirkliches Licht. Die Mauer, die das Grundstück umschließt, ist weiß gekalkt, der Wald, der sich den Hügel hochzieht, geschwungen wie eine Muschel. Plötzlich bin ich davon überzeugt, daß wir das Haus zerstören werden, wenn wir hier weggehen. Wenn wir die Taufe hinter uns haben. Wenn wir endlich wirklich zu ihm gehören. Wir dürfen keine Spuren hinterlassen. Von nun an sind wir unsichtbar.

»Bist du bereit?«

»Ja, ich bin bereit. Wohin?«

»Wir werden unser Zeichen an einer verborgenen Stelle tragen, die uns zudem immer daran erinnern wird, daß wir nicht länger allein sind.«

»Auf dem Hintern?« fragt Siona.

»Bitte leg dich hin, Siona. Und gib mir deinen linken Fuß.«

Es gibt Schmerzen, die sich nicht beschreiben lassen, Claudia. Ich war die letzte, die gezeichnet wurde. Ich mußte also zusehen, wie die anderen litten, mußte mir ihre Schreie anhören und das verzweifelte Weinen, das später folgte. Der Geruch des verbrannten Fleisches war widerlich und unerträglich. Wer Fisnish brandmarkte? Ich. Er war der einzige, der weder schrie noch weinte. Ich tat es nicht, weil ich ihm Schmerz zufügen wollte, sondern um ihm meine Gehorsamkeit zu beweisen. Er sah mich unverwandt an, während ich ihm das glühende Eisen auf die Fußsohle preßte. Ich mußte mich nicht wirklich überwinden. Er hatte mich auserwählt, und ich durfte ihn nicht enttäuschen. Danach forderte er mich auf, mich auf den Rücken zu legen und ihm den linken Fuß zu überlassen. Seine Stimme war einschmeichelnd, aber bestimmt.

Ich schloß die Augen und dachte an Dich, Claudia. Du warst meine Rettung. Wir lagen in einer Wiese am Rand eines Waldes und redeten über Deine Zukunft. Der Baum über uns war üppig und schwer, das Gras ungeschnitten. Es war Sommer. Der Himmel sah aus, als habe ihn jemand straff über die Landschaft gespannt wie die Plane eines Festzeltes. Trotzdem fuhr das Feuer in meinen linken Fuß. Du hast meinen Kopf in Deinen Schoß gebettet und einfach weitererzählt, Claudia. Kühle, wächserne Rhododendronblätter strichen über mein Gesicht – Deine Hände und Finger. Das Feuer aber war mächtiger. Es verbrannte meinen Fuß, wuchs durch mein Bein, meinen Unterleib und breitete sich rasend schnell in mir aus. Ich stand in Flammen. Du mußtest mich freigeben, Du hattest keine andere Wahl.

Ich verlor das Bewußtsein.

Als ich wieder zu mir kam, lag ich im Schlafraum zwischen Pierrette und Annemarie. Fisnish kniete neben der Matratze und flößte uns stark gezuckerten Tee ein. Um meinen Fuß war ein Verband gelegt; es gelang mir nicht, den Schmerz zu verdrängen. Er war stärker als ich, war machtvoll und unnachgiebig. Er erlaubte mir auch nicht, in den Schlaf zu entkommen. Später kümmerte sich Fisnish um die Männer, und Pierrette, Annemarie und ich rückten zusammen, drängten unsere erhitzten Körper aneinander. Es gab nichts zu sagen. Wo waren Lea und Siona? Wir hielten uns umklammert wie Schwestern, die von ihrem Vater bestraft worden sind und ihn trotzdem lieben. Ich fühlte mich gedemütigt, aber mir war natürlich auch bewußt, daß die Verletzung eine Auszeichnung war, die außer uns niemand trug.

Unsere Gesichter waren nur wenige Zentimeter voneinander entfernt. Wir wiegten uns in den Schlaf, ohne uns zu rühren. Es dauerte unendlich lange, bis mein Körper den Schmerz akzeptierte. Schließlich lag er in meinem Magen wie ein warmer Brotlaib. Mein Körper war das Gefäß, der Schmerz sein Inhalt. Die Gesichter von Pierrette und Annemarie schimmerten, als seien sie gerade eben aus dem Wasser aufgetaucht. Ein schwerer, roter Samtvorhang glitt zur Seite. Doch was er freigab, war nichts anderes als den Blick auf drei Frauen, die sich aneinanderdrängten und vor Schmerz zitterten. Unsere Lippen bewegten sich, aber wir redeten nicht miteinander. Wir redeten mit uns selbst. Wir haben uns stumm angesehen, bis uns die Augen zufielen. In meinen Ohren war ein Zischen, das mit meinem Herzschlag kam und verschwand. Ich wußte nicht sofort, woran mich das Geräusch erinnerte: Es klang wie eine Sense, die entschlossen durch hohes Gras geschwungen wird.

In jener Nacht habe ich von uns geträumt, Claudia: Wir ritten im Morgengrauen aus einem Tal auf eine Ebene hinaus. Das Pferd, auf dem wir beide saßen, hob unruhig den Kopf, blähte die Nüstern, schnaubte. An meiner Wange spürte ich Deinen Herzschlag, ich trug Dich vor der Brust in einem Fellbeutel. Dein Gesicht war rot von der aufgehenden Sonne, deren Widerschein über den Boden auf uns zukroch. Ein Vogelschwarm flog als schwankender Strom durch den Lichtraum am Himmel. Der Atem des Pferdes klang, als schlage jemand sachte auf mich ein. Während ich Lederschnüre verknotete, von denen ich keine Ahnung hatte, wozu ich sie brauchte, keuchte ich wie ein Hund an der Leine. Der Boden schaukelte. »Mein Schätzchen«, flüsterte ich und verschloß Deinen Mund mit meinen Lippen, »mein Schätzchen, es wird alles gut«, und nahm Dir den Atem.

Am anderen Morgen war Fisnish verschwunden.

Wir wollten uns nicht eingestehen, daß er uns tatsächlich verlassen hatte. Aber als wir die neun Umschläge sahen, die auf dem leeren Eßtisch lagen, mußten wir es glauben. Auf jedem Umschlag stand ein Name: Pierrette. Annemarie. Siona. Lea. Christa. Andreas. Gerard. Roberto. Stoner. Pierrette war die erste, die ihr Couvert aufriß. Sie nahm ein einzelnes Blatt Papier heraus, entfaltete es und las es und humpelte dann wortlos aus dem Haus. Ich setzte mich in den Garten, um meinen Umschlag zu öffnen.

Fisnishs Nachricht an mich war kurz und sachlich: Er befahl mir, in der Einsamkeit 30 Tage in mich zu gehen, um mir darüber klarzuwerden, ob ich bereit sei, den Weg der Gewalt in aller Konsequenz weiterzugehen. Am 20. Juli sollte ich ›Le Monde‹ kaufen und in den Kleinanzeigen nach einer Botschaft suchen, die uns gelte. Der zweite Buchstabe der ersten sechs Worte stehe für eine Zahl, die ihrer Stellung im Alphabet entspreche. So ergebe sich die achtstellige Telefonnummer, die ich mit der Pariser Vorwahl 01 wählen müsse, um weitere Anweisungen zu erhalten. Falls mich die französische Polizei aufgreife, müsse ich ihn und unseren Bund bedingungslos verleugnen. In dem Umschlag lagen außerdem 500 Francs und eine vertrocknete Blüte. Wir durften Frankreich nicht verlassen, und es war uns verboten zusammenzubleiben. Wir mußten das Haus in Brand stecken und alle Spuren beseitigen.

Der letzte Satz lautete: ›Tötet Roberto und laßt seine Leiche verschwinden.‹

Die Entscheidung, wer es tun sollte, überließ Fisnish uns, Claudia.

Wir redeten den ganzen Vormittag nicht miteinander. Roberto gingen wir natürlich aus dem Weg. Er saß allein unter einem Apfelbaum. Er wirkte wie jemand, der weiß, was ihn erwartet. Im Gegensatz zu uns anderen war er gelassen und ruhig. Es war Siona, die den Bann brach: Sie trieb Gerard und Andreas aus dem Haus, indem sie einen Kanister vor ihren Gesichtern hin und her schwenkte. Ich beneidete sie um ihre Entschlußkraft. Das Benzin färbte die Flurdielen und die Terrasse dunkel. Siona arbeitete konzentriert. Sie ließ sich von niemandem helfen. Daß sie aufgeregt war, bemerkten wir nur, weil es ihr nicht gleich gelang, ein Streichholz anzuzünden. Als sich die Benzinspur schließlich mit einem verhaltenen Knall entzündete und das Feuer rasch auf das Haus zulief, trat ich einen Schritt zurück, als hätte ich nichts damit zu tun. Roberto kniete im Gras und betete. Er hielt den Kopf leicht zur Seite geneigt. Die Augen hatte er offen. Das, was Menschen glauben, zeigt uns, wieviel sie erdulden müssen.

Stoner stand lächelnd hinter ihm.

DER ERSTE TAG

Der Bretterverschlag steht auf einer Hochebene ohne Büsche oder Bäume. Daß ich der Sonne fast schutzlos ausgeliefert bin, wird mir zu spät bewußt. Ich habe nicht die Kraft, mir einen anderen Unterschlupf zu suchen. Wenn ich mit dem linken Fuß auftrete, fährt mir der Schmerz durch den Rücken in Nacken und Hinterkopf. Um mir die Brandwunde nicht ansehen zu müssen, habe ich den Verband bis jetzt noch nicht gewechselt. In zwei Stunden wird es dämmern.

Der Boden des Verschlages ist mit Heu bedeckt, sein Wellblechdach größtenteils eingestürzt. Wenn ich ein Stück weit den Berg hinaufsteige, kann ich das Mittelmeer sehen. Der Strand leuchtet bronzefarben, das Wasser ist eine Fläche, die den Himmel spiegelt. Im Tal verbirgt eine Zeile dichtstehender Kiefern die Straße, die nach Andorra führt. Ich höre die Motoren der Autos und Motorräder und manchmal sogar Stimmen und das Lachen und Kreischen von Kindern.

Ich weiß nicht, wer Roberto umgebracht hat. Als das Haus in Flammen stand, bin ich gegangen, ohne mich von jemandem unserer Gruppe zu verabschieden. Die Rauchsäule war weit zu sehen. Ich verstehe Fisnish nicht immer; auch das muß ich akzeptieren. Gerard ist mir gefolgt. Ich blieb ungefähr drei Kilometer auf der Landstraße. Gerard wollte offenbar, daß ich ihn bemerke; er ging mitten auf der Straße. Schließlich bin ich in einen Wald gelaufen, der so dicht war, daß das Sonnenlicht nur an einzelnen Stellen bis auf den Boden drang. Gerard schimpfte, während er hinter mir herlief. Auf einer gerodeten Fläche, auf der jemand versucht hatte, Gemüse anzupflanzen, blieb er stehen und schrie mehrmals meinen Namen. Er war wütend, hatte aber keine Geduld. Ich lag im Unterholz und rührte mich nicht von der Stelle, bis er endlich verschwand. Ich blieb bestimmt eine Stunde liegen. Der Wald war ein Gewölbe, in dem es keinen Herzschlag lang still war. Unter den Bäumen war das Licht sanft und grün. Meine nackten Beine waren gesprenkelt von Sonne und Schatten. Ich bin erst weitergegangen, als es dunkel wurde. In einem kleinen Lebensmittelgeschäft, das zu einer Tankstelle gehörte, habe ich mir Proviant gekauft, der für eine Woche reichen dürfte. In der Tür des Ladens hing ein Vogelkäfig. Der Besitzer glich dem Priester, den Stoner getötet hatte. Das Gefieder des Vogels war zitronengelb, er flatterte aufgeregt hin und her, als ich ihn ansprach. Ich sah dem Besitzer an, daß er sich um mich sorgte. Seine fleckigen Finger tanzten durch die Luft, sein Atem roch nach Tabak. Fast hätte ich mich dem Mann anvertraut. Er hätte mich in den Arm genommen und dann auf die schmale Liege in seinem Hinterzimmer gebettet, die Fensterläden geschlossen und meinen Schlaf bewacht. Seine Augenlider waren durchscheinend wie Krepp. Er verriet mir mit sanfter Stimme den Namen seines Kanarienvogels. Seine Frau bediente die Zapfsäule. Sie sah zu, wie er mir half, die Einkäufe in Plastiktüten zu verstauen. Als er mir zum Abschied eine Orange schenkte, wandte sie sich kopfschüttelnd ab.

Die anderen fehlen mir nicht, obwohl die Stille allein kaum auszuhalten ist. Die Zeit will nicht vergehen. Niemand kann immer nur über sich selbst nachdenken.

Aus vier Steinen und einem Brett habe ich einen niedrigen Tisch gebaut, auf dem ich alle Lebensmittel ausbreite, die ich gekauft habe. Ich esse, bis mir übel wird. Weit entfernt schlägt eine Kirchenglocke. Mein Fuß schmerzt sogar dann, wenn ich ihn weder berühre noch bewege. Ich stelle mir vor, daß er glimmt wie das ewige Licht über der Schlafzimmertür meiner Eltern. Die Nacht ist ruhig, die Luft kühl. Meine Augen brauchen Zeit, um sich an die Dunkelheit zu gewöhnen.

Das Meer brennt. Der Wind lügt: Er trägt Geräusche mit sich, Gerüche, als wolle er mir beweisen, daß es eine Welt gibt, zu der ich gehören könnte. ›Der Zweifel ist unser größter Feind‹, behauptet Fisnish. Wenn wir schlafen, sind wir unterwegs zu den Toten. Schwerelos jagen wir über den glatten Meeresspiegel, ohne Stimme, ahnungslos. Tiere, die man durchs Feuer führt. Träumer, die sich über ihre Handflächen beugen, um Antworten zu finden. Meine Seele wird geschmiedet in Seinem Feuer. Ich will satt werden, wenn ich erwache, an Seinem Bilde.

DER ZWEITE TAG

Man kann sich selbst nicht aus dem Weg gehen. In den Bergen knattert ein Mofa. Ich habe den Verband abgenommen und mich an die Sonne gelegt. Die Wunde ist bereits verschorft. Das Licht ist erbarmungslos. Ich bete laut und stelle mir vor, die Stimme einer anderen Frau zu hören. Die Zeilen der Gebete gehen mir auch dann nicht aus dem Kopf, wenn ich gar nicht bete. Zwischen den Steinen rascheln Tiere, wahrscheinlich Schlangen. Ich will nicht an mich denken. Das Dorf in der Ebene tanzt im Licht. Es ist mindestens fünf Kilometer entfernt. Warum bin ich hier? Grillenvibrato, die Rufe eines Raubvogels, der seine Kreise über der Hochebene fliegt. Wir wissen, daß wir sterben müssen. Das weiht uns, erhebt uns über die anderen Lebewesen. Im Innern des Holzverschlages ist es kaum kühler als an der prallen Sonne. In ein Brett sind drei gekreuzte Schrägstriche geschnitten, als habe ein Tier mit scharfen Krallen seinen Abdruck hinterlassen. Die Felsen der Berge werden durch eine rohe Kraft in die Höhe gestemmt. Risse laufen über die Steine und verschwinden im Tal. Ich habe meine Mutter nie geküßt, erst auf dem Totenbett.

Ich denke an gar nichts.

Ich nehme mir vor, die nächsten drei Tage nichts zu essen. Irgendwann riecht es nach Rauch und gegrilltem Fleisch, und ich muß mich zwingen, meinen Proviant nicht anzurühren. Am Rand des Dorfes wächst eine Rauchsäule in den Himmel. Wenn ich die Augen schließe, sehe ich die Gäste der Grillparty vor mir: Sie sitzen im Schatten der Bäume an einem langen Tisch. Kinder laufen durch den Garten und suchen nach einem Unterschlupf, um sich vor dem Großvater zu verstecken. Sie kreischen vor Vergnügen. Aber gleichzeitig fürchten sie sich vor dem alten Mann, der eine Gorillamaske trägt und mit nacktem Oberkörper neben dem Grill steht, sich mit beiden Fäusten auf die Brust trommelt und Schreie ausstößt. Die Kinder hören natürlich, daß seine Verzweiflung gar nicht gespielt ist. Schließlich nimmt ihn eine seiner Töchter am Arm und redet beruhigend auf ihn ein. Der alte Mann läßt sich ohne Widerrede ins Haus führen. Dort ist es kühl und still. Die anderen sollen nicht sehen, daß er Tränen in den Augen hat und leise mit sich selber redet, wenn ihm sein Mädchen die Gummimaske über den Kopf zieht und ihn bittet, ein Hemd überzustreifen.

Ich denke an nichts.

Am Abend mache ich mich auf die Suche nach Trinkwasser. In der Ferne liegt ein Dunst auf dem Meer. Einmal kann ich die Küste sehen und dann wieder nicht. Sie scheint über dem Wasser zu schweben, genau wie das Dorf über der Landschaft. Erst, als ich auf dem Gipfel des Berges stehe, gebe ich auf. Ich werde weder einen Brunnen noch eine Quelle finden. Der Fels ist warm und wie die Planken eines Bootes von Wind und Sonne verwittert. Ich folge Adern aus Moos, die sich über die Steine ziehen. Auch sie führen mich nicht zu Trinkwasser. Ich bin im Zentrum der Leere. Jedes Geräusch bekommt eine Bedeutung, über die ich lange nachdenke und die ich doch nicht verstehe. Irgendwo weit entfernt rangieren Züge. Die Wagen stoßen gegeneinander. Oder sind es die Boule-Kugeln der Männer, die auf dem Dorfplatz die letzte Partie des Tages austragen und jeden Wurf kommentieren? Die Schatten der Wolken treiben über das karge Hochplateau, das dem Wind ausgesetzt ist. Wenn ich mich flach auf den Rücken lege, entgehe ich ihm. Nach einer Weile vergesse ich, daß ich durstig bin, vergesse ich, wo ich bin.

Später wird es regnen. Aber jetzt treibt die Hitze die Leute von der Straße in die Häuser. Fensterläden werden geschlossen, Gardinen vorgezogen. Wenn Mutter nicht genau wüßte, daß Pfarrer Lingen dieses Dämmerlicht über alles liebt, würde sie bestimmt den Kronleuchter anmachen, dessen Glastropfen leise klingeln in dem Wind, der das Gewitter ankündigt. Ich muß mir eine leere Obstkiste aus dem Keller holen, auf die ich mich stelle. Nur so kann ich verstehen, daß sie nicht von mir reden, sondern schon wieder von Katharina von Siena, der Schutzpatronin Italiens. Lingen schiebt sich ein Kuchenstück in den Mund und berichtet, daß Katharina von Siena mit Ausnahme von rohem Gemüse jede Nahrung verweigerte und erbrach. ›Sie lebte von der Hostie‹, behauptet Lingen, ›sie trank den Eiter aus den Wunden der Patienten, band sich in Ketten und geißelte sich, bis sie in ihrem eigenen Blute schwamm.‹ Von nun an zwinge ich mich, doppelt soviel zu essen wie früher. Dick will ich werden, fett. Zerplatzen will ich. Ich bin keine Heilige, Mutter, ich bin deine Tochter. Pfarrer Lingen streicht mir über den Kopf, sobald ich in seine Nähe komme. Wenn ich ihm in die Hände gerate, drückt er mich rücksichtslos an sich, wobei ihm glucksende Quiekser entfahren. Die Hitze hängt wie ein feuchtes Segel zwischen der Straße und dem Haus meiner Eltern. Die Luft ist reglos und schwer. Wenn ich den Atem so lange anhalte, bis Pfarrer Lingen sein drittes Gläschen Likör ausgetrunken hat, werde ich wahrscheinlich ersticken. Das Gras bewegt sich. Es wispert, es wächst. Vater wird mich finden, wenn er aus der Druckerei nach Hause kommt und nach dem Garten sieht. Er wird die Ledermappe wie jeden Abend neben die Haustür stellen, den Gartenschlauch entrollen, das Wasser aufdrehen und an den Rand des Gemüsebeetes treten, auch wenn er natürlich erkennt, daß es sehr bald regnen wird. Es wird gießen wie seit Wochen nicht mehr. Er hat mir erklärt, daß ihm die kurze Zeit, in der er allein im Garten steht und die Beete bewässert, sehr wichtig ist. Weil er keinen Gedanken an seine Arbeit verschwenden will, wenn er mit mir und Mutter zusammen ist, läßt er den überstandenen Arbeitstag noch einmal an sich vorüberziehen. Ich weiß, daß er nicht gestört werden will. Während er den Wasserstrahl über die Beete wandern läßt, sieht er gedankenverloren in die Ferne. Nach einer Weile schüttelt er den Kopf, als erwache er aus einem Traum, ich habe ihn immer wieder dabei beobachtet. Danach dreht er das Wasser ab und rollt den Schlauch sorgfältig zusammen. Aber heute ist nichts wie sonst. Schon als Vater seine Mappe neben der Haustür an die Wand lehnt, spürt er, daß etwas nicht stimmt. Er tritt mit leeren Händen hinter sein Haus und sieht mich unter dem Fenster des Wohnzimmers liegen. Dabei will ich überhaupt nicht, daß Vater neben mir in die Knie geht, die Arme in den Himmel streckt und meinen Namen schreit, als sei er ein Fluch. Er muß nur begreifen, daß Pfarrer Lingen an allem schuld ist. Endlich schnappe ich nach Luft, und es beginnt zu regnen, als öffne der Himmel all seine Schleusen, um die Welt zu fluten. Um mich zu bestrafen. Ich kenne den Namen jedes einzelnen Regentropfens. So ist das Sterben: weder einsam noch traurig. So ist es: ruhig, warm und samtweich. Das besorgte Gesicht des Vaters so nah. Gleich berühren seine Lippen meinen Mund, gleich erlöschen seine Augen, weich und ruhig, versöhnt.

Als ich erwache, ist mir kalt. Das Sonnenlicht ist verblaßt. Ich will mich mit jemandem unterhalten oder wenigstens unter Menschen sein, den Geruch ihrer sonnenverbrannten Haut einatmen, sehen, wie sie lächeln, wie sie sich einen Augenblick Gedanken machen über die einsame Fremde, die hinter einem Glas Weißwein an der Bar sitzt, bevor sie anstoßen und sich einmütig und zufrieden über ihre Teller beugen.

Wer nach etwas verlangt, gesteht sich ein, daß er es vermißt. Wer Böses wünscht, spürt das Böse in sich.

Nach einer halben Stunde erreiche ich einen Weg, der neben der Straße durch den Wald führt. Hier unten ist es windstill. Alle paar hundert Meter verläßt der Weg den dämmrigen Wald, und ich gehe durch Sonnenzonen, in denen es immer noch überraschend heiß ist. Auf der Straße sind Bremsspuren, Glassplitter liegen auf dem Asphalt. Schwalben schießen über die Felder. Ich umgehe das Dorf und versuche mir einzureden, nicht auf dem Weg zur Tankstelle mit dem Vogelkäfig zu sein, der in der Tür hängt. Fast alle Fensterläden sind geschlossen. Ein Mann steht auf einer Leiter und arbeitet an der Regenrinne seines Hauses, ohne mich zu bemerken. Der Dorfplatz ist menschenleer. Ich trete erst auf die Straße, als ich an den letzten Häusern vorbeigegangen bin und das Dorf hinter einer Kurve verschwindet. Niemand hat mich gesehen. Ich bin unsichtbar. Das Unterholz hat meine Arme und Beine zerkratzt, das läßt mich für einen Moment den Schmerz im linken Fuß vergessen. Die Tankstelle liegt ein gutes Stück außerhalb des Ortes in einer schattigen Senke. Um die drei Zapfsäulen herum ist der Beton mit Ölflecken bedeckt. Vor einem offenen Schuppen, in dem Werkzeuge an den Wänden hängen, steht ein Lieferwagen. Weder der Besitzer der Tankstelle noch seine Frau sind irgendwo zu sehen. An einem Seil, das sich vom Dach der Tankstelle zum Eingang des Lebensmittelladens spannt, baumeln Papierfähnchen, die im Wind knattern. Der Käfig ist verschwunden.

Im Innern des leeren Geschäftes ist es kühl. Es riecht nach Sonnenöl und Druckerschwärze. Vor der Kasse steht ein Metallgestell mit Ansichtskarten. Bevor ich mich umsehe, bleibe ich einen Augenblick unter der Eingangstür stehen. Neben dem Kühlregal mit den Milchprodukten, dem Mineralwasser, den Fruchtsäften und verschiedenen Bieren führt eine Tür in den hinteren Teil des Gebäudes. Die Tür ist nur angelehnt, und ich kann in einen winzigen Raum sehen. Auf einem Tisch steht ein Becher Kaffee auf einer aufgeschlagenen Zeitschrift. Die Frau des Besitzers bemerke ich zuerst gar nicht: Sie steht vor einem großen Spiegel, der an der Wand lehnt. Sie ist so sehr mit sich selbst beschäftigt, daß sie mich gar nicht wahrnimmt. Um ihren Hintern und ihre Beine begutachten zu können, muß sie das Sommerkleid in die Höhe raffen. Ihr Gesicht ist hart. Ihre Oberschenkel sind dick, bleich und teigig. Sie ist unzufrieden, voller unerfüllter Sehnsüchte. Sie klemmt ein Fettpolster zwischen Daumen und Zeigefinger und zerrt wütend daran herum, wobei sie leise mit sich schimpft. Dann schlägt sie sich mit der flachen Hand auf die rechte Backe ihres Hinterns. Als sie damit aufhört, ist die Haut rotgefleckt. In ihren Augen erkenne ich verzweifelte Wut. Sie läßt das Kleid fallen und kreuzt die Hände vor der Brust, als sollte sie geopfert werden. Sie will begehrt werden. Ich kenne sie. Auf dem Boden steht ein Fläschchen Nagellack. Das Brummen des Kühlregales schützt mich. Es übertönt meinen Atem und sogar das Knarren des Fußbodens, wenn ich mich bewege. Im Aschenbecher auf dem Tisch klemmt eine brennende Zigarette. Wenn die Frau des Besitzers den nächsten Zug nimmt, wird sie mich entdecken. Ich stehe bereits vor der Kasse, als ich höre, wie sie einmal höhnisch auflacht und dann ausspuckt. Ich nehme eine Ansichtskarte aus dem Gestell und lege sie auf die Verkaufstheke.

Die Augen der Frau sind dunkel und immer in Bewegung, als sträube sie sich dagegen, etwas genauer anzusehen. Sie hat die Hände einer alten Frau, genau wie ich. Sie könnte zu uns gehören. Weiß sie, was wirklicher Haß auslösen und bewegen kann? Hat sie eine Ahnung, wozu sie fähig ist? Ihre Haut glänzt, wird golden poliert von der Abendsonne.

»Machen Sie hier Ferien?«

»Drei Wochen. Vielleicht vier.«

»Waren Sie nicht gestern schon mal hier?«

Ich bemühe mich um schlechtes Französisch, spreche die Wörter falsch aus. Ich lächle und schüttle verständnislos den Kopf. Sie wird annehmen, daß ich ihre Frage nicht verstanden habe.

»Und wo wohnen Sie, wenn ich fragen darf?«

»Da«, sage ich und deute in die Richtung, aus der ich gekommen bin.

»Ein Hotel gibt es dort aber keines«, sagt die Frau, ohne mich anzusehen.

»Nein. Kein Hotel.«

»Sie haben eine Ferienwohnung gemietet?«

Ich nicke. Sie hat volle Lippen. Ihr schwarzes Haar ist dick und widerspenstig. Es erinnert mich an Wollknäuel. Ich muß mich beherrschen, nicht danach zu greifen. Sie atmet rasch. Auf ihrer Stirn steht Schweiß.

»Wer vermietet denn Ferienwohnungen hier bei uns?«

»Camping«, sage ich und ärgere mich über den abwehrenden Unterton in meiner Stimme. Sie vermeidet es, mir direkt in die Augen zu sehen.

»Allein? Ist das nicht gefährlich? Haben Sie keinen Mann?«

»Sie haben ihn freigelassen?« sage ich und drücke ihr das Geld für die Ansichtskarte in die Hand. Ihre Haut ist feucht und heiß. Sie weiß nicht, wovon ich rede.

»Der Käfig. Ihren Vogel.«

Sie schüttelt den Kopf und sieht mich an, als hätte ich ein Geheimnis gelüftet. Ich kenne den Namen des Kanarienvogels, könnte ihn nennen, doch die Frau braucht Schutz.

»Haben Sie sich verletzt?«

»Wie bitte?«

»Weil Sie hinken.«

»Ich bin umgefallen«, sage ich.

»Hingefallen«, verbessert sie mich, ohne zu lächeln.

»Seien Sie vorsichtig. Aber Sie wissen ja bestimmt, daß es hier Schlangen gibt. Giftschlangen.«

Sie fährt sich mit dem ausgestreckten Zeigefinger über die Kehle. Jetzt sieht sie mich endlich an.

»Adieu«, sage ich.

Sie dreht sich um, ohne sich zu verabschieden, und ich sehe den zarten Knochen, der am Ende ihres Schulterblattes ein wenig hervorsteht. Hinter der Tankstelle wellt sich das kurzgeschnittene Gras wie ein Teppich bis zum Drahtzaun, der das Grundstück begrenzt. Ich weiß, daß sie am Fenster steht und mir nachsieht. Jetzt ist die Luft frisch. Zurück gehe ich mitten durch die Wiesen, über rauhes, von der Sonne ausgebleichtes Gras und ohne auf die Schmerzen in meinem Fuß zu achten. Die Ansichtskarte zerreiße ich in kleine Schnipsel, die ich fallen lasse und hinter mir ausstreue, als wünschte ich mir, daß jemand meine Spur aufnimmt.

Ich habe vergessen, Mineralwasser zu kaufen.

Meinen Durst nehme ich als Strafe auf mich, Fisnish.

Ich schrecke mitten in der Nacht aus dem Schlaf. Blitze erhellen die Hochebene, Donner rollt durch das Tal. Bis ich merke, daß ich barfuß im trommelnden Regen stehe, bin ich naß bis auf die Haut. Der Regen ist warm. Zwischen den Steinen rauscht Wasser wie ein Bach ins Tal. Die Abdrücke meiner nackten Füße füllen sich wie Pfützen, dann zerfließen sie. Unter Wasser sind wir durchsichtig, aus Glas. Wir schweben mit ausgebreiteten Armen und geschlossenen Augen in die Tiefe, vorbei an fahlem Seegras und Fischströmen, abwärts. Durch die Liebe werden wir Menschen nachgiebig, weich und großzügig.

DER DRITTE TAG

Durch die Liebe werden wir Menschen unnachgiebig, hart und kleinlich. Nicht der Gerechte, sondern der Sünder ist es, über dessen Errettung Gott sich freut. Wir wissen nur das, was wir wissen müssen.

Ich bleibe den ganzen Tag in meinem Verschlag, um zu beten und zu fasten. Der Himmel ist hoch, weit. Gegen Abend lebt der Wind auf. Er keucht in den Balken, zerrt am Wellblech. Später kommt der Regen. Trommelnd rauscht er über die Ebene, verschließt die Sicht ins Tal und ist lauter als mein Murmeln, mein Flüstern.

Schreib einen Satz, spring einen Tag zurück, Claudia, ein Jahrzehnt, schreib einen weiteren Satz, und Du bist wieder klein, ein Mädchen: Auf dem Herd blubbert der Milchreis in der Pfanne, und Du sitzt neben Deiner Mutter und siehst ihr zu, wie sie sich die Fingernägel lackiert und dabei leise summt, denn sie ist glücklich, das hat sie Dir ins Ohr geflüstert, als sie sich an Dich drückte und Deine linke Wange mit feuchten Küssen bedeckte. Sie riecht nach Puder und nach dem Zimt, den sie in den Milchreis gestreut hat. Meine Mutter hat mich nie geküßt. Und geschminkt hat sie sich auch nicht.

Natürlich habe ich mir immer wieder vorgestellt, wie Du aussiehst, Claudia. Ich habe mir die verschiedensten Situationen ausgemalt. Situationen, die mir erlauben sollten, Dich zu sehen. Szenarien, die als Hintergrund für Dich dienten. Staffage für mein Mädchen. Ich setzte Dich in ein Schulzimmer, ließ Dich Dein Herz in der Kehle spüren, weil Du aufgeregt warst, erfand einen Arzt, der Dich untersuchte, Jungen, die Dich anbeteten, ließ Dich über ein Eisfeld schweben, auf einem Rad fahren, hinter einem Pony herlaufen, umgab Dich mit Freundinnen, die in Deiner Nähe aufblühten, Lehrern, die respektvoll tuschelten, legte Dich auf eine Wiese, Dein Bett oder ließ Dich allein an einer Bushaltestelle warten. Du solltest lachen für mich, Du solltest weinen für mich. Ich sang Dich in den Schlaf, strich Dir die nassen Haare aus dem Gesicht, zog Dich an, zog Dich aus, ließ Dich im dunklen Zimmer in Deinem Bett liegen, obwohl Du nach mir riefst, zuerst verzweifelt und dann zornig nach mir riefst: Mama! Mama!

Es hat nichts genützt.

Alles sah ich klar und deutlich vor mir, Claudia, nur Dich nicht. Nie konnte ich sagen: Ja, das ist sie. So sieht meine Claudia aus. Das ist meine Tochter. Du hast mich kein einziges Mal angesehen.

Jahrelang verfluchte ich es, keine Photographie von Dir zu besitzen. Eine einzige verwackelte Schwarzweiß-Aufnahme würde genügen, redete ich mir ein, bloß ein Bild oder sonst ein Erinnerungsstück. Ich sehnte mich nach einem Schnuller von Dir, einem Lätzchen, einer Zeichnung, einem Milchzahn oder einer Locke, die ich in einer kleinen goldenen Schachtel aufbewahrt hätte. Aber irgendwann war ich froh darüber, nichts von Dir zu besitzen.

Nichts, außer meinen Vorstellungen.

Eine Weile klammerte ich mich an eine Photographie, die ich in einem verfallenen Haus gefunden hatte, in dem wir übernachteten. Fisnish hatte uns zwar verboten, die zurückgelassenen Dinge der Hausbewohner anzurühren, aber als ich das zerknüllte Bild am Boden liegen sah, mußte ich es unbedingt einstecken. Die Aufnahme zeigte eine junge Frau, die ein Kind auf dem Arm hielt. Das Kind hatte langes glattes Haar, eine Stupsnase und war fest in eine Decke gewickelt. Obwohl ich nicht erkennen konnte, ob das Kind ein Mädchen oder ein Junge war, und mir die Frau überhaupt nicht glich, redete ich mir ein, das Bild zeige uns. Der Mund des Babys war offen, und es streckte eine Hand aus der Decke, als winke es dem Photographen zu. Ich versteckte das Bild in meinem BH und sah es immer wieder an. Aber irgendwann hatte ich genug von der lachenden Mutter und warf das Bild weg.

Natürlich wollte ich Dich vergessen.

Es blieb mir doch gar nichts anderes übrig.

Ich habe Dich in einer Privat-Klinik in den Schweizer Bergen zur Welt gebracht. Dein Vater weigerte sich, bei der Geburt dabeizusein. Er begleitete mich nur in die Klinik im Kanton Wallis, weil er die Gewißheit haben wollte, daß ich Dich wirklich zur Welt brachte und daß Du danach für immer aus seinem Leben verschwinden würdest. Das war es, was Michael mir befahl. Und ich habe ihm gehorcht.

Es waren Frauen, die Dir in die Welt halfen, Claudia, Nonnen. Die Ärztin war bestimmt über siebzig. Sie hatte weißes Haar und ein wettergegerbtes Gesicht. Sie war klein und drahtig. Auch die Hebamme und ihre Helferin waren über sechzig. Die Finger der Frauen fühlten sich an, als seien sie aus Leder. Jede ihrer Berührungen war eine Strafe. Sie hatten kein gutes Wort für mich. Da sie Habit trugen, sah ich von ihren Gesichtern eigentlich nur die bösen kalten Augen. Irgendwann hatte ich das Gefühl, Vögel würden sich über mich beugen.

Es waren Geier, die Dir in die Welt halfen, Claudia, Nonnen.

Die Fenster des Kreißsaales waren schmal. Sie waren schwarz vom Schatten eines Berges. Die Felswände standen bis dicht an das Haus, das sich in die Erde duckte, als fürchte es sich. Als Deine Geburt um 14 Uhr eingeleitet wurde, begann es zu schneien.

Es war der 6. Oktober 1972, und für die nächsten 24 Stunden sollte es nicht mehr aufhören zu schneien. Straßen wurden geschlossen, Dörfer von der Umwelt abgeschnitten. Für ein paar Stunden war selbst der Bahnverkehr lahmgelegt. Die Welt stand still wegen Dir, Claudia. Sie zog eine dicke weiße Decke über sich, verschloß die Augen vor dem, was geschah, und legte sich schlafen.

Du hast Dir mehr als fünf Stunden Zeit gelassen.

Die Ärztin gönnte uns keinen gemeinsamen Augenblick.

Ich durfte Dich nicht einmal in den Arm nehmen.

Vor den Fenstern fielen Schneeflocken so groß wie Löschblätter. Michael traf ich erst am nächsten Morgen wieder. Er erwartete mich vor der Klinik. Er sah mich voller Mitgefühl an, aber er konnte seine Erleichterung nicht verbergen. Das Licht war schwefelgelb, die Luft kalt und klar. Als wir vom Klinikweg auf die Hauptstraße des Bergdorfes traten, begann meine Nase zu bluten. Michael wollte mir selbstverständlich helfen. Ich schüttelte seine Hand ab, beugte mich vornüber und schwenkte meinen Kopf hin und her. Das Blut beschrieb einen Halbkreis. Es sah aus wie von einem breiten Pinsel in den Schnee gemalt. Es war überall, auch auf Michaels Schuhen und den Aufschlägen seiner dunklen Hose. Michael hatte eine Hand auf meinen Rücken gelegt und redete beruhigend auf mich ein.

Ich hörte nicht, was er sagte, Claudia.

Später hob ich mein Gesicht in den Himmel. Schneeflocken berührten meine Haut, kühl und leicht. Am Bahnhof stand ein Pferd, dessen Kopf tief in einem Futtersack steckte. Das Pferd war müde und alt. Es zog den Kopf aus dem Beutel, und zundertrockene Futterstücke fielen in den Schnee. Aus den Nüstern stieg Dampf. Ich legte mein Gesicht an den tabakbraunen Hals, das dunkle feuchte Auge des Pferdes nahe dem meinen. Schnee lag in dichten Wehen bis ans Geleise.

Michael stieg in den Zug. Ich ließ zu, daß er ohne mich in die Stadt zurückfuhr. Er stand am Fenster, und ich sah ihm an, daß er bis zuletzt glaubte, ich würde es mir anders überlegen und doch noch einsteigen. Unter dem Fell des Pferdes bewegten sich Muskeln. Ich fühlte Knochen, Adern und Höcker, Claudia, Sehnen.

DER VIERTE TAG

Ich erwache kurz nach Tagesanbruch. Nebel liegt über der Hochebene und filtert das Licht. Die Landschaft dampft, Vögel schreien aufgebracht. Bis Mittag wird die Sonne den Nebel weggebrannt haben, wird der Himmel klar und blank sein. Das Licht ändert rasch seine Farbe. Für einen Augenblick sehe ich Fisnish: Wir knien vor ihm und beten. Seine Hände liegen auf meinen Schultern, sie sind federleicht und halten mich doch davon ab, aufzustehen und ihn zu umarmen und zu küssen. Der Chor unserer Stimmen ist beeindruckend. Es wird bald hell werden, dann ziehen wir weiter. Wir haben den starren Blick. Unsere Stimmen peitschen die Luft, unsere Rücken, mich. Sie werden uns in die Ewigkeit katapultieren. Noch weiß niemand, daß es uns gibt, noch sucht uns niemand. Frag nie, warum. Hör auf, zu sein.

Als ich zum zweiten Mal an diesem Tag erwache, ist es Mittag. Das Licht fällt hart und flach über das Hochplateau, die Luft flirrt. Zwischen zwei Kiefern steht eine Ziege und beobachtet mich. Um mich vor der Hitze zu schützen, bleibe ich bis zum späten Nachmittag in meinem Verschlag. Die Wunde an meinem linken Fuß heilt; sie brennt wie Feuer. Ich habe Magenschmerzen, das ist der Hunger. Es fällt mir leicht, den Durst zu ignorieren. Die kurzen Worte sind die Worte der Kindheit. Ist man erwachsen, haben diese Worte einen anderen Klang, ein anderes Gewicht. Im Lauf der Zeit werden sie größer, schwerer und bedeutungsvoller.

›Übt euch in Demut‹, hat uns Fisnish immer wieder nahegelegt. ›Ihr braucht nicht viel zu besitzen. Eigentlich gar nichts – außer unseren Glauben und den Haß auf die katholische Kirche, die den wahren Glauben seit Jahrhunderten verfolgt.‹ Um zu beten, knie ich mich auf einen Ast, den ich geschält habe. Nach dem achten Vaterunser halte ich den Schmerz nicht mehr aus: Das Holz schneidet mir direkt unter den Kniescheiben in die Haut. Ich bete stehend weiter, der Sonne schutzlos ausgeliefert, murmelnd und mit nickendem Kopf und Magenbrennen.

Bevor ich mich auf den Weg ins Tal mache, packe ich meine Sachen zusammen. Die angebrochenen Eßwaren lasse ich stehen.

Die Telefonzelle steht vor dem *Hôtel de ville* im Schatten einer großen Kastanie. Zwischen den Häusern ist die Sonne erloschen; sie streift über Dachzinnen und Antennen und wird bald untergehen. Vor dem Bistro gießt ein Kellner Wasser auf die Gasse. Dann stellt er zwei Tischchen und ein paar Stühle auf den dampfenden Asphalt. Der Abend ist lau genug, um die Leute aus ihren Häusern zu locken. Die Männer stehen in Gruppen zusammen, scherzen und rauchen, während ihre Frauen die Einkäufe erledigen. Fisnish hat uns verboten, mit Menschen aus unserem früheren Leben Kontakt aufzunehmen. Seit mehr als sechs Monaten hat mein Vater nichts mehr von mir gehört. Manchmal kann ich mich weder an seine Stimme noch an sein Gesicht erinnern. Er hat die kleinen, weichen Hände eines Mannes, der sich ein Leben lang in muffigen Räumen über Papierfahnen beugte, um Druckfehler anzustreichen. Mein Vater ist Korrektor gewesen.

In der Zelle, deren Wände mit Sprüchen, Namen und ordinären Zeichnungen bedeckt sind, ist es heiß. Ich vermeide es, den feuchten Hörer an mein Ohr zu pressen. Die Männer haben sich mittlerweile an die beiden Tische des Bistros gesetzt. Sie sehen lachend in meine Richtung und prosten mir zu. Nur ein Mann lacht nicht: Er blickt mir starr in die Augen, dann nickt er mir höflich zu und hebt das Glas. Er lächelt still und verschwörerisch. Es ist der Besitzer der Tankstelle. Er trägt ein T-Shirt, das seine Muskeln betont. Er beteiligt sich nicht am Gespräch der anderen, das tut er für mich. Er hat keine Ahnung, wer ich bin. Ich soll erkennen, daß seine Konzentration mir gilt. Im Fenster eines Hauses gegenüber taucht das Gesicht einer alten Frau auf und verschwindet wieder. Die Stimmen der Männer sind laut und angeberisch, wollen gehört werden. Der Besitzer der Tankstelle läßt mich nicht aus den Augen. Seine Aufmerksamkeit ist mir unangenehm. Schließlich drehe ich mich um und verberge mich vor seinem Blick.

›Ich finde alle Fehler‹, hat mein Vater behauptet, ›jeden. Was Grammatik betrifft, macht mir niemand etwas vor.‹ Er las nicht, er fand Fehler. Selbst wenn er nach Feierabend ein Buch oder eine Zeitung aufschlug, hatte er einen Rotstift in der Hand. Jahrzehntelang führte er eine Statistik: Grammatik, Stil, Typographie. Jede Verfehlung wurde in einem seiner Hefte vermerkt. Zuletzt füllten diese Hefte drei Regale seines Büchergestells. Eigene Fehler ließen meinen Vater explodieren vor Wut, für die Fehler anderer Druckereien hatte er nur verächtliche Kommentare übrig.

Die Nummer des Altenheimes, in dem mein Vater seit drei Jahren lebt, habe ich so oft gewählt, daß ich sie auswendig kenne. Das Heim liegt am Rand des Ortes Cudrefin am Lac de Neuchâtel. Die meisten Appartements haben Seeblick, das Zimmer meines Vaters befindet sich auf der Hinterseite des häßlichen Gebäudekomplexes aus den siebziger Jahren.

Die Frau, die abhebt, hat die Stimme einer Nörglerin. Sie klingt, als halte ich sie von ihrer Arbeit ab. Sie ist gewohnt, Befehle zu erteilen. Mein Vater ist nicht auf seinem Zimmer, sie müssen ihn suchen. Die Franc-Stücke rasseln so schnell durch den Apparat, daß ich wohl nicht einmal seine Stimme zu hören bekommen werde. Schließlich verbindet man mich mit der Cafeteria. Ein Angestellter erklärt mir, mein Vater sitze auf der Terrasse und spiele Schach gegen sich selbst. Er legt den Hörer beiseite, und nach einer Weile höre ich die Geräusche von Hausschuhen auf einem Kunststoffboden. Mein Vater hat sich geweigert, sich von seinen Duden, Grammatik-Büchern und Heften zu trennen. Die eine Wand seines Zimmers wird von einem Bücherregal bedeckt, auf dem er auch die Zeitungsseiten stapelt, in denen er Fehler gefunden hat. Wenn er sich rasierte, legte er sich immer ein weißes Handtuch über die nackten Schultern. Das Hemd hängte er währenddessen an einem Bügel ins offene Fenster, auch im Winter.

»Ja, bitte?«

Seine Stimme ist angriffslustig. Er hat sich nicht nur mit den Schwestern, Ärzten und Betreuern des Altenheims angelegt, sondern auch mit fast allen anderen Bewohnern. Seit er in dem Haus lebt, rasiert sich mein Vater mit einem Batterierasierer, den ich ihm in Neuenburg kaufen mußte. Er verlangte außerdem, daß ich ihn mit Batterien versorgte.

»Bist du das, Christa?«

Natürlich hat er allen Grund, wütend auf mich zu sein. Ich höre, wie er ausatmet und sich dann verschluckt.

»Du mußt mit mir reden, Christa.«

Fisnish hat uns verboten, mit unseren Angehörigen Kontakt aufzunehmen. »Seid auf der Hut vor eurer Familie«, sagte er. Er weiß, was wir tun. Fisnish kennt uns besser, als wir uns selbst kennen. Er liest unsere Gedanken, unsere Gefühle. Ich halte mir den Mund mit der linken Hand zu. Die letzten Münzen fallen in den Apparat. Die Männer in dem Bistro haben das Interesse an mir verloren. Nur der Besitzer der Tankstelle sieht mich weiterhin an. Er lächelt versonnen, als wüßte er Bescheid. Er ist dumm. Er denkt, ich sei auf der Suche nach Nähe und Wärme.

»Komm zurück, Christa. Noch ist es nicht zu spät.«

Vater beginnt schallend zu lachen. Er will mich damit nicht verhöhnen; ich habe sein Lachen immer geliebt. Manchmal setzt er es ein, um mich umzustimmen, um mich zu überzeugen. Ich werde trotzdem nichts sagen, kein Wort, Fisnish, nichts. Schweigen werde ich, obwohl es mich fast zerreißt.

»Ich weiß, daß ich dir …«

Die Verbindung wird knisternd unterbrochen.

»Halt den Mund«, sage ich in die feuchte, heiße Sprechmuschel. Das obere Drittel der Scheiben hat sich beschlagen.

In den Straßen ist es kühl. Auf einem Balkon steht ein Mädchen und kämmt sich die hüftlangen Haare. Als es mich sieht, hört es damit auf. Während seiner Arbeit als Korrektor trug mein Vater blaue Ärmelschoner und eine Lesebrille, die er jedesmal umständlich zusammenklappte und in ein Etui schob, wenn er sie abnahm. Auf seinem Arbeitstisch lagen fünf Bleistifte, die er jeden Morgen als erstes spitzte. Danach goß er seine Topfpflanzen, streifte sich die Arbeitsschürze mit dem Schriftzug der Druckerei und die Ärmelschoner über und setzte sich an sein Pult. Die Abzüge, die er zu lesen hatte, bündelte er zu sauberen Stapeln, die er nach jedem korrigierten Absatz beiläufig neu ausrichtete. Alles war an seinem Platz. Störte etwas dieses perfekte System, rückte er es mit den selbstsicheren Bewegungen des Schlafwandlers an seinen Ort. Ich liebte Vaters Ordnung. Sie war klar und rein, gab mir Sicherheit. Sie erinnerte mich an Grammatik, sie hielt sich an Regeln, war berechenbar. In meinem Zimmer hatte Vaters Ordnung trotzdem nichts verloren, das wußte er. Im Gegensatz zu Mutter akzeptierte er meine Unordnung. Sein System galt nur für ihn.

Meine Mutter glaubte an Gott, mein Vater an den Duden.

Ich gehe schnell und ohne mich umzusehen. Wer sich umsieht, zieht Blicke auf sich. Es gibt mich gar nicht. Stand wirklich eine Frau mit verschmutztem T-Shirt und zerrissenen Jeans in der Telefonzelle? Selbst die Männer in dem Bistro haben mich vergessen. Das Problem ist der Besitzer der Tankstelle, das ist mir bewußt. ›Achtet auf jedes Detail‹, hat Fisnish erklärt, ›aber so, daß es niemand bemerkt. Ihr müßt euch genauso schnell verteidigen können, wie sich eine Situation verändert.‹ Um keine Zeit zu verlieren, gehe ich am Straßenrand. Ich halte es nicht für nötig, mich zu verbergen und von der Straße fernzuhalten: sie ist leer. Die Luft ist voller Gerüche und Tierstimmen. Der Horizont hat sich rot verfärbt. Es sieht aus, als liege eine leuchtende Millionenstadt hinter den Bergen, aber es ist nur die Sonne, die untergeht. Das Licht ist weich.

Als ich den Motor höre, ich es zu spät. Verschwinde ich jetzt im Unterholz, mache ich mich verdächtig. Ich muß weitergehen, obwohl ich ahne, wer am Steuer des Wagens sitzt, scharf abbremst und im Schrittempo hinter mir herfährt. Jedes Auto hat seinen eigenen Geruch, wie alles andere auch. Dieses Auto riecht neu und gepflegt. Jede Frau würde jetzt stehenbleiben und sich umdrehen, um zu erfahren, wer ihr folgt. Also bleibe ich stehen und drehe mich um.

»Darf ich dich mitnehmen?« fragt der Besitzer der Tankstelle und hält neben mir.

»Nicht nötig, danke.«

»Du bist müde. Und du hinkst.«

»Ich will trotzdem nicht.«

»Angst vor fremden Männern?«

»Für uns Frauen ist jeder Mann fremd.«

Er schüttelt den Kopf und lacht selbstsüchtig. Der Wagen ist zwar nur zweitürig, aber geräumig. Über dem Wald liegt tiefe Ruhe. Der Himmel hat die Farbe einer Orange. Die Straße ist immer noch warm von der Sonne. Auf den Rücksitzen liegt eine Lederjacke, die Vordersitze stecken in durchsichtigen Plastikhüllen, genau wie das Armaturenbrett.

»Quatsch«, sagt er.

»Kein Quatsch, nein. Dieses Auto ist neu.«

»Fabrikneu, allerdings. Hat exakt 47 Kilometer drauf. Der Fuß tut dir weh, gib's wenigstens zu.«

»Ich gebe es zu.«

»Steig ein. Ich beiße nicht.«

»Aber nur bis zur Tankstelle.«

»Aber nur bis zur Tankstelle«, wiederholt er und nimmt beide Hände vom Steuerrad. Die beschwichtigende Geste wirkt aufgesetzt. Weiß er, wer er ist, was er will? Ich weiß, wer ich bin. Im Innern des Wagens riecht es nach Plastik und ein wenig nach Alkohol. Kaum sitze ich neben ihm, fährt er los.

»Alleinstehende Frauen sollten nicht campieren.«

»Bin ich alleinstehend?«

»Nicht in dieser Gegend.«

»Und warum nicht?«

»Weil es gefährlich ist.«

»Ich habe keine Angst vor Schlangen.«

»Ich rede nicht von Schlangen.«

»Ich fahre nur bis zur Tankstelle mit«, sage ich.

»Natürlich. Dafür trinkst du ein Glas Muscat mit mir.«

»Was meint deine Frau dazu?«

»Meine Frau ist bei ihrer Schwester in Montpellier.«

»Und die Tankstelle?«

»Die Tankstelle ist geschlossen.«

Seine Haut ist tief gebräunt, er ist auf eine fast aufdringliche Art attraktiv. Andere Männer werden seine Nähe suchen und ihm gleichzeitig nicht ganz über den Weg trauen: Er ist kein Freund, sondern ein Konkurrent und Nebenbuhler.

»Du kommst aus Deutschland«, sagt er.

»Ja«, lüge ich.

»Ich war in München.«

»Ich in Toulouse.«

»Im Hofbräuhaus. Einmal. Und in Frankfurt.«

»Und ich war in Bordeaux und dreimal in Paris. Mindestens.«

»In Paris war jeder schon mal.«

»In Berlin auch.«

»Ich nicht, nein.«

Fisnish hat uns beigebracht, wie wir uns verhalten sollen. ›Macht ein Geheimnis um euch, allerdings bloß ein kleines. Eines, von dem jeder glaubt, daß er es mit etwas Anstrengung lüften kann. Sie sollen denken, daß sie euch kennen, daß sie wissen, wer ihr seid. Macht euch schwächer, als ihr seid. Aber selbstverständlich legen wir die Spielregeln fest. Wir bestimmen, was wir den anderen offenbaren und was nicht. Denn der Sieger protzt nicht, der Sieger gewinnt.‹

Der Besitzer der Tankstelle fährt ungeniert langsam. Und obwohl er mich kein einziges Mal ansieht, ist er ganz auf mich konzentriert und gibt mir das Gefühl, im Mittelpunkt zu stehen. Er glaubt zu wissen, wie man mit Frauen umgeht, die man für sich gewinnen will. Auf einem Strommast sitzen Krähen, die sich erst in die Luft schwingen, als wir an ihnen vorbeifahren.

»Hat die Frau aus Berlin schon einmal Muscat getrunken?«

»Ich komme nicht aus Berlin.«

»Wir reden über Muscat. Nicht über Deutschland.«

»Ich trinke keinen Alkohol.«

»Also nicht. Noch nie?«

»Aber du darfst mir eine Flasche Perrier schenken.«

»Groß oder klein?«

Er fährt den Wagen hinter die Garage, deren Blechtor mit einer schweren Kette gesichert ist. Der Hinterhof ist voller Ersatzteile, es riecht nach Diesel. Ich steige vor ihm aus, gehe aber hinter ihm auf den Eingang seines Lebensmittelladens zu. ›Es muß euch jederzeit bewußt sein, daß immer und überall Gefahr droht. Dieses Wissen darf euch aber nicht ängstigen. Ihr müßt es genießen und auskosten.‹ Fisnish hat uns Griffe und Schläge beigebracht, die uns jeden Angreifer vom Leib halten. Wir haben den starren Blick.

Für einen kurzen Augenblick sehe ich die Möglichkeit eines anderen Lebens vor mir: Kinder, die ich morgens zur Schule fahre und die mein Mann abends abholt; ein Haus mit einer Terrasse, auf der wir Grill-Partys feiern und bis tief in die Nacht diskutieren; Küchengeräte, die zuverlässig und beruhigend schnurren, wenn ich sie einschalte; flauschige Teppiche, die ich mit Begeisterung staubsauge; Backrezepte, die ich mit der Schere aus Zeitschriften ausschneide; Schnittblumen, die in den Armen meines Mannes auf mich warten, duftend, blutrot.

Er braucht drei verschiedene Schlüssel, um die verglaste Tür zu öffnen. Im Inneren des Geschäftes ist es dunkel und kühl. Der Vogelkäfig steht neben der Kasse. Als der Kanarienvogel bemerkt, daß er nicht mehr allein ist, flattert er aufgeregt hin und her. Seine Flügel wischen über die Gitterstäbe. Der Besitzer der Tankstelle folgt mir zum Kühlregal, wo ich mich bücke und nach einer Flasche Perrier greife. In diesem Moment umfaßt er mich von hinten und preßt sich an mich. Sein Atem streift meinen Hals, mein linkes Ohrläppchen. Er riecht nach Tabak.

Die wenigsten Männer können sich selbst richtig einschätzen. Entweder sie halten sich für unwiderstehlich, oder sie fühlen sich als Versager. Ihr größter Mangel aber ist, daß sie sich nicht im Griff haben und früher oder später die Beherrschung verlieren.

Er packt mich an den Hüften und drängt mich in den Nebenraum, in dem ich seine Frau vor dem Spiegel beobachtet habe. Wir sind die dunkle Macht. Wir werden unterschätzt, weil wir uns kleiner machen, als wir sind. Wehe denen, die unser wahres Gesicht erkennen müssen, denen wir uns offenbaren. Er schleudert mich an die Wand und kommt grinsend auf mich zu. Als er sich über mich beugt, verändert sich sein Gesichtsausdruck. Er erkennt bestürzt, daß ich nicht diejenige bin, die er erwartet hat. Bevor er seine Arme schützend nach oben reißen kann, schlage ich ihm die Handkante auf die Gurgel. Er fällt nach Luft schnappend auf den Rücken. Triumph ist mir fremd. Fisnish verlangt Demut und Bescheidenheit. Der Mann starrt mich entsetzt an. Schmerz liefert ein Maß an Information, das wir nicht verarbeiten können, ein Übermaß. Er ist überzeugt, daß ich noch einmal zuschlage. Als er begreift, daß ich das nicht tun werde, daß ein Schlag genügt hat, um ihn auszuschalten, wird sein Blick verächtlich.

»Fotze«, röchelt er.

Er hält sich die Gurgel und will aufstehen. Das zwingt mich, ihm mit aller Kraft zwischen die Beine zu treten. Ich verstehe die Männer nicht. Ich verschließe die Tür des Nebenzimmers mit dem Schlüssel, ziehe ihn ab und lege ihn neben die Kasse. Der Kanarienvogel bewegt ruckartig sein Köpfchen. Sieht er mich tatsächlich an? Als ich den Käfig öffne, zieht er sich in die hinterste Ecke zurück. Der Vogel ist warm, federleicht und paßt genau in meine Hand. Sein Herz klopft rasend schnell, teilt meiner Handfläche zarte Schläge aus. Draußen ist es jetzt fast dunkel. Der Besitzer der Tankstelle hämmert gegen die Tür.

»Du bist tot«, brüllt er.

In der Eingangstür des Ladens schließe ich die Faust. Das Knacken ist beschämend leise und kaum zu hören. Ich lasse den toten Vogel auf die Schwelle fallen. Auf den ersten Blick sieht er aus wie ein zerknülltes gelbes Taschentuch mit einem Blutfleck.

Der Rastplatz liegt hinter einer Hecke. Ein Maschenzaun grenzt ihn vom Wald ab. Die Vordertüren des einzigen Autos auf den bekiesten Parkfeldern stehen offen. Der Fahrer vertritt sich die Beine, während seine Frau im Licht der Bogenlampe eine Zigarette raucht. Sie fröstelt. Sie trägt Shorts und eine ärmellose Bluse. Schließlich tritt sie die Zigarette aus und geht ihrem Mann nach, der an den Zaun uriniert und dabei glucksend lacht.

Auf den Rücksitzen liegen Kleider, Chipstüten, Dosen und Landkarten verstreut. Der Citroën hat ein belgisches Kennzeichen, das Paar ist ziemlich sicher auf der Heimfahrt. Wenn die Ferien vorbei sind, werden die Menschen unvorsichtig. Am ersten Ferientag würde niemand sein Auto mit offenen Türen nachts auf einem Rastplatz stehenlassen, nur um sich die Beine zu vertreten und in der Dunkelheit zu küssen. Am Ende der Ferien vergessen sie die guten Ratschläge. Sie lassen Zündschlüssel stecken, legen Führerscheine, Wagenpapiere und sogar Pässe ins Handschuhfach.

Ich brauche den Wagen nicht einmal zurückzusetzen und kann sofort wegfahren. Im Rückspiegel sehe ich, daß der Mann mir nachläuft, allerdings bloß halbherzig. Er ist Realist und bleibt nach wenigen Metern stehen. Er verzichtet sogar darauf, mir irgendwelche Beschimpfungen hinterherzurufen. Von der Frau ist nichts zu sehen. Das Steuerrad ist feucht und warm. Still und dunkel drängen Bäume von beiden Seiten an die Straße, vèrengen sie zu einem Tunnel, der im Scheinwerferlicht glänzt. ›Hinterlaßt keine Spuren, wir sind unsichtbar.‹ Natürlich muß ich das gestohlene Auto so schnell wie möglich loswerden. Die Tachonadel zittert. Frische Luft strömt durch die offenen Fenster und blättert raschelnd in der Zeitung auf dem Nebensitz. Auf einer Anhöhe wird der Wald licht und hört mit einem Schlag ganz auf. Und als ich auf die Bergkuppe schieße, sehe ich die Lichter Perpignans am Saum des Meeres. Die Lichter flirren und tanzen, leuchten auf und erlöschen. Aber wahrscheinlich bin ich einfach nur müde. Das Hungergefühl ist weg. Wenn ich die Kupplung trete, denke ich automatisch an Fisnish: Er nimmt meinen Fuß in beide Hände, als wolle er ihn schützen, wärmen und liebkosen. Sein Blick erlaubt mir nicht, wegzusehen oder die Augen zu schließen. Ich muß ihn ansehen, während er mir Schmerz zufügt. Telefonmasten wirken wie Kreuze, die man entlang der Straße errichtet hat.

Ich fahre auf der Autobahn Richtung Norden. Windböen lassen die Karosserie schaukeln, ich kann die Brandung hören und die Wellen sehen, die unaufhörlich auf den Strand zudonnern. In seinem Korrektorenbüro erlaubte sich mein Vater nur eine Erinnerung an das Leben außerhalb der Druckerei: Die gerahmte Farbphotographie stand neben dem Duden, und wahrscheinlich sah er sie jedesmal an, wenn er den Blick von den Fahnenabzügen hob. Er hat die Aufnahme selbst gemacht: Ich bin zehn Jahre alt, sitze auf einer Schaukel und winke begeistert in die Kamera. Ich bin glücklich. Die Sonne scheint mir direkt ins Gesicht, darum kneife ich das linke Auge zu und schneide eine Grimasse. Die Schaukel hängt an einem Baum, dessen Äste und Blätter mein Sommerkleid mit Schatten sprenkeln. Am rechten Bildrand ragt ein Arm ins Bild, und eine blasse Hand erscheint wie ein Flügel auf meiner Schulter. Ich habe mir jahrelang vorgemacht, es sei der Arm meines Vaters, obwohl ich genau wußte, daß das nicht möglich war. Vater stand ja mit der Kamera vor mir. Es war Pfarrer Lingen, der ächzend vor Anstrengung neben der Schaukel kauerte. Weil Vater ihn nicht auf der Aufnahme haben wollte, hat er ihn kurzerhand aus dem Bild gerückt und abgeschnitten. Wenn man genau hinsieht, kann man auch meine Mutter erkennen: Sie sitzt mit gefalteten Händen auf einer Bank im Hintergrund. Sie scheint über meiner Schulter zu schweben und ist so undeutlich zu sehen, daß es auch eine andere Frau sein könnte.

In Narbonne verlasse ich die Autobahn. Natürlich wäre es vernünftig, den Wagen sofort in einer dunklen Nebenstraße abzustellen und zu verschwinden. Aber die Lichterströme der Autokolonnen, die sich langsam durch die Innenstadt bewegen, und die gutgelaunten Menschen, die sich auf den Trottoirs drängen, bringen mich dazu, mich zu vergessen. Über eine halbe Stunde fahre ich immer wieder durch dieselben Straßen und Gassen, vorbei an Menschen, die sich lachend in die Arme fallen, an Flaschen und Gläsern, die in Bistros aufleuchten, vorbei an klickenden Feuerzeugen, Händen, die durch die Abendluft segeln, blitzenden Goldkettchen, schwungvoll über nackte Schultern geworfenen Haaren, Gelächter, Musikfetzen und Stimmen, die sich überschlagen. Die warme Nacht stimmt die Menschen versöhnlich. Ich bin froh, unter ihnen zu sein, an ihnen vorbeizugleiten. Ungesehen, unsichtbar; die Durchreisende. In einem ausgeleuchteten Lokal sitzen die schweigsamen alten Männer mit Hut und Mantel, die seit vielen Jahren Nacht für Nacht hier warten. Und dann begreife ich, warum mir dieses ziellose Herumfahren so vertraut ist. Es erinnert mich an Kindheit, an Tage im Bett, wenn mich ein großzügiges Fieber von der Schule, und überhaupt vom Alltag befreite und auf eine verwirrende und phantastische Reise nach innen schickte, eingegraben in verschwitzte Decken und Kissen.

Schließlich stelle ich den Wagen vor dem Bahnhof ab; den Schlüssel lasse ich stecken. Wenn ich Glück habe, wird er diese Nacht noch einmal gestohlen. Bevor ich aussteige, fällt mein Blick auf die Zeitung auf dem Beifahrersitz:

> **Leiche eines Unbekannten im Kofferraum eines brennenden Autos gefunden**
> ST.-PAUL-DE-FENOUILLET, 23. JUNI (AFP). Im Kofferraum eines brennenden Autos haben Feuerwehrleute in der Nacht zum Donnerstag den Leichnam eines Mannes entdeckt. Wie ein Sprecher der Polizei mitteilte, waren die Feuerwehrleute alarmiert worden, weil in einer Kiesgrube außerhalb der Ortschaft Lesquerde nahe der Kleinstadt St.-Paul-de-Fenouillet ein Auto in Flammen stand. Nachdem sie das Feuer gelöscht hatten, entdeckten sie die männliche Leiche. Den Angaben zufolge war das Auto als gestohlen gemeldet worden. Der Besitzer wurde noch in derselben Nacht von der Polizei vernommen. Die Fahnder gehen davon aus, daß der Mann einem Verbrechen zum Opfer gefallen ist. Der Tote war unbekleidet. Sein Gesicht war bis zur Unkenntlichkeit verstümmelt, außerdem fehlte ihm der linke Fuß. Nähere Angaben über das Opfer lagen zunächst noch nicht vor.

Natürlich war ich schockiert, Claudia. Ich las die Zeitungsmeldung wieder und wieder, als könnte ich sie dadurch verändern und als würde sich mein Verdacht zerstreuen. Ich blieb so lange in dem gestohlenen Auto sitzen, bis ich mich so weit beruhigt hatte, daß ich normal gehen konnte.

Dann machte ich mich auf den Weg nach Narbonne-Plage.

Ich wollte ans Meer.

Ich hatte das Bedürfnis zu gehen, einfach stundenlang durch die Nacht zu gehen: das Wasser würde mich aufhalten. Nach ungefähr zwei Stunden fiel mir ein, daß ich das Gepäck der Belgierin nach sauberen Kleidern hätte durchsuchen können. Ich dachte tatsächlich ernsthaft daran, umzukehren und zu dem gestohlenen Auto zurückzugehen, um die Taschen der Frau auf offener Straße zu durchwühlen. Ja, Claudia, ich hatte das Verlangen, erwischt zu werden. Ich wollte es hinter mich bringen. ›Der Zweifel ist unser größter Feind. Wer da schwanket, ist unserer Sache nicht würdig.‹

Natürlich bin ich weitergegangen.

Den Rest des Weges habe ich gebetet. Ich folgte der Straße, die sich über mehrere Kilometer in zahllosen Kurven auf eine Gebirgsschulter windet und dann ähnlich einer Sprungschanze zum Mittelmeer hinabführt. Der Himmel war bedeckt, und trotzdem war es mild. Als ich die Anhöhe erreichte, war ich völlig erledigt. Die Schmerzen in meinem linken Fuß waren kaum auszuhalten. Das Meer war eine schwarze Fläche, die sich auf den ersten Blick nicht zu bewegen schien. Ich setzte mich auf einen Felsen und starrte so lange in die Dunkelheit, bis ich die Wellen sehen konnte, die auf die Küste zurollten und sich am Strand in einen funkelnden Saum verwandelten. Gedanken an Roberto verdrängte ich. Mein Fuß brannte, als habe sich die Haut der ganzen Sohle abgelöst. Ich konnte zwar weitergehen, aber bis ans Meer würde ich es kaum schaffen.

Das letzte Mal war ich vor mehr als zwanzig Jahren als Anhalterin unterwegs gewesen. Bereits das zweite Auto nahm mich mit. Die drei Frauen, die in dem klapprigen VW saßen, kamen aus Norddeutschland. Ich erzählte ihnen, daß ich Belgierin sei, in Narbonne-Plage Ferien machte und mich auf einer Wanderung verlaufen hätte. Sie waren am Morgen losgefahren und zu erschöpft, um mir die Geschichte nicht zu glauben. Der Motor war eigenartigerweise nicht zu hören, nur der Fahrtwind. Wir flogen regelrecht auf das Meer zu: stumm und mit heruntergekurbelten Scheiben. Als die Wellen zum Greifen nah waren und uns der kühle Geruch des Salzwassers entgegenschlug, erinnerten sich die Frauen daran, daß sie unterwegs in die Ferien waren. Sie hatten den ganzen Tag im Auto gesessen, jetzt waren sie am Ziel. Von einer Sekunde auf die andere verwandelte sich ihre Müdigkeit in Begeisterung. Sie schrien und klatschten in die Hände.

Und ich ließ mich von ihrer Euphorie anstecken, Claudia.

Ich habe mir sogar vorgestellt, mit Dir zusammen in dem VW zu sitzen: Du trugst einen Strohhut, den es Dir immer wieder vom Kopf riß, was Dich allerdings nicht davon abhielt, ihn immer wieder aufzusetzen. Zehnmal, hundertmal, den ganzen Tag segelte der Hut vom Beifahrersitz in den Fonds. Du wolltest unbedingt, daß wir direkt an den Strand fahren und uns erst danach um ein Zimmer kümmerten, dabei war es kurz vor Mitternacht. Wir nahmen uns nicht einmal die Zeit, unsere Badeanzüge anzuziehen, und stürzten uns in der Unterwäsche ins Wasser. Wir schwammen so weit hinaus, bis wir nichts mehr hören konnten als unseren Atem. Weder die Musik der Nachtclubs noch das Gelächter der anderen Touristen. Wir trieben wie Korken im Wasser, das hier draußen atemberaubend kalt war.

Und dann hast Du Deinen nassen Körper an mich gepreßt, zufrieden japsend und mit Deinen kleinen harten Mädchenfüßen strampelnd, Claudia, schnatternd vor Kälte, glühend vor Glück. Und dann ertranken wir wie Katzen, die in einem Jutesack stecken: schreiend, aneinandergeklammert, verloren. Wir ersoffen.

Sie ließen mich an der Strandpromenade aussteigen. Jetzt gingen mir die vielen gutgelaunten Menschen auf die Nerven. In Narbonne war ich in sicherer Distanz an ihnen vorbeigefahren, hier war ich mitten unter ihnen. Gnadenlos schoben sie mich vor sich her, vorbei an Straßencafés, Schmuckständen und Diskotheken. Es roch nach Haarspray, Eiscreme und Sonnenöl. Die meisten Menschen machen es einem einfach, sie zu verachten. Sie drängelten und schubsten, ich fühlte nackte Haut, von der Sonne aufgeheizt. Man drückte mir Armreifen ins Kreuz, massive Fingerringe, Handtaschen, Sportbeutel und kalte Flaschen.

Schließlich blieb ich mit gesenktem Kopf stehen und faltete die Hände zum Gebet. Zuerst schlug ich das Kreuz: Stirn, Schultern, Herz. Auf der Stelle wurde es ruhig in meiner Nähe. Die Leute machten einen Bogen um mich, wichen meinem Blick aus, hielten Abstand. Ich gehörte nicht hierher, das erkannten sie erst jetzt, da ich ihren Strom ins Stocken brachte. Ich störte.

In diesem Augenblick brannte der Himmel.

Die Flamme stieg fauchend über meinen Kopf, breitete sich aus zum donnernden Feuerball. Die Stichflamme wuchs aus dem Mund eines jungen Mannes, der sich mit flatternden Armen vorbeugte und den Kopf schüttelte, als werde er das Feuer sonst nicht los. Er hatte das rechte Bein vorgeschoben. Sein Gesicht leuchtete, und er sah mich entschlossen an. Sein Blick sagte mir, daß er mich gesehen hatte.

Danach ging ich ans Meer, um mich zu waschen.

Jeder Mensch trägt ein Bild des Meeres in sich.

Wann hast Du es das erste Mal gesehen, Claudia, in welchem Alter? Und welches Meer war es? Der Atlantik, die Nordsee? Oder war es ebenfalls das Mittelmeer?

Ich war 14. Damals schickten mich meine Eltern das erste Mal in das katholische Ferienlager für Mädchen auf der Insel Elba. Im selben Sommer lernte ich schwimmen. Und ich erfuhr, daß es Männer gab, die mich anbeteten, und daß die Kindheit nicht die Zeit der Unschuld ist.

Ich habe keine Ahnung, wer Dich adoptierte, Claudia. Ich war damals 16 Jahre, zwei Monate und vier Tage alt.

Wie alt war die Frau, der man Dich überreichte wie ein Geschenk? Die Frau, die Du Mutter nennst?

* * *

Daß Ihre Mutter keine Touristin war, sah ich sofort.

Sie stand auf der Mauer der Promenade. Irgendwie wirkte sie verstört und fremd. Als gehörte sie nicht hierher. Sie hatte weiße Jeans und ein weißes Shirt an und sah mir so fasziniert zu wie ein Kind. Es war fast Mitternacht, mein letzter Auftritt.

Wir sahen uns höchstens eine Sekunde an. Ihr Blick war eiskalt, ich kam mir überrumpelt vor. Ihre Mutter machte mir angst. Und sie gefiel mir. Natürlich geriet ich aus dem Rhythmus. Eine Keule glitt mir durch die Finger und landete auf dem Boden. Ich ließ auch die anderen fallen und machte sie aus.

Als ich wieder hochsah, war Ihre Mutter verschwunden.

Ich lebte damals schon seit mehr als vier Jahren auf der Straße und wußte darum eine ganze Menge über meine Zuschauer. Was sich wie Vorurteile anhört, sind Erfahrungen: Die Deutschen interessierten sich nicht für das Feuer. Sie wollten nur sehen, wie ich jonglierte. Und sie warteten immer darauf, daß ich einen Fehler machte und die Keulen fallen ließ. Dann sahen sie mich mitleidig an, machten abschätzige Bemerkungen und waren froh, daß sie mir kein Geld gegeben hatten. Den Franzosen war es egal, ob ich gut oder schlecht jonglierte. Sie liebten den Geruch des Petrols und die Flammen, die ich vor ihren Nasen durch die Luft tanzen ließ. Darum blieben die Franzosen erst stehen, wenn es dunkel war. Tagsüber gingen sie an mir vorbei, ohne mich zu beachten. Die Österreicher, Schweizer, Holländer und Skandinavier waren genau wie die Deutschen. Sie drängten sich schon am Nachmittag um mich, nahmen mir den Platz weg und warteten ungeduldig auf Fehler. Sie waren nicht neugierig, sie waren gelangweilt. Sie wollten nicht überrascht werden. Sie wollten bloß ihr Vorurteil bestätigt haben, daß Straßenartisten nichts taugen, schon gar nicht in den Ferien.

Paare waren meistens extrem geizig. Wenn sie Kinder bei sich hatten, ließen sie sich manchmal dazu hinreißen, mir ein paar lausige Francs zu geben. Auch bei den Paaren, die noch nicht lange zusammen waren, saß das Geld lockerer. Die Männer wollten ihren Frauen beweisen, daß sie sensibel, offen und tolerant waren. Tolerant gegenüber einem langhaarigen Kerl, der zwar besser aussah als sie, der aber Feuer spuckte, jonglierte und ganz offensichtlich auf der Straße wohnte wie der letzte Penner. Es waren fast immer die Männer, die bezahlten. Aber sie überließen es ihren Frauen oder Kindern, das Geld in meine Blechbüchse zu werfen. Männer kamen nicht besonders gerne in meine Nähe. Ich konnte etwas, was sie nicht konnten: Ich spielte mit dem Feuer. Das machte ihnen Schiß. Sie wußten, daß das ihren Frauen gefiel.

Am Anfang habe ich noch mit vier Keulen gearbeitet. Aber ich kapierte bald, daß diese Mühe absolut umsonst war: Die wenigsten Touristen sahen den Unterschied. Also jonglierte ich nur noch mit drei Feuerkeulen. An schlechten Tagen beschränkte ich mich sogar auf zwei. Die Zuschauer bekamen das, was sie verdienten. Das Minimum. Die Illusion, den Zauber. Den sie sahen, wenn sie dafür bereit waren. Meine Auftritte dauerten jeweils zehn Minuten. Davon gingen zwei oder drei für das Präparieren und Anzünden der Keulen drauf. Der Anfang war das Problem. Ich mußte so schnell wie möglich meinen Rhythmus finden. Schaffte ich das nicht sofort, konnte ich eigentlich wieder aufhören. Was ich natürlich nicht tat. Ich machte immer weiter, so beschissen es auch lief. Ich brachte meine Auftritte hinter mich. Das Feuerspukken behielt ich mir für den Schluß auf. Die Touristen wollten, daß ich einen Feuerball in den Himmel spuckte, also machte ich es. Dabei haßte ich den Geschmack des Petrols. Nach jedem Auftritt machte ich mindestens eine halbe Stunde Pause. Spülte mir den Mund mit Milch, rauchte einen Joint oder ein paar Zigaretten. Die Männer hatten es eilig, wegzukommen. Frauen, die allein unterwegs waren, suchten meine Nähe. Auch in dieser Hinsicht war Ihre Mutter anders. Sie ging einfach weg. Löste sich in Luft auf. Ja, ich habe sie gesucht, in jener Nacht.

DER FÜNFTE TAG

Ein Felsgürtel, der sich ein Stück weit ins Meer hinausschiebt, markiert das Ende des öffentlichen Strandes. Um in die Bucht zu kommen, die hinter diesem natürlichen Riegel liegt, muß man schwimmen oder klettern.

Da ich die Bucht letzte Nacht nicht bemerkte, habe ich am Strand geschlafen. Der Wind strich in sanften Böen über den Sand und trug den Lärm von St.-Pierre-sur-Mer und Narbonne-Plage zu mir herüber. Nach 3 Uhr wurde es allmählich ruhig. Und als die Kirmes endlich ihren Betrieb einstellte, erlosch auch der Widerschein ihrer Lichter auf dem Wasser.

Zäune deuten darauf hin, daß die Bucht Privatgrund ist; ich werde den Tag trotzdem dort verbringen. Verborgen vor den Badegästen, die mit Liegestühlen und Sonnenschirmen auf mich zukommen. Schon jetzt hängt ein leichter Hitzeschleier über dem Strand. Ich gäbe viel für ein Badetuch, das ich mir wie einen Turban als Schutz vor der Sonne um den Kopf binden könnte. Der Felsgürtel, der die Bucht abschirmt, ist bewachsen mit Ginster und Büschen mit messerscharfen Blättchen. Also schwimme ich. Ich lasse mich ins Meer fallen, ohne meine Kleider oder Schuhe auszuziehen. Am Hang steht eine Villa, die von Laubbäumen fast ganz verdeckt wird. Ich treibe auf dem Rücken im Wasser und stelle mir vor, daß ich von jemandem beobachtet werde, der an einem Fenster der Villa sitzt und sich fragt, wer ich bin, und sich dann einen Lebenslauf für mich ausdenkt.

Im Schatten des Bootssteges steige ich aus dem Meer. Der Kiesstrand ist übersät mit Tang, den die Wellen in großen Schwüngen ausgebreitet haben. Das Unterholz, in das ich mich verkrieche, ist so dicht, daß mich niemand sehen wird. Wir sind unsichtbar und namenlos. Wir bestimmen den Zeitpunkt, an dem ihr uns zu Gesicht bekommt, an dem ihr von uns hört. Wir sagen ja. Wir sagen nein. Unsere Stimmen sind klar. Ihr seid die Arglosen und Fehlerhaften. Wir dagegen sind rein und voller Argwohn. Wir kommen über euch. Wer aber wird uns trösten?

Vielleicht gibt es Kameras im Garten der Villa. Kameras, die jede Bewegung und jedes Wort von mir aufzeichnen. Hier bin ich: Liege mit nassen Kleidern auf dem Rücken im Unterholz, halte meinen schmerzenden linken Fuß in die Höhe und warte darauf, vom Halbschlaf in den erlösenden Schlaf zu gleiten. Erst jetzt höre ich die Musik. Wahrscheinlich kommt sie aus der Villa am Hang, verführerisch leise, als stelle ich sie mir bloß vor. Laß mich bitte schlafen, aber nicht träumen:

For now I need your hidden love
I'm cold as a new razor blade
You left when I told you I was curious
I never said that I was brave

Es riecht nach der aufgeplatzten Rinde eines Baumes, einer uralten Pinie, Pinus pinea, Pfarrer Lingen besteht auf den lateinischen Namen. Unsere langen Tische und Bänke stehen unter einem Dach aus Ästen und Nadeln, einem Dach, das sich wiegt und schüttelt, das sich leise regt oder wütend rauscht. Hier sitzen wir nicht nur, wenn wir essen, hier sitzen wir auch, wenn wir beten oder wenn uns Lingen ins Gewissen redet. Wenn wir stumm beten, uns nicht rühren und kein Wind das Piniendach über uns in Aufregung versetzt, können wir das Meer hören: Es liegt etwa hundert Meter unter unserem Camp.

Unsere Zelte haben wir am Rand des Pinienwaldes aufgebaut. Wegen der Hitze schlagen wir ihre Eingänge tagsüber zurück, und so kann ich die Feldbetten mit den Schlafsäcken sehen, die exakt ausgerichtet nebeneinanderstehen und mich an Vaters Bleistifte erinnern. Tagsüber dürfen wir uns nur hinlegen, wenn wir krank sind oder uns unwohl fühlen. Am dritten Ferientag ist mir so schwindlig, daß ich die Augen schließen muß, um nicht hinzufallen und mich zu übergeben. Seither weiß ich, daß es eine Strafe ist, allein im Zelt zu liegen: Du hörst die Stimmen der anderen, hörst sie lachen und kreischen, beängstigend weit entfernt, während du gegen den Schlaf ankämpfst und merkst, daß es gefährlich ist, über sich selbst nachzudenken, ohne sich etwas vorzumachen. Du verlierst die Kontrolle über dich, verlierst dich selbst aus den Augen, streckst die Arme aus, bettelst, flehst. Aber da ist niemand, der dir hilft. Du schwebst über dir, neben dir. Niemand hört dich in deinem Zelt, dessen Wände der Wind bewegt. Du dagegen hörst das Lachen der anderen, allerdings so weit entfernt, daß du es dir vielleicht nur einbildest.

Nachts riechen meine Haare nach dem Rauch des Lagerfeuers. Die Geräusche des Waldes sind nur dann unheimlich, wenn wir darüber reden. Sonst gefällt mir die Nähe der anderen Mädchen. Ich höre, wie sich ihr Atem verändert, wenn sie einschlafen. Sie knirschen mit den Zähnen, murmeln, zappeln mit den Füßen und werfen sich hin und her. Einige flüstern im Schlaf Namen, die ich nicht kenne. Andere schniefen, als würden sie weinen. Sie alle sind froh, nicht allein zu sein, genau wie ich. Aber über die Geräusche im Pinienwäldchen dürfen sie nicht reden. Das Meer rauscht und trägt uns fort, ein Mädchen nach dem andern.

Insgeheim bete ich dafür, so oft wie möglich für die Küchenbrigade eingeteilt zu werden. Die anderen hassen dieses

Amt. Die drei Aluminiumbecken stehen neben der Kochstelle, auf der wir das Abwaschwasser aufkochen.

Der Vikar, der die Küche leitet, ist fünfundzwanzig und sieht aus wie Leonard Cohen.

Ich habe keine Ahnung, wer Leonard Cohen ist, bis mir der Vikar die Hülle der einzigen Kassette zeigt, die er nach Italien mitgebracht hat. Wenn Pfarrer Lingen mit den Mädchen, die nicht für die Küche eingeteilt sind, endlich Richtung Meer verschwunden ist, hängt der Vikar seinen Kassettenrekorder an die Wäscheleine über den Spülbecken.

Er kennt alle Texte auswendig. Er singt falsch und so leise, daß ich ihn kaum höre.

> We met when we were almost young
> Deep in the green lilac park
> You held on to me like I was a crucifix
> As we went kneeling through the dark

Der Mann und die beiden Jungen stehen plötzlich keine zehn Meter von mir entfernt. Natürlich erschreckt es mich, daß ich sie nicht gehört habe. Einen Augenblick befürchte ich, daß sie mich bemerken. Aber sie sind damit beschäftigt, sich anzuschreien. Die Stimme des Mannes kippt. Die zwei Jungen haben sich gegen ihn verbündet, und er kommt nicht gegen sie an. Schließlich schweigt er und schüttelt konsterniert den Kopf. Alle drei tragen Badehosen und haben Taucherbrillen und Flossen dabei. Die Jungen sind braun und muskulös. Sie sind Komplizen. Sie ekeln sich vor dem Erwachsenen, den sie mittlerweile behandeln, als sei er überhaupt nicht da. Sie spucken ins Meer und lachen laut, während sie ihre Brillen mit Wasser ausschwenken. Der Mann will sich zwischen die Jungen drängen, aber es gelingt ihm nicht. Ihre Körper sind angespannt und bilden eine Einheit, um die er herumwaten muß. Ich kann nicht verstehen, was die Jungen auf seine Frage erwidern. Er zuckt zurück, und die Jungen beginnen brüllend zu lachen. Sie fühlen sich so stark, daß sie ihm bedenkenlos ihre Rücken zuwenden. Daß sie ihn nicht als ernsthaften Gegner anerkennen, ist dem Mann zuviel: Plötzlich schlägt er mit beiden Fäusten auf sie ein. Er ist völlig außer sich. Er schreit, das macht ihn noch schwächer. Die Jungen lassen die Schläge über sich ergehen, ohne sich zu wehren. Sie heben nicht einmal die Arme. Sie stehen da wie zwei Freunde, die von einem Platzregen überrascht worden sind: reglos und ergeben.

Dann verschwinden sie kopfüber im Meer.

Mein Vater hat mich nur ein einziges Mal geschlagen.

Er traf mich knapp neben dem Mund. Seine kleinen weichen Finger hinterließen einen brennenden Abdruck auf meiner Wange.

Meine Mutter war unbarmherzig, Claudia. Damit sie so wenig wie möglich gegen mich in der Hand hatte, durfte ich nichts von mir preisgeben, nichts von mir verraten. Sie hat nichts von mir erfahren, Claudia, nichts.

Aber ich hatte auch keine Ahnung, was für ein Mensch meine Mutter war.

Als ich die Windpocken bekam, zwang sie mich, Handschuhe zu tragen, Claudia, Fäustlinge aus grober Wolle, mitten im Sommer: Ich sollte mich nicht kratzen. In der Nacht hat sie die Fäustlinge zusammengebunden, und ich lag in meinem Bett wie eine Gefangene. Rücklings, die gebundenen Hände, naß vor Fieberschweiß, im Schoß. Nein, gekratzt habe ich mich nicht, meine Haut ist makellos, dafür bin ich ihr dankbar. Aber ich habe mich berührt in jenem Sommer. Berührt mit den feuchten, wollenen Handschuhen, das hatte sie davon.

Im gleichen Sommer wurde meine Mutter krank.

Im Glauben, Gott lasse sie nicht im Stich, hatte sie die Schmerzen im Rücken und in der Brust jahrelang ignoriert. Als sie sich endlich untersuchen ließ, war es zu spät. Nachdem sie den Befund erhalten hatte, lebte sie noch sieben Wochen. Sie hatte furchtbare Schmerzen. Wenn ich allein war, atmete ich manchmal so wie meine kranke Mutter: Ich schnappte seufzend und mit aufgerissenem Mund nach Luft, um sie nach einer unerträglich langen Pause wieder auszustoßen und dabei zu stöhnen. Ich blieb in meinem Zimmer und teilte das Leid meiner Mutter aus der Distanz.

Ich haßte es, an ihrem Bett zu sitzen und zu beten.

Wenn ich ein Gebet zu Ende gesprochen hatte, drückte sie meine Hände so lange, bis ich wieder von vorne begann, immer wieder von vorne begann. Meine Mutter weigerte sich, meine Hände freizugeben. Ich mußte beten, sie gesundbeten. Der Krebs machte ihre Augen größer. Ihr Blick war verschleiert, aber ich sah, daß sie furchtbare Angst hatte. Die meiste Zeit lag sie steif und bewegungslos auf dem Rücken, als könne sie die Schmerzen auf diese Weise besänftigen. Wenn sie es nicht mehr aushielt, fuhr sie schreiend in die Höhe. Dann öffnete sie ihre Hände und gab mich frei. In ihrem Eckzimmer war es dunkel, stickig und drükkend heiß. Sie hatte uns verboten, die Gardinen oder Fenster zu öffnen. Ihre blasse empfindliche Haut durfte nicht der Sonne ausgesetzt werden. Sie brauchte Schutz vor der Hitze, den Geräuschen, Gerüchen und Berührungen der Welt außerhalb ihres Eckzimmers. Wußte sie, daß sie starb? Es roch nach Weihrauch, Medikamenten, kaltem Schweiß und den Kerzen, die Tag und Nacht brennen mußten. Ich haßte den Anblick ihrer verschwitzten Pantöffelchen, ihres Nachthemdes und ihres Morgenmantels mit den gesteppten Nähten, den sie so fest zuschnürte, als wolle sie sich selbst die Luft abwürgen.

Du kannst Dir bestimmt vorstellen, daß ich als kleines Mädchen zu meinen Eltern ins Bett schlüpfte, wenn ich nachts erwachte und mich fürchtete, Claudia. Dabei schmiegte ich mich immer an meinen Vater, niemals an Mutter. Sie hätte sich sofort aufgesetzt, wütend über die Störung. Sie hätte die Nachttischlampe angeknipst und mich in mein Zimmer zurückgeschickt. Vater dagegen schlang einfach die Arme um mich und schlief weiter.

Ich liebte meine Mutter nicht einmal, als sie starb, heute stehe ich dazu, Claudia. Nicht mit ihr hatte ich Mitleid, sondern mit mir, und vor allem mit Vater. Darum hielt ich mich von ihr fern, sooft ich konnte. Aber obwohl sich mein Zimmer am anderen Ende des Flures befand, hörte ich ihren rasselnden Atem, ihr Stöhnen und ihr Gemurmel: Wenn Mutter allein war, betete sie nämlich selbst und flehte Gott um Hilfe an.

Sie kämpfte nicht um ihr Leben, sie bettelte darum.

Letztlich starb sie nicht an Krebs, sondern an der Erkenntnis, daß Gott ihr nicht half. Daß er nichts gegen ihre Schmerzen unternahm, daß er sie sterben ließ. Daß er ihre Gebete nicht erhörte.

»Das ist nicht Gottes Sprache«, sagte sie in der vierten Woche, »und daß er mir nicht hilft, ist der Beweis, daß er nicht existiert. Ich habe mein ganzes Leben lang an etwas geglaubt, das es gar nicht gibt.«

In diesem Moment hat sich meine Mutter aufgegeben, Claudia.

Sie wollte noch am gleichen Tag ins Krankenhaus eingewiesen werden.

Natürlich schlug mich Vater wegen ihr.

Es hatte den ganzen Juli geregnet, aber genau an diesem Tag hörte es endlich damit auf. Der Himmel war ohne eine Wolke, und kurz nach dem Mittag zeigte das Thermometer bereits dreißig Grad. Durch das geöffnete Fenster des Klinikzimmers drangen ausgelassene Stimmen aus dem nahen Schwimmbad, und es roch nach Sommer und Ferien. Aber ich mußte den ganzen

Nachmittag bei meiner Mutter sitzen, um mir anzuhören, wie sie über die Religion herzog, nach der sie mich fünfzehn Jahre lang erzogen hatte. Mutter hatte sich geschminkt, hatte leuchtend grünen Lidschatten aufgetragen, ihre eingefallenen Wangen gepudert und sich die Lippen angemalt. Sie hatte den Mund eines Clowns, der unbedingt will, daß man über ihn lacht. Das Morphium, das man ihr gab, linderte ihre Schmerzen und machte sie gleichzeitig redselig. Sie redete und redete, während ich es kaum erwarten konnte, daß Vater auftauchte und mich erlöste. Die Schmerzmittel hatten ihr Gesicht weicher gemacht und ihre Züge gelöst. Aber es sah nur so aus, als habe sie das Morphium milde gestimmt, denn sie hörte nicht auf, über die katholische Kirche und deren Gott herzuziehen.

»Wie geht es eigentlich deinem Vater? Er muß mittlerweile halb verrückt sein aus lauter Sorge um mich. Dabei wollte er immer allein sein. Und das ist er jetzt auch, Himmel Herrgott, das ist er jetzt wirklich. Ganz allein.«

Mutter hielt mich umklammert. Als sie mich auf die Stirn küßte, wurde vorsichtig die Tür geöffnet. Mutter roch nach Seife und Make-up. Ich wußte mit absoluter Gewißheit, daß Vater hinter mir stand. Hatte sie ihn ebenfalls bemerkt?

»Vater ist überhaupt nicht allein«, sagte ich laut und unbekümmert, »und Sorgen wegen dir macht er sich schon gar nicht. Im Gegenteil.«

Vater ging leise und kommentarlos aus dem Zimmer.

Später hat er mich im Fahrstuhl geschlagen, Claudia.

Ein paar Tage zuvor hatten wir uns im gleichen Fahrstuhl in den Arm genommen. Der Arzt hatte Vater erklärt, daß Mutter nicht mehr lange zu leben habe. Ich hatte Vater noch nie weinen gesehen. Die Metastasen hatten sich im ganzen Körper seiner Frau ausgebreitet.

»Paps?«

»Ja, mein Mädchen?«

»Wen liebst du am allermeisten?«

»Dich, Christa.«

»Für immer, Paps?«

»Für immer und ewig.«

»Versprochen?«

»Versprochen, Christa.«

Aber Mutter hat sich das Leben nicht wegen mir genommen, sondern wegen Gott, von dem sie sich verraten fühlte. Dabei saß Pfarrer Lingen Tag für Tag geduldig und treu an ihrem Krankenbett, bis sie ihm Hausverbot erteilte.

DER SECHSTE TAG

Als ich erwache, ist es beinahe Mittag. Der Wind schiebt Wolken vom Meer her gegen das Landesinnere. In der Villa klimpert jemand auf einem Klavier. Kurz darauf tritt ein Mann an eines der offenen Fenster und steckt sich eine Zigarette an. Die Brandung wirft Abfälle an den Kiesstrand der Bucht und Treibholz, das die Wellen immer wieder neu anordnen.

Ich habe die Nacht in der Privat-Bucht verbracht, verkrochen im Unterholz. Die Besitzer der Villa feierten eine Party, die erst in den Morgenstunden zu Ende ging. Sie hatten die Fenster geöffnet, und die Musik und das Stimmengewirr wiegten mich in einen oberflächlichen Schlaf, aus dem ich beim kleinsten Geräusch hochschreckte. Die Lichter, die aus dem Haus fielen, verwandelten den Garten in eine gespenstische Landschaft voller Licht und Schattenwesen. Immer wieder kamen Paare durch den Garten, liefen nackt ins Meer und küßten oder liebten sich im Wasser. Es war aufregend, sie dabei zu beobachten. Aber ich hatte nicht das Bedürfnis, zu ihnen zu gehören und eine von ihnen zu sein. Geschirr klirrte, ein Mann warf sein Glas in die Dunkelheit, wo es zersprang. Der Mann knurrte wie ein Bär, während seine Partnerin zähneklappernd im Wasser stand und mit Kinderstimme mit sich selbst plapperte.

»Ich weiß nicht mehr, wer ich bin«, sagte sie begeistert.

»Sei froh«, antwortete der Mann.

Um Mitternacht gab es ein Feuerwerk. Weil ich befürchtete, entdeckt zu werden, verkroch ich mich noch tiefer im Dickicht. Einige der Raketen platzten direkt über meinem Versteck. Verglühende Sterne und trudelnde Fallschirme gingen auf mich nieder. Es stank nach verbranntem Pulver. Einzelne Raketen flogen dicht über die Baumkronen und verschwanden zischend im Meer. Der Wasserspiegel leuchtete in blassen Farben, die schaukelnd ineinanderliefen. Die Kälte kroch durch die Erde in meinen Körper. Ich roch nach den Blättern, die mich bedeckten. Das Gras leuchtete rot, dann blau und gelb, bevor die letzte Rakete erlosch und es wieder dunkel wurde.

Der Mann am Fenster breitet die Arme aus, als erwarte er eine Umarmung. Er trägt ein weißes Hemd. Es ist der Mann, der gestern auf die beiden Jungen einprügelte. Er hatte ihnen nachgesehen, wie sie ins offene Meer hinausschwammen, dann war er in der Villa verschwunden. Als der Mann die Kippe in den Garten schnippt und das Fenster schließt, krieche ich aus dem Unterholz und laufe ans Wasser. Meine Kleider sind trocken, aber klamm und steif. Am Rand der Bucht steht ein Teller mit einem angebissenen Lachsbrötchen und ein paar Oliven und Kapern. Die Zitronenscheibe ist vom Teller gerutscht und liegt im Kies. Wenn der Wind auffrischt, werden die Wellen den Teller erreichen. Meinen Hunger hatte ich verdrängt und vergessen. Jetzt ist er plötzlich wieder da. Wir sind nichts, Fisnish, nicht das, was wir gerne wären: stark. Der Magenschmerz läßt mich in die Knie gehen.

Zuerst nehme ich nur eine Olive vom Teller, aber bevor ich sie hinunterschlucke, stopfe ich mir auch alle anderen in den Mund. Ich streue die Kapern über das angebissene Brötchen und verschlinge es. Der Geruch des Lachses ist überwältigend und ekelerregend zugleich. Ich beginne erst zu kauen, als mein Mund längst leer ist. Vor genau elf Jahren habe ich die letzte Zigarette geraucht; jetzt würde ich mir sofort eine anzünden. Das Wasser ist kühl und bringt mich auf andere Gedanken. Ich schwimme dicht am Ufer entlang, obwohl die

Wellen bestimmt hoch genug sind, um mich gegen den Felsgürtel zu schleudern. Für sein Leben ist man selbst verantwortlich.

* * *

Die ersten zwei Jahre bin ich mit meiner Freundin Valy unterwegs gewesen. Dann hatte sie genug vom Leben auf der Straße. Sie verschwand eines Tages, ohne sich von mir zu verabschieden. Wir trampten damals zwischen Toulouse, Bordeaux und der Atlantik-Küste hin und her. Manchmal leisteten wir uns eine Nacht in einer Pension, aber meist schliefen wir draußen. An jenem Tag waren wir am Strand von Biarritz. Ich jonglierte, und Valy ging mit dem Hut herum. Sie hatte eine fast hypnotische Wirkung auf Menschen, und zwar auf Frauen genauso wie auf Männer. Sie strahle die Zuschauer so lange an, bis sie gar nicht mehr anders konnten und nach ihrem Geld griffen. Als uns an jenem Tag das Petrol ausging, bot Valy an, die beiden Plastikflaschen in der Apotheke am Ende der Fußgängerzone nachzufüllen. Ich fand es zwar komisch, daß Valy ihren Rucksack mitnahm, aber ich dachte mir, daß sie vielleicht auch Wein, Käse und Brot einkaufen wollte. Sie drehte sich nicht nach mir um, sie würde schließlich gleich zurück sein. Und weil ich jonglierte, sah ich ihr auch nicht nach. Sie verschwand in der Menge.

Ich habe Valy nie mehr wiedergesehen.

Ich habe monatelang nach ihr gesucht. Erst als ich aufhörte, mich jeden Tag mit Alkohol und Drogen zuzudröhnen, gab ich die Suche auf. Ich vergaß sie nicht, ich ließ sie los. Manchmal glaubte ich zwar noch, sie unter meinem Publikum zu entdecken. Ich sah Valy in Bistros oder in Autos, am Strand und auf Landstraßen, hinter Zeitungen oder in Supermärkten. Aber ich suchte nicht mehr nach ihr. Falls wir uns wiedersehen sollten, mußte sie mir wie beim ersten Mal über den Weg laufen: Unerwartet.

Nachdem ich ohne Valy unterwegs war, schloß ich mich manchmal für ein paar Tage anderen Straßenartisten, Tramps oder Obdachlosen an. Es tat gut, zu hören, wie jemand meinen Namen rief. Außerdem mußte ich mir nicht mehr beweisen, daß ich es allein aushielt. Daß ich das konnte, wußte ich.

Eigentlich hatte ich vorgehabt, nur bis Ende Mai zwischen Béziers und Perpignan zu bleiben und dann nach Spanien abzuhauen. Aber weil unsere Gruppe so gut zusammenpaßte, konnte ich mir plötzlich vorstellen, länger in Frankreich zu bleiben, vielleicht sogar den ganzen Sommer. Wir waren fünf Männer und eine Frau. Wir verstanden uns bestimmt auch so gut, weil wir fast nichts voneinander wußten. La Directrice war etwa fünfundvierzig und wahrscheinlich Französin. Sie ließ sich schon seit einiger Zeit gehen und war ziemlich am Ende. Aber man sah, daß sie früher einmal eine gepflegte Frau gewesen war. Georges hatte uns erzählt, daß er aus Luxemburg kam. Anfang Mai hatte er mit uns den Vierzigsten gefeiert. Lambert war ein kompaktes Muskelpaket. Er ließ sich alle paar Tage von einem von uns mit einem Wegwerfrasierer die Haare auf seinem kleinen massiven Kopf wegmachen. Er war etwa dreißig und kam aus der Autostadt Clermont-Ferrand. Jean-Pierre war unglaublich lang und dünn. Er hatte eine Nickelbrille, die er dauernd verlegte und nach der wir alle immer wieder suchten. Sein Alter war schwer zu schätzen. Er hatte den Körper eines jungen Mannes und das Gesicht eines Großvaters. Ich hatte keine Ahnung, woher er kam. Manchmal hielt ich ihn für einen Belgier, dann wieder für einen Holländer. Mushroom war neunzehn. Er war aus Kaiserslautern und deutete mehrmals an, er habe ein großes Ding gedreht, sei aber verpfiffen worden.

Mich nannten sie Spitfire. Ich glaube nicht, daß die anderen wußten, daß ich aus Salzburg kam. Mein Französisch verriet zwar, daß ich Ausländer war, aber die meisten hielten mich für einen Italiener oder Spanier. Man sieht mir den Österreicher nicht an. Nicht einmal mit Mushroom redete ich deutsch. Dabei war sein Französisch erbärmlich.

Georges hatte ein Hauszelt. Wir bauten es etwa zwei Kilometer hinter dem öffentlichen Strand in einem Wäldchen am Meer auf. Die Bäume waren ein guter Schutz gegen Sonne und Regen. Und außerdem konnte man uns nicht sofort sehen. Das nächste Haus war einen Kilometer von uns entfernt. Weil es ein Ferienhaus war, wechselten seine Bewohner fast jede Woche. Zu dem Bungalow gehörte auch ein Swimmingpool mit Dusche. Dort wuschen wir uns, wenn die Mieter am Meer waren. Wir hatten einen Grill, eine Kühlbox, einen Klapptisch, sechs Campingstühle, mehrere Luftmatratzen und zwei Kofferradios. Ich hatte keine Ahnung, woher die Sachen waren. Mit der Zeit hatten wir sogar Kochtöpfe, Gläser, Besteck und Geschirr organisiert. Streit gab es nur um die beiden Radios. Und weil Lambert immer wieder über die Zeltschnüre stolperte, wenn er besoffen war. Wir teilten alles. Das klingt kitschig, war aber das Gegenteil: Es war praktisch und bequem.

Mit einem Teil des Geldes, das ich mit Jonglieren machte, kaufte ich Essen, Bier und Wein. Mushroom und Georges hatten sich darauf spezialisiert, die Abfallcontainer der Restaurants von Saint-Pierre-sur Mer und Narbonne-Plage zu durchsuchen. Sie nahmen nur mit, was man wirklich brauchen konnte. Wir kochten immer gemeinsam. Wenn uns das Geld ausging, verschwanden Lambert und Jean-Pierre für ein paar Stunden. Sie kamen nie mit leeren Händen zurück.

Sie brachen in Autos und Ferienbungalows ein und nahmen Wertsachen mit, die sich verkaufen ließen. Wir stellten keine Fragen. Weder über die Gegenwart noch über unsere Vergangenheit. Wer nichts von sich erzählen wollte, ließ es bleiben.

La Directrice besaß goldene Ohrclips, über die sie kein Wort verlor und die sie nur selten anzog. Diese Clips verwandelten sie in die einflußreiche Frau zurück, die sie früher einmal gewesen war. Wenn sie die Ohrringe trug, wollte sie allein sein: Sie setzte sich mit einem Campingstuhl ans Meer und glotzte ins Leere. Sie wußte genau, daß wir sie dabei beobachteten. Manchmal tat sie so, als setze sie ihre Unterschrift auf unsichtbare Papiere, die auf einem unsichtbaren Tisch vor ihr lagen. In diesen Momenten war ihre Körperhaltung perfekt. Sonst ging sie gebückt und mit hängenden Schultern.

Jean-Pierre hatte ein Papier, das er in seiner Geldbörse aufbewahrte. Manchmal nahm er es heraus und las es sorgfältig durch. Dazu machte er theatralische Gesten und lachte hämisch. Mushroom behauptete, er habe das Dokument gesehen: Es sei die Urkunde eines Preises, den Jean-Pierre vor vielen Jahren erhalten habe.

Mein Fetisch war ein kleiner Lederbeutel, den ich um den Hals trug und in dem ich meinen linken oberen Eckzahn aufbewahrte. Ich hatte mir den Zahn acht Jahre zuvor bei meinem ersten Epilepsie-Anfall herausgeschlagen. Auf der Maturareise nach Wien war ich am Schottenring aus der Tram gestiegen und wollte mit den anderen zur Donau hinübergehen, als ich für den Bruchteil einer Sekunde ins Reich des Lichtes trat, um danach in die Finsternis zu fallen. Zum ersten Mal hatte mich der Blitz eines Gehirngewitters getroffen. Morbus sacer. Die heilige Krankheit. Mohammed verfaßte den Koran nach epileptischen Anfällen, das ist bekannt.

Dostojewskij war Epileptiker. Ich bin Epileptiker. Aber die Aura, die jeden Anfall ankündigt und die die Dichter loben und preisen, besteht bei mir nur aus einem Gefühl des Schreckens und furchtbarer Angst. Als ich damals in Wien wieder zu mir kam, lag ich auf der Seite. Man hatte sich um mich gekümmert. Ich hörte beruhigende Stimmen, spürte eine Hand in meinem Nacken. Das erste, was ich sah, war eine Lache Blut, in der mein Eckzahn lag. Er schimmerte in der Sonne. Dann öffnete ich meinen Mund, und die Blutlache wurde sofort größer. Ich hatte mir fast die Zunge abgebissen. Depaken. Tegretol. Dilantin. Ohne meine Medikamente wäre ich ein Krüppel.

Die Leute, mit denen ich 1996 den Sommer verbrachte, wußten nichts von meiner Krankheit. Ich achtete darauf, daß mich niemand sah, wenn ich die Medikamente schluckte. Vor dem Mittag machte ich mich auf den Weg nach Saint-Pierre-sur-Mer, wo ich nachmittags jonglierte. Gegen Abend ging ich noch einmal zu unserem Lagerplatz zurück, um mich auszuruhen und etwas zu rauchen. Nach dem Abendessen mußte ich mich jedesmal zwingen, noch einmal loszugehen. Wenn ich tagsüber genug Geld gemacht hatte, ließ ich es manchmal bleiben, was aber nur sehr selten vorkam. Nachts jonglierte ich ausschließlich in Narbonne-Plage.

Der 26. Juni war ein bedeckter und windiger Tag. Trotzdem war der Strand schon vor dem Mittag ziemlich voll. Der Sand war kühl, ich ging dicht am Wasser entlang, um nicht dauernd um Badetücher und Liegestühle herumgehen zu müssen. Ungefähr fünfzig Meter vor der Stelle, an der ich den Strand normalerweise verließ, weil ich das letzte Stück auf der Uferpromenade zurücklegte, um mich an die Gesichter der Touristen zu gewöhnen, hatte sich eine Menschenmenge gebildet. In der Mitte stand ein Mann in Badehose, der mit erhobenem Zeigefinger auf eine Frau einschrie. Der Mann hatte einen häßlichen Sonnenbrand.

Ich erkannte Ihre Mutter sofort wieder.

Sie starrte auf den Boden und ließ beide Arme hängen. Erst als ich näher trat, sah ich den Jungen, der sich hinter dem brüllenden Mann versteckte und weinte. Er hatte einen Blechclown in der Hand.

Schon als ich meinen Beutel aufmachte und die drei Keulen und die Flasche mit dem Petrol in den Sand gleiten ließ, wandten sich die ersten Leute mir zu. Gegen einen, der mit dem Feuer spielt, ist kein Kraut gewachsen. Vor allem in unmittelbarer Nähe des Meeres. Die Stimme des Mannes wurde unsicher, und er drehte den Kopf in meine Richtung. Schließlich ließ er Ihre Mutter in Frieden. Als ich den ersten Feuerschweif in den Himmel spuckte, hatte er sie vergessen. Der Junge stand hinter ihm. Er breitete die Arme aus und ließ den Blechclown in den Sand fallen. Im ersten Augenblick dachte ich, Ihre Mutter gehe einfach weg, aber dann blieb sie doch stehen, drehte sich um und sah mich an. Sie lächelte nicht. Der Clown lag im Sand und schlug langsam mit seinen Stöcken auf die Blechtrommel ein, die er vor dem Bauch hatte.

Der Mann, der am Ende des öffentlichen Strandes auf einer Luftmatratze liegt, ist zu sehr mit sich selbst beschäftigt, um sich um mich zu kümmern. Er trägt Shorts, eine Sonnenbrille und Plastiksandalen. Obwohl seine schlaffe Brust bereits glänzt vor Öl, reibt er sie trotzdem noch einmal ausgiebig mit Sonnenmilch ein. Über das Taschenradio, das neben ihm steht, hat er ein Handtuch gelegt.

Der Wind hat den Ast umgeworfen, den ich in den Sand steckte, um den Busch zu markieren, in dem ich meine Tasche versteckt habe, darum muß ich eine Weile nach ihr suchen. Niemand hat sie angerührt. Das Lachsbrötchen hat meinen Hunger nicht gestillt, sondern geweckt. Mir ist übel. Der Mann flößt sich mit geradem Rücken Bier ein. Als er die Flasche wieder absetzt, bemerkt er mich endlich. Man muß sich wirklich wundern, daß manche Menschen überleben. Aus dem Nichts könnte ich auftauchen und ihn zu Tode erschrecken. Würde er mir auch nachstarren, wenn meine Kleider nicht klatschnaß wären? Er hat Mädchenbrüste und einen Bierbauch.

Der Wind ist kühl und bläst mir Sandkörner ins Gesicht. Trotzdem kommen mir immer mehr Badegäste mit Sonnenschirmen und Liegestühlen entgegen. Ich habe keine Ahnung, wohin ich unterwegs bin. Soll ich einfach gehen, immer weiter- und weitergehen, bis die dreißig Tage um sind? Die Gebetszeilen, die mir durch den Kopf schießen, geben meinem Gang Struktur und Gewicht. Ich habe ein Ziel, auch wenn ich es momentan nicht kenne. Manchmal braucht der Glaube ein Zeichen. Auf dem Wasser schaukeln Tretboote. Kinder quengeln, Eltern schimpfen.

Dann sehe ich den Blechclown, den Bruder meines kleinen Trommlers, den ich in meiner Wohnung zurückließ, seinen Doppelgänger. Er liegt auf einem Badetuch, als warte er auf mich. Seine Arme sind mitten in der Trommelbewegung erstarrt, die weißlackierten Stöckchen zeigen in die Höhe. Ich hebe ihn hoch und ziehe ihn auf. Es ist niemand in der Nähe, den ich um Erlaubnis bitten muß. Eine Handvoll Spielzeug liegt im Sand verstreut. Das Getrommel ist nicht das, was ich jetzt hören will. Es ist mir zu nahe, bringt Erinnerungen, die falsch sind, weil sie richtig sind. Ich halte die Schraube fest und schüttle den Clown wie ein unartiges Kind.

»Finger weg! Was fällt Ihnen ein.«

Die Stimme des Mannes ist nicht wütend, sondern voller Haß. Er hat zuviel Sonne abbekommen. Sein Oberkörper und seine Stirn sind krebsrot. Heute nacht wird er nicht schlafen können. Stundenlang wird er sich hin und her wälzen und an den Blechclown und die unverschämte Fremde denken.

»Loslassen! Sonst knallt's.«

Sein Französisch ist perfekt und arrogant. Der Mann ist Pariser. Hinter seinem sonnenverbrannten Rücken verbirgt sich ein kleiner Junge.

»Weiß heute noch jemand, was der Begriff ›Eigentum‹ bedeutet? Dieses Spielzeug gehört meinem Sohn. Kapiert! Meinem Sohn! Und sonst niemandem.«

Die Stimme des Mannes verliert bereits an Kraft. Wahrscheinlich ist er daran gewöhnt, daß seine Anweisungen befolgt werden, ohne daß er die Stimme erheben muß. Ich lasse die Rückenschraube los, aber das Trommeln, das sofort wieder losgeht, führt nur dazu, daß der Junge anfängt zu weinen. Jetzt bildet sich rasch eine Zuschauermenge, die sich neugierig um uns schließt.

»Hier wird nichts entführt, Madame! Und schon gar nicht der kleine Blechmann meines Sohnes! Der schon gar nicht.«

Ich drücke den Clown, der seine Stöcke nur noch zaghaft und langsam auf- und abbewegt, dem Jungen in die Hand, nicht seinem Vater. Das bringt diesen verständlicherweise nicht zur Ruhe. Meine Demut soll ihm gelten, nicht seinem Kind. Ich könnte ihn mit einem einzigen Schlag niederstrecken. Könnte ihn ohne Waffe töten. Doch wir sind unsichtbar. Es gibt uns nicht, noch nicht. Bis jetzt habe ich kein Wort gesagt, und ich werde weiterhin schweigen.

»Sind Sie stumm oder was? Glotzt wie ein Fisch, aber klaut wie ein Rabe!«

Was mich erlöst, ist das Feuer. Die fauchende Flamme ist wichtiger als eine unbedeutende Streiterei am Strand. Angespannte Mienen lösen sich, Verzückung macht sich breit. Ich weiß, daß mich der Feuerschlucker erkennt. Und er weiß, daß ich ihn erkenne. Er spuckt das Feuer in alle vier Himmelsrichtungen, als wolle er die Welt besänftigen und nicht bloß die Menge, die sich erst auflöst, als er eine ironische Verbeugung andeutet. Der Mann mit dem Sonnenbrand läßt mich gehen. Sein Junge hat den Blechclown achtlos fallen lassen. Natürlich müßte ich mich bei dem Feuerschlucker bedanken. Er kommt lächelnd auf mich zu, doch bevor wir uns gegenüberstehen, tritt ein Mann in Anzug zwischen uns.

»Wunderbar«, sagt der Mann begeistert, »ganz wunderbar. Möchten Sie und Ihre Assistentin nicht etwas Geld verdienen? Ich gebe morgen eine Party und würde mich freuen, wenn Ihr Feuer meine Gäste verzaubern würde. Tausend Francs für eine halbe Stunde? Na, was sagen Sie? Ich hole Sie morgen um Punkt 22 Uhr hier ab. Nein, Sie brauchen jetzt nichts zu sagen. Bis morgen!«

Der Mann dreht sich um und läßt uns stehen. Auf der Uferpromenade sitzt eine rothaarige Frau in einem Kabriolett, die offenbar auf ihn wartet. Sie ist höchstens halb so alt wie er. Die Augen des Feuerschluckers sind von einem Blau, wie ich es noch nie gesehen habe: klar, fast transparent, kalt und trotzdem intensiv. Er riecht nach Petrol. Seine Lippen sind rissig und spröde.

»Danke für die Hilfe«, sage ich.

»Blechclowns haben nichts verloren in Kinderpfoten.«

»Ich hatte genau denselben, als Kind.«

»Den hatten wir alle«, sagt er, bückt sich nach den Keulen und steckt sie in seinen Beutel. Die Haare, die ihm bei jeder Kopfbewegung ins Gesicht fallen, reichen ihm fast bis zur Mitte des Rückens. Seine mandelförmigen Augen und die olivfarbene Haut geben ihm ein südländisches Aussehen. Bestimmt verbringt er die meiste Zeit im Freien. Er ist mindestens zwei Köpfe größer als ich. Obwohl ihm der eine Eckzahn fehlt, lacht er mit offenem Mund. Er weiß, daß er unwiderstehlich ist.

»Hast du Lust, Geld zu verdienen?«

»Mag ich Feuer?«

»Er hat uns beide engagiert. Wie heißt du eigentlich?«

»Claudia«, lüge ich und bücke mich nach der Plastikflasche.

»Ich heiße Erich«, sagt er und nimmt mir die Flasche aus der Hand.

»Ich mag kein Feuer«, sage ich.

»Das ist die ideale Voraussetzung für die perfekte Feuerschluckerin. Schon lange hier?«

»Lange genug. Aber eigentlich bin ich gar nicht hier.«

»Sondern?«

»Unterwegs«, sage ich.

Er macht eine abschätzige Handbewegung, läßt die Flasche in den Beutel fallen, schnürt ihn zu und wirft ihn sich über die Schulter. Er trägt ein großes silbernes Kreuz um den Hals. Sein rechter Oberarm ist mit einer schwarzen Sonne tätowiert, deren Strahlen sich schlangenförmig in alle Richtungen winden.

»Könnte deine letzte Chance sein.«

»Letzte Chance für was?«

»Die Angst vor dem Feuer zu verlieren, Claudia.«

»Ich hab eigentlich keine Angst vor dem Feuer.«

»Sondern Respekt. Das behaupten alle. Der Typ trinkt garantiert keinen billigen Wein. Und die Tausend teilen wir natürlich.«

»Ich trinke keinen Alkohol.«

»Zwanzig Meter lang, todsicher.«

»Was?«

»Das Buffet, das er aufbauen läßt. Mindestens zwanzig Meter. Und todsicher nur vom Feinsten.«

»Ich mach mir nichts aus Essen.«

»Du lügst. Wir sehen uns morgen. Punkt 22 Uhr. Versprochen?«

»Mal sehen«, sage ich und gehe.

Er hat es nicht nötig, einer Frau nachzugehen. Darum kann er es sich leisten, es zu tun. Er folgt mir, ohne den Abstand zwischen uns zu verringern. Als ich die Steinrampe erreiche, die auf die Uferpromenade führt, bleibe ich stehen und drehe mich um.

»Danke für die Hilfe«, sage ich noch einmal.

Sein Lächeln ist umwerfend offen. Er ist jung und glaubt noch nicht an das Böse. Jugend ist auch ein Makel: Sie macht überheblich und unvorsichtig.

»Versprochen?«

Er bettelt nicht, er fragt. Ich sehe erst jetzt, daß er erschöpft ist. Um seine leuchtenden Augen liegt ein Schatten. Seine Lider sind geschwollen, seine Pupillen unnatürlich groß. Entweder nimmt er Drogen oder Medikamente.

»Du gibst nicht so schnell auf, was?«

»Nicht, wenn es sich lohnt. Versprochen?«

Ich nicke. Er macht nicht den Fehler, mich umarmen oder gar küssen zu wollen. Er wahrt Distanz. Dann lächelt er und geht weiter, ohne sich noch einmal nach mir umzusehen.

Die Pension *La Cigale* befindet sich in einer stillen Seitengasse in der Nähe der Strandpromenade. Wenn ich mich nicht bewege und den Atem anhalte, höre ich das Rauschen des Meeres und die Stimmen der Feriengäste. Das Zimmer ist klein, aber sauber. Die hölzernen Jalousien, die sich schräg stellen lassen, dämpfen das Sonnenlicht und werfen es als Streifen an die limonengelbe Wand. Das Geld, das mir Fisnish mitgab, reichte auch für frische Unterwäsche und ein weißes T-Shirt ohne Schriftzug oder Markenlogo.

Das Etagenbad ist hell und geräumig. Aus dem Fenster sieht man in die hügelige Hinterlandschaft von Saint-Pierre-sur-Mer. Ich liege mehr als zwei Stunden in der Wanne und wasche mich. Dann verlasse ich die Pension, um in einem der Lokale am Hafen eine grillierte Seezunge zu essen. Meine dreckigen Kleider habe ich in einen Müllcontainer im Hinterhof einer Boutique gestopft.

Als ich in das Zimmer zurückkehre, ist es genau 17 Uhr 40.

Bevor ich mich schlafen lege, knie ich auf die Steinfliesen und bete eine Dobla, ohne auf meine Magenschmerzen zu achten. Wer aushält bis ans Ende, wird gerettet werden. In der Dunkelheit leuchtet mein Gesicht. Es ist kaum größer als eine polierte Münze, die sich dreht wie ein Kreisel. Dann fällt sie klingelnd zu Boden. Mein Schätzchen, wo bist du? Domine, domine, flüstern die Engel, und ich tupfe das Weihwasser mit dem Zeigefinger auf die Stirn der Sünderin. An der Wand des Zimmers hängt das Aquarell eines Clowns, der mit Orangen jongliert. Er steht auf einem menschenleeren Platz.

DER SIEBTE TAG

Der Vikar schläft in einem winzigen Zelt, das sich wie eine gelbe Raupe zwischen zwei Büsche duckt. Das Biwakzelt ist zu niedrig, um darin sitzen zu können; der Vikar muß wie ein Soldat auf dem Bauch hinein- und hinausrobben. Bevor er es aufstellte, hat er uns den Nylonbeutel gezeigt, in dem es verstaut wird.

Für Pfarrer Lingen haben wir ein Hauszelt mit einem Vordach aufgebaut, in dem wir auch unsere Lebensmittelvorräte, die Bibeln und die fotokopierten Liedtexte aufbewahren. In dem Zelt mit den drei Räumen riecht es nach Schweiß, Tabak und Lingens Parfum. Es ist uns strengstens verboten, Lingens Schlafabteil, das wie ein großer rechteckiger Beutel in das Hauszelt gehängt ist, zu betreten. Darum präge ich mir genau ein, was ich nicht sehen darf: Lingen hat ein Federkissen und eine richtige Bettdecke nach Elba mitgebracht. Sein Feldbett ist mehr als doppelt so breit wie die, auf denen wir schlafen. Auf einer Holzkiste liegen Bücher, Zeitschriften und ein Stapel Heiligenbildchen, die er an uns verteilt, wenn er uns belohnen will. Am Boden liegt ein Holzstöckchen, an dem ein Lederriemen befestigt ist. Wenn wir uns schlafen legen, brennt in Lingens Zelt noch stundenlang eine Gaslampe, und ich sehe seinen Schatten, der sich über aufgeschlagene Bücher beugt. Das Licht flackert geheimnisvoll und ist bestimmt von sehr weit zu sehen. Der Schatten macht es einfach, sich vorzustellen, ein anderer Mann sitze in dem Zelt. Ein Mann, den wir Mädchen mögen, vor dem ich mich nicht ekle. Der uns nicht bei jeder Gelegenheit in den Arm nimmt, als wolle er uns trösten oder beschützen. Manchmal sitzen Pfarrer Lingen und der Vikar bis nach Mitternacht an einem der Tische und unterhalten sich. Sie trinken Wein aus einer Korbflasche und rauchen eine Zigarette nach der anderen. Ich möchte nicht wissen, worüber sie reden, das ist das Schlimmste. Wenn der Vikar mit Pfarrer Lingen zusammensitzt, ist er mir gleichgültig, und ich spüre, daß ich ihn auch hassen könnte.

Auch an Leonard Cohen muß ich mich zuerst gewöhnen. Seine Stimme ist mir zu dunkel und traurig. Auf der Hülle der Kassette sieht er aus wie ein Mann, der sich mit Gedanken befaßt, die mir nicht gefallen. Wenn wir das Kassettengerät, das an der Wäscheleine baumelt, hin und her schwingen lassen, klingt seine Musik plötzlich ausgelassen. Die eiernde Stimme kommt aus einer andern Welt.

Sie ist immer noch dunkel und geheimnisvoll. Aber irgendwann begreife ich, daß auch die Traurigkeit behaglich sein kann. Sie nimmt uns in Schutz, den Vikar und mich. Die anderen Mädchen verstehen Leonard Cohen nicht; sie finden ihn düster, und vor allem langweilig. Seine Stimme verkündet eine Wahrheit, die mir der Vikar Wort für Wort aus dem Englischen übersetzen muß:

> Well, you know that I love to live with you
> But you make me forget so very much
> I forget to pray for the angels
> And then the angels forget to pray for us

Nachts erwacht das Pinienwäldchen. Stimmen wispern, Schritte kommen näher, verschwinden und sind dann doch wieder da. Hufe trappeln, und die Haare, die ich mir um die Finger wickle und in den Mund stecke, schmecken nach Rauch. Lingen schwimmt so weit ins Meer hinaus, daß wir ihn aus den Augen verlieren. Seine Badehose ist schwarz, er ist wie ein Schimpanse am ganzen Körper behaart. Ich bin nicht die einzige, die sich wünscht, daß er ertrinkt.

Die Jungen am Strand pfeifen uns nach. Wenn sie prustend vor uns aus dem Meer auftauchen, glänzen sie wie Fische. Der Vikar kann kaum schwimmen. Er hat den Körper eines Jungen und trägt den ganzen Tag einen Strohhut. Er sitzt auf einem Klappstühlchen am Strand, malt Aquarelle und läßt uns nicht aus den Augen.

Er hat mich auserwählt.

Ich weiß, daß er davon träumt, mich zu lieben.

Ich werde ihm diesen Wunsch erfüllen. Mein Körper wird perfekt in seine Hände passen. Und er wird über die Nähe erschrecken.

Das Sonnenlicht, von den Holzjalousien in Streifen zerschnitten, hat das Bett erreicht, darum bin ich erwacht. Auf dem Flur wird ein Staubsauger eingeschaltet. Ich beschließe, eine weitere Nacht in der Pension zu bleiben. Ich bin hungrig, ich werde essen. Und ich werde ein Glas Weißwein trinken, vielleicht.

Im Halbschlaf erscheint mir mein Vater: Er kniet neben meinem Mädchenbett und dreht langsam mein Gesicht zu sich hin. Er vermißt seine Frau, darum darf er die Fassung verlieren und betteln, betteln. Ich zwinge mich, die Augen zu öffnen und aufzustehen. Dann bete ich, in der Ecke des Zimmers auf dem Rand der Bibel kniend. Hat Fisnish uns nicht verboten, daß wir uns unter die Menschen mischen, daß wir leben wie sie? Ich werde trotzdem essen. Und das Hotelzimmer ist mein Versteck, meine Höhle. Ich werde es erst morgen aufgeben.

Der Empfang der Pension ist nicht besetzt. Als ich aus der Seitengasse auf die Strandpromenade trete, begegnen mir die ersten Menschen. Shorts, Stretchminis in leuchtenden

Farben, Plastiksandalen, verbrannte Glatzen und Oberschenkel. In den Straßencafés sitzen Ehepaare, die offensichtlich bereits angetrunken sind. Sie tragen Sonnenbrillen und reagieren gereizt auf die Blicke von Passanten. Sie wissen weder, was sie tun, noch was sie wollen. Sie haben es gar nicht verdient, erlöst zu werden. Sie glauben an nichts, nicht einmal an sich selbst.

Ich setze mich in ein düsteres, leeres Bistro am Ende der Promenade, esse einen Thunfisch-Salat und trinke ein Glas Mineralwasser. Vor der verschmierten Scheibe funkelt das Meer. Neben dem Tresen döst ein Hund. Dann sehe ich den Artikel auf der Frontseite der Zeitung, die auf dem Nebentisch liegt. Der Kellner lehnt an der gefliesten Wand und sieht mir zu, wie ich die Zeitung öffne und vor mir ausbreite wie ein Segel, hinter dem ich mich verbergen kann:

Glockenklöppel erschlägt zwei Kirchenbesucher
QUILLAN, 26. JUNI (AFP). Eine 32jährige Mutter und ihre 11jährige Tochter kamen nach der gestrigen Abendmesse in der katholischen Kirche von Quillan (Aude) ums Leben. Über 100 Gläubige verließen nach dem Gottesdienst die Kirche, als ein 180 Kilogramm schwerer Glockenklöppel aus 25 Metern Höhe herunterstürzte und neben dem Hauptportal der Kirche aufschlug. Ein massiver Ring aus Leder, mit dem der Klöppel an der Glocke befestigt gewesen war, soll laut Polizeiaussage angeschnitten worden sein. Als der Meßdiener zum Ausklang der Messe die insgesamt fünf Glocken der Kirche läutete, riß der beschädigte Lederring, und der Klöppel löst sich. Die Polizei geht davon aus, daß es sich um ein Attentat handelt. Von den Tätern fehlt bisher jede Spur.

Natürlich denke ich an Fisnish. Auch Stoner fällt mir ein, und somit der Priester, den er gefoltert und getötet hat. Es steht mir nicht zu, über sie zu richten. Ich habe keine Ahnung, wo sie sich aufhalten, was sie planen, was sie tun. Wir gehören zusammen. Ich schenke ihnen mein Vertrauen, wie sie mir ihr Vertrauen schenken. Unser aller Zeit ist begrenzt. Das ist ein Gesetz. Ich bin keine Sekunde allein, nie. Wir gehören zusammen.

Der Kellner stellt ein Schnapsglas auf meinen Tisch, das bis zum Rand gefüllt ist. Es bleibt mir nichts anderes übrig, als die Zeitung wegzulegen.

»Auf Kosten des Hauses.«

»Ich trinke nicht.«

»Sollten Sie aber, Madame.«

»Lieber nicht, danke.«

Er greift nach dem Schnaps, sieht mich spöttisch an und trinkt das Glas in einem Zug leer. Der Hund hebt nicht einmal den Kopf, als ich aus dem Bistro auf die Strandpromenade trete. Das Licht brennt in den Augen, und es ist, als wäre die Hitze eine Masse, die man berühren und verformen kann. Der Asphalt ist zäh und weich. Um sich nicht ihre Fußsohlen zu versengen, laufen die Kinder über den Sand, so schnell sie können. Wer weiß, was gut, was böse ist? Bis vor kurzem war ich der Gnade anderer ausgeliefert. Nun bin ich diejenige, die gnädig oder ungnädig ist. Alte Frauen halten sich Reflektoren unter ihr Kinn und recken ihre ledrigen Gesichter der Sonne entgegen. Sie sind voller Sehnsucht und sehen dennoch aus wie Opfertiere. Man sollte sie schlachten.

Für den Rest des Tages bleibe ich in meinem Zimmer im *La Cigale*. An einer Leine vor dem Fenster hängt tropfende Wäsche. Männerhemden, Jeans und kleine graue Unterhosen. Ich höre die Stimmen der Feriengäste, die aufheulenden Motoren der Schnellboote und versuche mir vorzustellen, wem die nassen Sachen gehören. Ich setze einen Mann in eine Küche und gebe ihm eine Zeitung, in der er blättert. Er raucht und streicht sich immer wieder durch die dichten

Haare. Er ist müde, denn er hat die ganze Nacht in einer Fabrik gearbeitet. Und jetzt ist es viel zu heiß, um schlafen zu können. Er raucht, beugt sich über die Zeitung und denkt an ein Mädchen, das er früher einmal geliebt hat. Ich stelle mir auch die Wohnung des Mannes vor, seine Möbel, die Bilder an den Wänden und seine Bücher, die er im Schlafzimmer in einem Schrank mit Glastüren aufbewahrt. Es dauert erstaunlich lange, bis mir bewußt wird, daß ich mich an meine eigene frühere Wohnung erinnere. Daß ich mich zurücksehne.

Um mich zu bestrafen, bete ich kniend auf einer Handvoll Kieselsteinen, die ich im Hinterhof der Pension zusammengesucht habe. Als ich nach zwei Stunden aufhöre, kann ich kaum mehr stehen. Die Steinchen haben sich so tief in die Haut unter meinen Kniescheiben eingegraben, daß ich sie wie Glassplitter herauslösen muß. Der Schmerz läßt mich alles andere vergessen. Fisnish hat uns erzählt, daß er einmal einundzwanzig Tage lang fastete. Er versteckte sich in einer Höhle in den Pyrenäen und lebte von Wasser und Gebeten. Fisnish bezeichnet sich selbst als schwach und feige. Damit setzt er uns unter Druck: ›Ich bin die Höhle, die euch als Versteck dient‹, sagt er. Er weigert sich, uns zu erklären, was er damit meint.

Als es dämmert, wird es endlich kühl. Würde ich meinen Vater anrufen, wenn es in meinem Zimmer ein Telefon gäbe? Noch würde er mir verzeihen. Er erwartet einen Anruf von mir, einen Brief oder zumindest eine Postkarte. Er erwartet mich. In seinem Zimmer im Altersheim hängt ein Photo von mir an der Wand, das ein paar Tage nach dem Abschluß meiner Ausbildung zur Bleisetzerin aufgenommen worden ist. Damals war es noch üblich, neue Schriftsetzer und Drucker mit einer Wassertaufe als Jünger Gutenbergs zu begrüßen. Das Hinterhältige an dieser Taufe war, daß man nicht wußte, wann sie stattfand. Nach der bestandenen Abschlußprüfung wurde man eines Tages ohne Vorwarnung von vier Arbeitskollegen gepackt und aus der Druckerei über die Straße zum Brunnen geschleppt. Dort warteten die Zuschauer und der Zeremonienmeister. Auf dem Bild stehe ich mit ausgebreiteten Armen und in Strumpfhosen im eiskalten Wasser. Es war mir gelungen, mich loszureißen und den vier Männern zu entkommen. Im Papierlager der Druckerei wurde ich schließlich überwältigt; dabei verlor ich meinen Rock. Meine Bluse wurde zerrissen. Auf dem Bild sieht es aus, als sei ich am Arm verletzt worden, aber es ist bloß der Ärmel der Bluse, der herunterhängt.

Ich habe diese Aufnahme immer geliebt. Man sieht, daß ich mich auf das Leben, das vor mir liegt, freue. Auf dem Bild bin ich schön, denn ich habe gekämpft und mich gewehrt. Mein Vater stand mit einem großen Frotteetuch in der ersten Reihe der Zuschauer. Er war stolz auf seine einzige Tochter, die in dem Brunnen stand, mit beiden Händen ins Wasser griff und die kreischenden Zuschauer vollspritzte. Stolz auf sein Mädchen, das sich nichts gefallen ließ. Das Leben lag vor mir. Ich hatte die vierjährige Ausbildung geschafft. Ich war stark. Ich hatte keine Mutter mehr. Und ich hatte ein Kind auf die Welt gebracht, das man mir sofort wieder wegnahm. Aber ich hatte einen Vater, der in der gleichen Druckerei arbeitete wie ich. Ich stieg aus dem Brunnen und ließ mich von ihm in die Arme nehmen und trockenreiben. In seinem Korrektorenbüro lagen die Kleider, die er für mich mitgebracht hatte, und ein Umschlag. In dem Umschlag waren zwei Tickets für eine Reise nach Irland. Zum Abschluß der Berufslehre schenkte mir Vater gemeinsame Ferien.

Noch um halb zehn mache ich mir vor, nicht an den Feuerschlucker zu denken. In der Pension ist es ruhig. Die anderen Gäste haben das Haus verlassen, um sich zu amüsieren. Die Stimmen, die bis in mein Zimmer in der zweiten Etage zu hören sind, kommen bestimmt aus dem Fernseher, der im Empfangsraum steht. In der Dunkelheit verschwimmt das Aquarell über dem Bett. Die Orangen, mit denen der Clown jongliert, leuchten wie die Bremslichter eines gemalten Autos. Die Augen des Feuerschluckers sind blau wie Eis und doch nicht kalt.

Ich will weder an meine ehemalige Wohnung noch an meinen Vater denken. Wir dürfen unser Ziel nicht aus den Augen verlieren. Wir glauben an Gott, aber wir glauben nicht an die Kirche. Nicht Gott ist unser Feind. Seine selbsternannten Stellvertreter sind es. Als ich aufstehe, ist es zwanzig vor zehn. Das Bad ist leer. Es riecht penetrant nach Apfelshampoo, in der Wanne liegt ein Büschel langer blonder Haare. Mit dem Handspiegel, der auf dem Fenstersims liegt, kann ich mich im Spiegel über dem Waschbecken von allen Seiten betrachten. Meine Haut ist braungebrannt. Die winzigen Knochen entlang der Wirbelsäule sind wie Verzierungen, Schmuck. Es ist Monate her, seit ich mich das letzte Mal geschminkt habe. Heute würde ich es tun. Mein Gesicht und mein Körper sind mir fremd, daran ist der Feuerschlucker schuld. In der Ecke des Bades summt eine Fliege, bis ich sie zerdrücke. Meine Füße sind winzig, heute bin ich federleicht. Transparent. Ich bin die perfekte Assistentin.

Im leeren Empfangsraum läuft der Fernseher, aber seine Bilder haben keine Macht über uns. Die Tür zur Küche steht offen. Der alte Mann, der vor der Spüle steht und aus einer Weinflasche trinkt, ist bis auf Shorts und Plastikschlappen nackt. Er wendet mir seinen bleichen Rücken zu, und ich höre, wie er schluckt. Seine Beine sind geschwollen und voller Krampfadern. Er sieht aus wie jemand, der nicht mehr lange lebt. Der aufgegeben hat, genau wie mein Vater. Ist es nicht zuviel verlangt von uns Töchtern, unsere Väter zum Weiterleben zu bewegen?

In den Straßen herrscht dichtes Gedränge. Die Abendluft ist lau und weich. Nur die Gerüche sind unangenehm. Die diversen Parfums brennen in den Augen, die Schwaden aus den Frittenbuden im Hals. Das Meer ist eine matt schimmernde Fläche, die sanft schaukelt und die Farben der Neonschilder reflektiert. Ich bin aufgeregt und drücke mich erst ein paar Minuten lang in der Nähe der Steinrampe herum, bevor ich an der vereinbarten Stelle auf den Jongleur warte. Über den Bergen hinter Narbonne-Plage steht ein Lichtstreif. Die Luft macht mich schläfrig und unachtsam. Der Feuerschlucker steht plötzlich lachend vor mir, aufgetaucht aus dem Nichts.

»Hab ich nicht gesagt, daß wir uns wiedersehen?«

»Der Kerl kommt bestimmt zu spät. Wenn überhaupt.«

»Logisch kommt er. Ohne unser Feuer langweilen sich seine Gäste doch zu Tode.«

Er trägt enge Jeans und ein weißes Hemd mit Rüschen entlang der Knopfleiste. Außerdem hat ihm jemand einen straffen Zopf in die Haare geknüpft, der nicht dicker ist als ein Bleistift.

»Wovor hast du Angst?«

»Nur die Toten haben keine Angst.«

»Du bist keine Französin, was?«

»Dein Französisch ist auch nicht über alle Zweifel erhaben.«

»Woher kommst du, Claudia?«

»Aus Deutschland«, lüge ich, »und du?«

»Salzburg«, sagt er auf deutsch, »da, wo Mozart herkommt.«

»Österreich«, sage ich, und es klingt wie ein Urteil.

»Was meinst du zu einem Joint, Assistentin?«

»Laß uns lieber wieder französisch reden, ja?«

»Wie du möchtest. Was sagst du zu einem Joint?«

»Nicht jetzt«, sage ich, »später.«

»Bist du allein hier?«

»Du nicht?«

»Nein, bin ich nicht. Wir sind in einem kleinen Wald direkt am Wasser. Wir haben ein Zelt und einen Grill und so.«

»Na toll«, sage ich, bereue den zynischen Tonfall aber sofort.

»Da kommt er ja«, sagt der Feuerschlucker, »sieht er nicht aus wie die Katze, die den Kanarienvogel gefressen hat?«

Im ersten Moment befürchte ich, Erich gehe dem Mann entgegen, der uns engagiert hat. Aber er wirft sich nur seinen Beutel über die Schulter und bleibt dicht neben mir stehen. Er riecht nach dem Rauch eines Holzfeuers.

»Ist er nicht entzückend?« frage ich leise.

»Denk einfach an den Tausender und an das Buffet.«

»Aber hallo, da sind sie ja, meine Artisten!«

Der Mann trägt denselben Anzug wie gestern. Er ist barfuß und offensichtlich angetrunken. Seine sandfarbenen Haare sehen aus, als hätte sie jemand im Streit zerzaust. Er hat Mühe, uns zu fixieren, und breitet kumpelhaft beide Arme aus. Der Kragen seines weißen T-Shirts ist schmutzig.

»Na? Gut in Form? Meine Gäste sind, na ja, ziemlich gespannt.«

»Genau wie wir«, sagt Erich und tritt einen Schritt vor, als wolle er mich vor dem Mann schützen.

»Arbeiten Sie nur im Freien? Oder können Sie auch in einem Raum jonglieren? In einem sehr großen Raum. Eigentlich ist es eine kleine Halle.«

»Mit Feuer? In Ihrem Haus?«

»Natürlich mit Feuer. Wir rücken die Möbel an die Wände.«

»Nein.«

»Nein? Auch nicht für, na ja, zweitausend Francs?«

»Nein. Wir jonglieren draußen oder gar nicht.«
»Also nur im Garten?« sagt der Mann enttäuscht.
»Haben Sie keinen?« frage ich.
»Gehen wir«, sagt der Mann und setzt sich in Bewegung.
Erich und ich sehen uns an, dann folgen wir ihm. Als wir über die Straße auf das Kabriolett zugehen, nimmt mich Erich am Arm. Die Berührung ist so leicht, daß ich sie mir vielleicht auch nur einbilde.

Das Meer scheint direkt unter der Terrasse zu liegen, dabei sind wir mindestens fünf Kilometer ins Landesinnere gefahren. Das Anwesen besteht aus mehreren Gebäuden mit Flachdächern, die so aneinandergebaut sind, daß es wirkt, als habe ein Riese eine Handvoll Betonwürfel fallen gelassen. In der Wiese, die an die Terrasse grenzt, stecken brennende Fackeln.

Bestimmt zwanzig Frauen und Männer drängen sich im Swimmingpool. Einige sind nackt, andere tragen Badesachen, aber die meisten sind in den Kleidern ins Wasser gesprungen. Dann erbricht sich ein Mädchen, das auf einer Luftmatratze liegt, in den Pool, und alle flüchten entsetzt aus dem Becken. Der Gastgeber läßt uns auf der Terrasse stehen, ohne uns jemandem vorzustellen. Bis wir das Buffet endlich unter einem Vordach an der Nordfassade des Hauptgebäudes finden, ist es so gut wie leer. In den verschiedenen Räumen, auf der Terrasse und der Wiese sind schätzungsweise an die hundert Gäste. Niemand unterhält sich mit uns, niemand kümmert sich um uns. Wir gehen von einer schwatzenden und lachenden Gruppe zur nächsten. Unbehelligt, als wären wir überhaupt nicht vorhanden. Niemand erwartet einen Feuerschlucker oder Jongleur. Erich bleibt immer in meiner Nähe. Seit wir hier sind, haben wir kaum ein Wort gewechselt. Wir gehören beide nicht hierher. Die Gesten der Gäste sind herrisch, ihre Stimmen laut. Immer wieder erhebt sich affektiertes Gelächter über das Stimmengewirr. Die meisten Männer sind betrunken und reden viel zu laut.

Als wir den Gastgeber nach mehr als einer Stunde wiedersehen, hat er sich ein Handtuch um den Kopf gewickelt. Sein Oberkörper ist nackt, und er kann sich kaum noch auf den Beinen halten.

»Mir doch egal, wie jung sie ist«, sagt er viel zu laut, »entweder, sie sagt, was ich meine, oder sie hält ihren Mund.«

Er zeigt auf die rothaarige Frau, die gestern in seinem Kabriolett auf ihn wartete. Sie sitzt neben einem gutaussehenden jungen Mann und unterhält sich mit ihm. Sie trägt ein kurzes Strickkleid und lächelt angestrengt.

»Weil sonst, na ja, kriegt sie mich nämlich nicht.«

Die Frau steht auf und verschwindet wortlos im Haus. Die Gespräche stocken nur für einen Augenblick, dann werden sie weitergeführt. Der Mann, der uns engagiert hat, schüttelt den Kopf und folgt der Frau.

»Sind ja richtig vernarrt ineinander, die beiden«, sagt Erich.

Er legt mir den Arm um die Schulter, und ich lasse mich von ihm ins Innere des Hauses schieben. Genau wie ich hat er bis jetzt nichts getrunken, obwohl überall Tische stehen, auf denen Wein, Bier und Spirituosen aufgebaut sind. Der riesige Raum hat eine hohe, über dem Wohnbereich offene Galerie und eine Fensterfront, die vom Boden bis zur Decke reicht. Auf dem Glastisch steht ein Diaprojektor, die Aufnahmen werden direkt auf die rohverputzte Wand projiziert.

»Trinidad«, sagt ein älterer Herr, der zwischen zwei Frauen auf einem Ledersofa sitzt und die Fernbedienung in der Hand hat.

»Falsche Kassette«, behauptet eine Frau in seinem Alter.

Sie steht so weit von ihm entfernt, als wolle sie nichts mit ihm zu tun haben. Sie hat ein Schoßhündchen auf dem Arm, das sich leise kläffend beschwert, weil sie sich bewegt.

»Port of Spain. Trinidad«, sagt der Mann.

»Falsche Kassette«, wiederholt die Frau. »Jaffna, Ceylon.« Auf dem Bild ist ein Streifen Sand zu sehen und dahinter blaugrünes Meer. Dann dreht sich die Kassette um eine Position. Die nächste Aufnahme zeigt einen leeren Liegestuhl in einem blühenden Garten und eine Mauer aus Feldsteinen.

»Unser Hotelgarten«, sagt der Mann.

»In Jaffna, auf Ceylon.«

»Blödsinn. Port of Spain. Ganz eindeutig.«

»Falsche Kassette«, sagt die Frau scharf und trägt das knurrende Hündchen aus dem Haus.

»Sieht mir ganz nach der Brasilien-Kassette aus«, sagt Erich laut, bevor wir dem Gastgeber in eine große Küche nachgehen. Die rothaarige Frau, die vor dem Kühlschrank steht, sieht sich nach ihm um, schließt den Kühlschrank und flieht durch eine Glastür in den Garten.

»Was ist mit unserem Honorar?« fragt Erich.

»Zuerst die Arbeit«, sagt der Mann.

»Schon gemacht. Eine halbe Stunde, genau wie vereinbart.«

»Wie, schon gemacht?«

»Wir sind schon aufgetreten«, lügt Erich.

»Wann?«

»Gerade eben«, sage ich.

»Und ich habe euch verpaßt.«

»Und Sie haben uns verpaßt. Genau.«

»Leider«, sage ich.

»Wie haben meine Gäste reagiert?«

»Die waren begeistert.«

»Aus dem Häuschen waren sie«, ergänze ich.

Die Fackeln, die auf der Wiese brennen, werfen einen zukkenden Schimmer auf die weißen Keramikkacheln, mit denen die Küche gefliest ist. Der Mann öffnet seine Brieftasche und zählt Erich die tausend Francs in Hunderterscheinen in die Hand. Er hat einen Senffleck am Kinn.

»Danke«, sagt Erich und schließt die Hand mit den Noten, als führe er uns einen Zaubertrick vor.

»Aber gebt es nicht gleich wieder aus, ja. Es kommen schwere Zeiten.«

»Wollen Sie nicht nach Ihrer Frau sehen?« frage ich und deute auf die Glastür.

»Sie ist nicht meine Frau. Der Himmel wird rot sein, die Sterne tot. Und die Sonne schwarz und kalt wie ein Leichentuch. Es wird Steine regnen und Blut. Das laßt euch gesagt sein.«

»Ist das alles?« fragt Erich.

»Das sind natürlich nur Metaphern«, sagt der Mann.

Dann verläßt er die Küche durch die Glastür. Irgendwo im Haus wird laute Rockmusik gespielt. Wir bleiben einen Augenblick bewegungslos stehen und hören zu. Ich denke daran, daß ich schon lange nicht mehr getanzt habe. Mit einem Mann schon gar nicht. Einem Mann, von dem ich mich mit geschlossenen Augen durch den dunklen Raum dirigieren lasse wie ein Geschenk, das er nicht auspackt, weil er sich nicht traut. Noch nicht.

»Das sind natürlich nur Metaphern«, wiederhole ich.

»Natürlich. Laß uns abhauen, komm.«

Kaum treten wir aus dem Haus in die laue Nacht, ziehe ich die Schuhe aus. Das Gras ist feucht und warm, die Steinplatten um das Becken kühl und naß. In einem Liegestuhl zwischen zwei Fackeln liegt eine Frau. Sie hat ein aufgeschlagenes Modejournal im Schoß.

»Vorsicht, Scherben«, warnt mich Erich, der vor mir hergeht.

»Autsch«, schreie ich und setze mich ins Gras.

Obwohl ich weiß, daß es falsch ist, den Fuß sofort zurückzuziehen, tue ich es. Ich sollte dem Schmerz Zeit lassen, um sich entfalten zu können, und ihm erst dann gegenübertreten. Ich lasse ihn zu früh zu, viel zu früh. Damit gebe ich ihm Macht über mich. Ich hinterlasse Blutspuren auf den Steinen, rote Stempelchen.

Es ist einfach, sich zu verlieben. Es ist nicht einfach, verliebt zu bleiben und eine Liebe über die Zeit zu bringen. Der Feuerschlucker geht vor mir in die Hocke und nimmt meinen linken Fuß in beide Hände. Der dünne Zopf fällt lose um seinen Hals und hängt ihm auf die Brust. Seine Hände sind weich und warm, fast heiß.

»Was haben wir denn hier?«

»Scheißglas.«

»Nä, nä«, sagt er in seiner Muttersprache.

»Sind die Schnitte tief?«

Sein Blick ist auch amüsiert, weil ich mich weigere, Deutsch mit ihm zu reden. Er fährt mir über den Spann, dann nimmt er meine Ferse in seine Hand und hebt meinen linken Fuß hoch.

»Davon red ich nicht.«

Jetzt hat sein Französisch einen spöttischen Unterton. Ein älteres Paar beugt sich mit besorgten Gesichtern über uns. Sie müssen uns beobachtet haben; sie haben irgendwo im Haus Jod, eine Pinzette und Verbandsmull aufgetrieben. Erich bedankt sich bei den beiden. Er will sie loswerden.

»Danke«, sagt er noch einmal, und das Paar geht tatsächlich weg.

»Sieht aus wie eine Brandwunde.«

Er säubert die verletzte Fußsohle mit Wasser aus dem Pool und beginnt damit, die Glassplitter zu entfernen. Das Wasser färbt sich rosa und läuft als dünnes Rinnsal ins Schwimmbekken.

»Ist das eine Brandwunde?«

»Sollten wir nicht von hier verschwinden?«

»Sieht aus wie ein Brandzeichen. Hast du dich verbrannt?«

»Machst du mir bitte Jod drauf? Dann können wir abhauen.«

Er pinselt das Dutzend kleiner Wunden mit Jod ein und wickelt meinen Fuß mit der Mullbinde ein. Um die restlichen Splitter kümmern wir uns nicht. Niemand sieht uns zu, als wir über den Rasen gehen und in der Dunkelheit verschwinden.

Den Motorroller, den wir vor der Villa unseres Gastgebers gestohlen haben, lassen wir in einer dunklen Sackgasse in der Nähe des Strandes stehen. Mittlerweile ist es halb eins, und etliche der Straßencafés schließen. Müde Kellner tragen Tische und Stühle in hellerleuchtete Lokale. In einer Bar, die noch geöffnet hat, stehen die Gäste so dichtgedrängt zwischen Tresen und Kübelpalmen, daß uns einige von ihnen neidisch nachsehen. Sie wären gerne an der frischen Luft.

»Du willst also nicht darüber reden, hab ich recht?«

Ich nicke. Der eingebundene Fuß hat kaum Platz im Schuh. Ich will nicht hinken. Während der Fahrt auf dem Roller habe ich mich erst an Erich festgehalten, als er mich darum bat, weil die Kurven immer enger wurden. Natürlich habe ich mir gewünscht, daß die Fahrt nicht aufhört. Ich hatte mir seinen Beutel mit den Feuerkeulen und der Petrolflasche umgehängt – unser Gepäck. Es war einfach, sich eine Reise vorzustellen. Über das Ziel machte ich mir keine Gedanken. Ich wollte bloß weg, fort. Es braucht so wenig, um vom rechten Weg abzukommen und seine Bestimmung aus den Augen zu verlieren.

Schon wenige hundert Meter hinter der letzten geöffneten Bar ist der Strand menschenleer. Ein Betrunkener grölt so lange herum, bis ein Hund kläfft. Es ist dunkel, das Meer besser zu riechen als zu sehen. Der Sand ist kalt und hart. Das

Geräusch der Wellen klingt, als zerreiße jemand Papier, einen Bogen nach dem andern.

»Sind Frauen oder Männer raffinierter, was denkst du?« fragt er.

»Keine Menschenseele hier, es ist nicht zu glauben.«

Der Wind ist zu frisch, um sich hinzusetzen, und darum gehen wir weiter. Wir vermeiden es, uns zu nahe zu kommen, zu berühren. In den Dünen brennt ein Feuer, wir hören Stimmen und eine akustische Gitarre.

»Cat Stevens«, sagt Erich.

»Dafür bist du zu jung«, sage ich.

In diesem Augenblick weiß ich, daß ich mich verlieben werde. Er öffnet weit die Arme, komm zu mir, komm in mein Haus, aber ich gehe weiter, denn ich fürchte mich vor seinen Gefühlen und vor mir selbst. Bevor wir uns in den Schutz eines umgekippten Ruderbootes setzen, gibt er mir die Hälfte des Geldes.

Dann setzen wir uns, und ich rauche meinen ersten Joint seit über elf Jahren. Er wird mir gehören, Fisnish. Mir. Seine Lippen werden warm sein und weich. Und er wird meinen falschen Namen flüstern und mir nicht glauben, daß ich ihn in genau zweiundzwanzig Tagen verlassen werde. Er wird in meinen Augen das sehen, was er sehen will. Und nicht die Wahrheit.

Die da lautet, daß ich ihn töten würde, wenn ich ihn töten müßte.

DER ACHTE TAG

Ich habe kein einziges Mal gesehen, daß sich meine Eltern küßten, Claudia. Taten sie es nur, wenn ich nicht dabei war, oder hatten sie irgendwann damit aufgehört? Sie umarmten sich nicht, und sie tauschten niemals Zärtlichkeiten aus. Manchmal hielten sie sich bei den Händen, schüchtern und verlegen, als hätten sie sich eben erst kennengelernt. Doch sie gingen nicht behutsam miteinander um, sondern verklemmt, steif und ungeschickt.

Hatten sie wirklich ein ganz und gar unkörperliches Verhältnis zueinander? Oder verbargen sie alles, was mit Sexualität zu tun hatte, vor mir? Einmal beobachtete ich sie durch die angelehnte Wohnzimmertür; ich war zehn, vielleicht elf Jahre alt: Vater saß auf dem Sofa, auf dem sonst Pfarrer Lingen hockte und das Leben von Katharina von Siena pries, während er ein Stück Kuchen nach dem anderen in sich hineinstopfte. Meine Mutter saß Vater im behaglichen Licht der Stehlampe gegenüber und hatte seine nackten Füße auf dem Schoß. Auf dem Boden stand ein Plastikbecken mit kochendheißem Wasser. Seine Socken hatte mein Vater auf der Lehne des Sofas ausgebreitet. Sie sahen aus wie Topflappen oder Häkeldeckchen. Seine Füße waren klein und bleich. Die Hosenbeine hatte er sorgfältig bis knapp unter die Knie hochgerollt. Er hatte die Augen geschlossen und stöhnte leise. Meine Mutter knetete und streichelte seine Füße mit einer Hingabe, die ich ihr niemals zugetraut hätte.

Und sie gurrte, Claudia.

Sie hatte sich in ein Mädchen verwandelt. So nahe wie in diesem Moment war sie mir nie wieder, Claudia. Ich mußte mich beherrschen, um nicht ins Wohnzimmer zu laufen. Ich wollte sie in den Arm nehmen, endlich einmal in den Arm nehmen und mich an sie schmiegen. Dann machte meine Mutter etwas, das ich widerlich und ekelhaft fand und das mich noch jahrelang mit Schaudern erfüllte, wenn ich daran dachte: Sie beugte sich nach vorn und nahm Vaters großen linken Zeh in den Mund und lutschte daran. Für einen Moment glaubte ich tatsächlich, unser Haus bewege sich. Es schlingerte und schaukelte wie ein Schiff, die Dielenbretter knarrten. Und die Gardinen blähten sich wie Segel. Ich schlug die Augen nieder und starrte so lange auf meine Füße, bis ich mir sicher war, daß sich das Haus nicht bewegte. Als ich wieder in unser Wohnzimmer sah, saßen meine Eltern schweigend nebeneinander auf dem Sofa. Hatte ich mir alles nur eingebildet? Mein Vater war in die Zeitung vertieft, Mutter saß über ihrer Stickereiarbeit. Das Licht der Stehlampe war warm. Es umgab die Elternköpfe wie gelber Dampf, die Ahnung eines Heiligenscheins. Vaters Füße steckten in dem Becken, und wenn er sie bewegte, gluckste verschämt das heiße Wasser. Mutter vollendete den ersten Buchstaben eines Bibelspruches, mit denen sie die Kissenbezüge bestickte, die sie am Kirchenbasar verkaufte. Das Garn für diese Zeilen war entweder blutrot oder schwarz. Mutters gestickte Schrift war gestochen scharf und hatte Schnörkel nicht nötig: Sie verkündete die Wahrheit. Nichts als Gottes Wahrheit.

Die Bibelsprüche und Psalmen waren allgegenwärtig, Claudia. Sie bestimmten unseren Alltag, beaufsichtigten meine Kindheit. Sie redeten mir auf Schritt und Tritt ins Gewissen, ließen mich nirgendwo in Frieden. Doch ich haßte nicht die Sprüche, sondern meine Mutter, die mich mit ihnen bedrängte. Ich haßte sie mit jener absoluten und gnadenlosen Kraft, wie sie nur Kinder aufbringen können.

Nach Mutters Meinung lud man sich mit beinahe allem, was man dachte, sagte, machte oder fühlte, Schuld auf. Sie wollte, daß ich mich schuldig fühlte, Claudia. Das würde mich Demut lehren. Demut und Bescheidenheit. Familien, die sich nicht in der

Kirchenarbeit engagierten, hielt sie für gottlos und verloren, deren Kinder für unehrlich und verdorben. Was anderen Mädchen erlaubt war, war mir verboten. Sie hörten Rockmusik, lasen Popzeitschriften, schminkten sich, gingen ins Kino, rauchten, bemalten sich die Fingernägel, bügelten sich Flicken in Herzform auf die Gesäßtaschen ihrer Jeans, trugen Miniröcke, Hot Pants, Sandaletten mit hohen Keilabsätzen und bauchfreie Pullover, die so eng waren, daß sich die Träger der Büstenhalter abzeichneten. Sie trafen sich mit Jungen, von denen sie sich stundenlang küssen und an jenen Stellen anfassen ließen, die meine Mutter ›schmutzig‹ nannte. Die anderen Mädchen waren zum Untergang verdammt. Im Gegensatz zu mir waren sie nicht auf dem ›rechten Weg‹.

Der erste Junge, der mich küßte, hieß Paul. Er saß in der gleichen Klasse wie ich, genau in der Bank vor mir. Wenn ich auf die Wandtafel sah, sah ich unweigerlich auch seinen Hinterkopf, ob ich wollte oder nicht. Hätte er nicht direkt vor mir gesessen, hätten wir uns niemals geküßt. Paul war klein, unscheinbar und unbeliebt. Er hatte strohblonde, widerspenstige Haare, die so kratzbürstig aussahen, daß ich sie eines Tages einfach anfassen mußte. Paul spielte Querflöte und Schach, machte sich nichts aus Fußball und fand Raufereien dumm. Selbstverständlich hielten ihn die anderen Jungen für einen Weichling und gingen ihm aus dem Weg.

Paul war Ministrant, und seine Eltern saßen Sonntag für Sonntag in der Kirche. Darum war er in Mutters Augen ein braver und frommer Junge, der wußte, was sich gehörte. Paul wußte tatsächlich, was sich gehörte und was nicht. Damit er mich küßte, mußte ich ihn regelrecht erpressen: Der Abhang, der vor uns liegt, verschwindet im Schneetreiben und in der Dämmerung. Wir sitzen seit genau sechsundzwanzig Minuten auf unseren Schlitten, ohne zu reden und ohne uns anzusehen. Eigentlich müßten wir uns längst auf den Heimweg machen. Aber das können wir nicht, noch nicht. ›Wenn du mich nicht küßt, bleibe ich hier oben‹, habe ich ihm erklärt. Paul schlottert vor Kälte, aber ich habe kein Mitleid, noch nicht. Erst soll er mich küssen. Zwischen uns tanzt der Schnee. In den Häusern am Fuß des Abhanges brennen Lichter, hier oben ist es bald so dunkel, daß wir uns nicht mehr sehen können. Mein Gesicht ist eine starre Maske von der Kälte, die in meinen Ohren singt. Ich kann mir vorstellen, auf meinem Schlitten zu sitzen, bis uns der Schnee über den Scheitel wächst und uns bedeckt wie zwei Steinfiguren. Aber ich weiß, daß Paul mir meinen Wunsch erfüllen wird. ›Wenn du mich nicht küßt, erzähle ich allen, daß du mich küssen wolltest‹, drohe ich.

Ich war acht Jahre alt, Claudia.

Und ich wußte, daß ich bekommen würde, wonach ich verlangte.

Wir haben uns nur dieses eine Mal geküßt. Was aus Paul geworden ist? Ich habe keine Ahnung. Er verschwand aus meinem Leben, wie so viele andere Menschen auch. Aber ich erinnere mich genau, wie er an jenem 2. Februar 1964 roch. Er roch wie jemand, der friert und gleichzeitig furchtbar schwitzt. Schwitzt vor Angst und Aufregung und unfaßbarem Glück.

Wann hat Dich zum ersten Mal ein Junge geküßt, Claudia? Wie heißt er? Was ist aus ihm geworden? Du wirst ihn nie vergessen. Er gehört zu jenen Erinnerungen, von denen wir alle eines Tages leben.

Wenn uns sonst nichts bleibt, so bleibt uns zumindest die Erinnerung.

Natürlich haben wir uns geküßt, der Feuerschlucker und ich.

Wir rauchten den Joint und saßen uns mit einemmal so dicht gegenüber, daß wir uns küssen mußten. Mein Gesicht lag in seinen Händen. Der Wind rüttelte an dem gekippten Ruderboot und wehte mir seine Haare in die Augen. Das Meer schnappte nach uns. Über uns schlug die Luft zusammen. Der Feuerschlukker stieß den Rauch langsam aus, legte seine Hand auf meinen Hinterkopf. Die Hand zitterte, flatterte hoch, landete auf meiner Hüfte. Das Licht war jetzt violett. Meine Fingerspitzen rochen nach Salz, zeichneten seine Gesichtsknochen nach. Er wollte weder wissen, ob ich verheiratet sei, noch ob ich einen Freund habe.

Wir blieben am Strand, bis es hell wurde.

Bevor die Sonne aufging, setzte der Chor der Vögel ein. Sie waren überall, stiegen schwarmweise aus den Baumkronen in den Himmel. Dann breitete sich das Licht auf dem Wasser aus. Wir setzten uns auf den Rumpf des Bootes und reckten unsere Gesichter in die Wärme wie zwei Rentner. Ein Paar, das seit Jahren zusammen ist.

Erich wollte mich unbedingt zu meiner Pension begleiten.

Ich führe ihn vor das kleine Hotel direkt neben der Boulangerie, in dem ich mich nach einem Zimmer erkundigt habe, das mir aber zu teuer war. Erich soll nicht wissen, wo ich wohne. So früh am Morgen sind die Straßen leer, die Geschäfte und Restaurants noch geschlossen. Es riecht nach warmem Brot, und ich werde sofort hungrig. Ich bleibe nicht direkt vor dem Hoteleingang stehen.

»Ist todsicher unbequemer als unser Hauszelt.«

»Hat aber ein Bad.«

»Das ist natürlich ein Argument.«

»Bist du nicht zufrieden?«

»Logisch bin ich zufrieden«, sagt er schnell.

»So siehst du aber nicht aus.«

»Ich bin müde. Du nicht?«

Ich verschließe ihm den Mund mit meiner Hand und küsse ihn auf die Stirn. Sein Zopf hat sich gelöst. Erich könnte sich hinter seinen Haaren verbergen wie hinter einem

Vorhang. Ich will nicht, daß er mich fragt, ob er mich auf mein Zimmer begleiten darf. Ich will ihn nicht zurückweisen.

Ich will, daß er geht, Fisnish.

Die Morgensonne wärmt meinen Rücken, meinen Nakken. Wir umarmen uns mit geschlossenen Augen, und ich kann spüren, daß er ungeduldig ist. Sein Körper wird hart. Jetzt umarmt er mich nicht mehr, jetzt hält er mich fest. Er ist so jung, er kann nicht wissen, daß mich seine Kraft nicht beeindruckt. Noch ist es nicht nötig, ihm zu zeigen, daß ich ihm überlegen bin. Schließlich entspannen sich seine Muskeln, und er läßt mich los. Sein Zeigefinger streicht mir erwartungsvoll über die Wange. Er fürchtet sich vor dem, was ich sagen könnte, und gibt sich nicht die geringste Mühe, diese Furcht zu verbergen.

»Wir sehen uns«, sage ich.

Es dauert einen Augenblick, bis er sich gefangen hat. Er hat sich entschlossen, sich keine weitere Blöße zu geben. Er tritt etwas zurück und lächelt selbstgefällig. Ich gestatte ihm, seine Phantasie an mir auszulassen.

»Logisch sehen wir uns.«

Alles, was ich jetzt sage, wird ihn stundenlang beschäftigen. Er wird jedes meiner Worte hin und her wenden. Darum schweige ich, küsse ihn auf den Mund und halte ihn dabei mit beiden Händen fest. Er scheint unter meinen Lippen nach Luft zu schnappen.

»Bis bald«, sagt er und macht sich los.

»Bis bald«, wiederhole ich.

Er wirft sich seinen Beutel über die Schulter, dreht sich um und geht dann davon, ohne sich nach mir umzudrehen. Das Sonnenlicht ist so grell, daß er schon nach wenigen Sekunden nur noch eine Silhouette ist. Trotzdem betrete ich das Hotel, in dem ich nichts verloren habe.

Der Empfang ist nicht besetzt, und ich stehe für ein paar Minuten hinter einer Pflanze, deren fleischige Blätter mit einer Staubschicht bedeckt sind. Die Sonne fällt in einer breiten Bahn durch die Scheibe. Auf dem Boden liegen tote Fliegen und eine Kippe. Es ist, als würde ich in der Auslage eines Schaufensters stehen.

* * *

Ich mußte nicht lange warten. Ihre Mutter hatte keine Geduld. Und außerdem war sie sich ihrer Sache absolut sicher. Sie blieb höchstens zwei Minuten hinter dem Gummibaum im Empfangsraum stehen, dann kam sie aus dem Hotel. Ich wartete in einer Toreinfahrt und brauchte ihr nur zu folgen. Die Pension *La Cigale* war in einer schmutzigen Seitenstraße, die wahrscheinlich erst am Nachmittag etwas Sonne abbekam.

Warum ich Ihrer Mutter nicht traute? Die Verletzung, die ganz eindeutig ein Brandmal war, hatte mich mißtrauisch gemacht. Wer hatte ihr das Zeichen in die linke Fußsohle gebrannt? Und warum? Ich ging hinter einem Lastwagen in Deckung und sah zu, wie sie im *La Cigale* verschwand. Ich dachte nicht daran, sie zur Rede zustellen. Es gefiel mir sogar, daß sie ein Geheimnis vor mir hatte. Natürlich war ich überzeugt davon, dieses Geheimnis lüften zu können. Daß sie mir früher oder später erzählen würde, was mit ihr los war.

Sie brauchte Hilfe. Das gab mir Macht über sie.

Ich würde sie beschützen.

Und ich würde sie retten.

Das glaubte ich zumindest.

DER NEUNTE TAG

Heute regnet es. Die Berge hinter Narbonne-Plage verschwinden im Nebel. Im Nebenzimmer läuft zuerst stundenlang der Fernseher, dann beginnt sich das Paar zu streiten. Ich bin ihnen gestern nachmittag im Flur begegnet, weil ich im Geschäft gegenüber ein paar Flaschen Mineralwasser holte. Als ich auf die Straße trat, verschwand ein Mann, der aussah wie Erich, in einer Toreinfahrt. Ich bin ihm nachgegangen, aber als ich auf dem Hinterhof ankam, war er leer. Im ersten Stock sah ein Kind aus einem Fenster. Der Mann war verschwunden, und ich habe ihn vergessen. ›Wer allein ist, sieht Gespenster‹, hat uns Fisnish gewarnt. Seither habe ich das Zimmer nicht mehr verlassen. Es gibt eine Welt in der Welt. Ich habe gebetet und gefastet.

Die Stimme der Frau nebenan klingt gereizt, diejenige des Mannes selbstgerecht. Man hört, daß sie sich schon oft gestritten haben. Die Gehässigkeiten gehen routiniert hin und her, und man könnte glauben, daß sie gar nichts bedeuten. Das Paar streitet sich, um sich zu streiten. Es geht um nichts. Nur darum, sich gegenseitig zu beleidigen. Ihr Streit besitzt ein Eigenleben, ist ein Ritual.

»Das Thema hatten wir schon.«

»Daß wir das Thema hatten, hatten wir auch schon.«

»Ach, halt doch die Klappe.«

»Auch das hatten wir schon.«

»Deckskerl. Arschgesicht.«

»Mehrsprachig. So ist's recht, Liebling.«

»Du kannst mich mal.«

»Aber gerne, Liebling.«

Ihre Stimmen werden leiser, die Pausen zwischen den Sätzen länger. Ich liege rücklings auf dem Doppelbett und lausche mit gefalteten Händen. Regen klatscht gegen das Fenster, pladdert auf Autodächer und Markisen. In der Tür zum Flur nimmt etwas die Gestalt meiner Mutter an. Als ich mich aufsetze, ist sie weg. Es riecht nach Milchreis und Zimt.

»Dein Vater ist ein Idiot.«

»Und deiner tot.«

»Wasch dir wenigstens die Pfoten«, sagt die Frau mit scharfer Stimme, dann ist es still im Nebenzimmer.

Die wenigsten Menschen haben Respekt voreinander. Sie legen auch keinen Wert auf Distanz oder Höflichkeit. Ich sehne mich nach Fisnish und den anderen und bete mit offenen Augen. Die Gebetszeilen glühen im diffusen Licht auf und erlöschen wieder. Die Wellen haben schwarze Kämme, ich sehe sie vor mir, sie tragen mich wie Pferde. Vaters Haut ist empfindlich wie Porzellan. Bevor er die Zeitung zu einer Mütze faltet, liest er sie Zeile für Zeile. Er sitzt im Wind auf einem Stein, die Füße in der Brandung. Kaum hat er seine Mütze fertig, wird sie ihm vom Kopf gerissen. Sie steht wie ein Schiff auf einer Welle, stolz und weiß, fast sieht es aus, als könnte sie es bis ins offene Meer schaffen, fast. Mutter kommt nicht mit uns an den Strand, denn Gott verlangt nach ihr. Rimini hat viele Kirchen und Kapellen. Sie kniet in einer düsteren Kapelle, in der es eiskalt ist und in deren Schatten die Pension steht, in der wir für fünf Tage wohnen. Es ist das einzige Mal, daß wir am Meer Ferien machen. Inmitten alter italienischer Frauen, die in ihren schwarzen Kleidern und Kopftüchern aussehen wie Nonnen, betet Mutter einen Rosenkranz nach dem anderen. An den Strand kommt sie erst, wenn die Sonne untergegangen ist und ihr niemand dabei zusieht, wie sie ihre Kleider ablegt, verschämt ins Wasser läuft und dann bis zur Brust im Meer steht, ohne sich zu bewegen. Nur Vater und ich sind ihre Zeugen. Und Gott, davon ist Mutter überzeugt. Er beobachtet sie, immerzu und überall.

»Du bist ein Knecht«, sagt die Frau und lacht grob.

»Du liebst Knechte. Große, dreckige Knechte.«

»Ich liebe Knechte. Dreckskerl.«

Und das Gebet beginnt von vorn, immer wieder von vorn, von vorn.

Meine Eltern lernten sich 1954 in Luzern kennen, Claudia. Deine Großmutter war fünf Jahre zuvor als siebzehnjähriges Mädchen aus einem Dorf in Süddeutschland in die Schweiz gekommen. Die ersten acht Monate arbeitete sie in einer Schuhfabrik im Kanton Aargau als Rahmen-Näherin, danach führte sie dem katholischen Pfarrer einer Gemeinde im Luzerner Entlebuch den Haushalt. In dem herrschaftlichen Pfarrhaus am Rand des Dorfes entdeckte sie, daß der katholische Glaube ihr die Sicherheit bot, nach der sie schon immer gesucht hatte. Gott würde das Unglück, das die Geschichte ihrer Familie bestimmte, von ihr abwenden. Ihr Vater und zwei ihrer vier Brüder waren in Rußland gefallen, ihr Großvater hatte sich in seiner Scheune erhängt. Sie dagegen würde von Gott erlöst – sofern sie bedingungslos an ihn glaubte und ihm ihr Leben widmete. Davon war sie überzeugt.

Deine Großmutter dachte wirklich daran, in ein Kloster einzutreten, Claudia. Der Pfarrer, dem sie den Haushalt führte, brachte sie davon ab. Er überzeugte sie davon, daß sie Gott auch diene, wenn sie bei ihm bleibe, statt Nonne zu werden. Ich kann mir nicht vorstellen, daß die beiden ein Verhältnis hatten. Dafür war meine Mutter zu prüde. Trotzdem waren es zweifellos weltliche Gründe, die den Pfarrer dazu brachten, meiner Mutter das Kloster auszureden. Sie führte ihm nämlich nicht nur den Haushalt: Sie sang im Kirchenchor, organisierte Wallfahrten nach

Lourdes und Rom, gründete eine Bibelgruppe für Frauen und veranstaltete regelmäßig einen großen Basar. Bestimmt hätte sie auch seine Predigten verfaßt, doch davon wollte der konservative Gottesmann nichts wissen.

Jeden Donnerstag fuhren der Pfarrer und meine Mutter mit dem Bus nach Luzern. Während sie einkaufte, setzte er sich in ein Lokal an der Reuss, das so finster war, daß er sich in aller Ruhe betrinken konnte, ohne befürchten zu müssen, erkannt zu werden. Auf der Heimfahrt schlief der betrunkene Pfarrer regelmäßig ein. Aber da seine gefalteten Hände im Schoß lagen, sah es aus, als bete er.

Meine Mutter erzählte nicht oft aus jener Zeit, Claudia. Aber sie bestand darauf, daß sie damals glücklich gewesen sei. Sie war weder auf der Suche nach einem Mann, noch sehnte sie sich nach einem Kind. Sie hatte schließlich Gott. Und neben ihm hatte es naturgemäß jeder andere Mann schwer.

Mein Vater zog 1946 von Göschenen am Fuß des Gotthards nach Luzern. Er war sechzehn Jahre alt und hatte genug vom Leben in den Bergen. Er weigerte sich, den Hof seines Vaters zu übernehmen. Journalist wollte er werden und als Reporter um die Welt reisen. Aber natürlich wartete keine der drei Tageszeitungen auf einen Bergbauernsohn, der außer Ehrgeiz und einem Volksschulabschluß nichts vorzuweisen hatte. Er arbeitete zuerst als Ausläufer für einen Konditor und danach als Hilfsarbeiter in der größten Druckerei der Stadt. Dort nahm ihn ein Buchdrucker unter seine Obhut, dem aufgefallen war, daß mein Vater ein gutes Auge für das Mischen der Farben hatte. Bald ging er dem Drucker an seiner Heidelberger zur Hand, und schließlich bot ihm der Abteilungsleiter an, ihn als Buchdrucker anzulernen. Mein Vater liebte den Umgang mit den schweren, anfälligen Maschinen, die so vielfältige Geräusche von sich gaben, daß er das Gefühl hatte, er stehe an einem mächtigen schwarzen Instrument. Er liebte den Geruch der Druckfarben und

Bleischriften und genoß es, die gedruckten Bögen zu kontrollieren, die in die Auslage seiner Heidelberger schossen, dort für einen Augenblick in der Luft schwebten und dann auf den Stapel sanken. Seinen Wunsch, Reporter zu werden, hatte er aufgegeben. Er war Drucker, Buchdrucker. Im Laufe der Zeit stellte er fest, daß er eine ganz besondere Gabe besaß: Er entdeckte jeden Satzfehler. Er hob die ausgeschlossenen Bleiseiten in die Maschine, ließ seinen Blick über die spiegelverkehrten Buchstaben wandern und blieb automatisch bei den Fehlern hängen. Mein Vater brauchte Satz- und Druckfehler nicht zu suchen. Er fand sie. Nun hatte er ein neues Ziel: Er wollte Korrektor werden.

Als sich meine Eltern kennenlernten, saß er bereits in seinem eigenen Büro über der Setzerei mit den Linotypemaschinen. In diesem Büro blieb er normalerweise auch in der Mittagspause und aß einen Apfel an seinem Pult. Aber an jenem Tag drängte es ihn an die frische Luft. Er wollte sich am Ufer des Vierwaldstätter Sees an die Sonne setzen und endlich den Roman ›Stiller‹ von Max Frisch beginnen, der vor wenigen Tagen erschienen war und den er sich gleich gekauft hatte.

Deine Großeltern liefen sich buchstäblich in die Arme, Claudia.

Meine Mutter trat eben aus einer Metzgerei, als sie von einem Mann angerempelt wurde, der keine Augen für die Welt hatte: Mein Vater las in dem Buch, das er in der Hand hielt. Meine Mutter mußte beide Arme hochreißen und wie Flügel auseinanderbreiten, sonst hätte sie das Gleichgewicht verloren und wäre hingefallen. Und so streute sie fast alle ihre Einkäufe auf die Gasse. Es regnete Reispackungen, Salzbeutel, Tomaten und Kartoffeln und einen Kranz Würste aus der Westschweiz, die der Pfarrer über alles liebte. Mein Vater klappte den Roman von Max Frisch zu und ließ ihn einfach zu Boden fallen. Auf dieses Detail ihrer ersten Begegnung legte meine Mutter am meisten Wert. Daß er das Buch ohne zu überlegen fallen ließ und sich daran machte, ihre Einkäufe einzusammeln, gefiel ihr. Sein Blick dagegen war von einer arglosen Neugier, die sie erschreckte. Derart offen war sie noch von keinem Mann angestarrt worden.

Der erste Kuß, den mein Vater meiner Mutter gab, war ein Handkuß. Als parodiere er eine Szene aus einem altmodischen Liebesfilm. So zumindest beschrieb sie ihren allerersten Kuß. Davon wollte er nichts wissen: »Ich küßte sie auf den Mund, nachdem wir den Film ›Le journal d'un curé de campagne‹ von Robert Bresson gesehen hatten, aus dem Kino in den Regen traten und uns unter meinen Schirm duckten«, behauptete er.

Meine Eltern heirateten im Herbst 1955, Claudia.

Der Regen liegt als matter Schimmer auf der Straße, den Dachfirsten und Autos. Er macht das Licht weich und grau. Im Nebenzimmer ist es ruhig geworden. Die Stimmen, die ich höre, kommen aus dem Fernseher im Empfangsraum. Für einen winzigen Moment fällt mir meine frühere Wohnung ein. Mein Bett, mein Morgenmantel, in dem ich mich so gerne verkroch, wenn ich nach der Arbeit mit einer Tasse Tee im Wohnzimmer saß. Das Tafelsilber, das ich fast nie benutzte und doch regelmäßig polierte, das Tischtuch aus Leinen. Der Kerzenständer. Die Gäste. Auch an den Feuerschlucker denke ich. Sein Haar ist leicht und fein wie Flachs. Nach unserem zweiten Joint im Schutz des Ruderbootes hatte er die Mullbinde von meinem Fuß gewickelt und sich die Wunden angesehen. Er nahm den Fuß in beide Hände und strich mit der Kuppe seines Zeigefingers über das Brandmal, ohne etwas zu sagen.

Ich muß mich überwinden, aufzustehen und zu beten. Die Strafe steht fest: Wir müssen sterben. Sind nicht von Dauer. Der Hunger treibt mich aus dem Zimmer, das aussieht, als sei es gar nicht benützt worden. Von jetzt an werde ich wieder im Freien schlafen, Fisnish. Die Schmerzen in meinem Fuß sind fast verschwunden.

Der Flur ist dunkel und kühl, in der Luft hängt der Geruch eines aufdringlichen Aftershaves. Die Besitzerin der Pension sitzt so dicht vor dem Fernseher, daß sie nicht bemerkt, wie ich neben sie trete. Ich könnte einfach verschwinden. Ich bin ein Schatten, ein Geruch. Die Bewegung in den Augenwinkeln, eine Täuschung.

»Ich möchte gerne zahlen.«

Die Frau zuckt zusammen und starrt mich mit aufgerissenen Augen an. Sie wird mir nicht verzeihen, daß ich sie erschreckt habe. Der Aschenbecher, der vor ihr auf dem Glastisch steht, ist randvoll. Sie sieht mir genau zwischen die Augen.

»Jetzt? Wissen Sie, wie spät es ist?«

»17 Uhr 20«, sage ich, ohne auf die Uhr zu sehen, die neben dem Eingang an der Wand hängt.

»Für den heutigen Tag zahlen Sie aber auch, nur damit das klar ist.«

»Wieviel?«

»Auch wenn Sie gar nicht mehr hier übernachten, zahlen Sie für die Nacht.«

Als ich eine Bewegung andeute, ich könnte abhauen, vergiß das nicht, wuchtet sie sich aus dem Sessel. Sie atmet rasselnd und legt mir die Hand auf den Arm. Wir sind unsichtbar, erregen kein Aufsehen. Es gibt uns gar nicht. Ich bin eine einsame Frau, die sich für drei Tage in einer unscheinbaren Pension am Meer verkrochen und jetzt eine Entscheidung getroffen hat: Ich kehre zurück. Reumütig und einsichtig. Zurück zu Mann und Kind, Haus und Hof. Geläutert. Ich sehe der Frau an, was sie über mich denkt, was sie von mir hält. Sie hat schlechte Zähne und einen Damenbart.

Der Regen klingt, als streiche ein Bogen über eine Saite. Er klopft nicht, er hämmert nicht, und er rauscht nicht. Er klagt. Er fällt so fein, daß er vom kleinsten Wind in jede Richtung getrieben wird: gegen Fenster, durch offenstehende Türen von Bistros und Hotels, unter Schirme, in Gesichter.

Auch das hat uns Fisnish beigebracht: das Wetter anzunehmen, wie es ist. Wir entscheiden selbst, wer wir sind und was wir sind. Es liegt in unseren Händen. Der Regen ist kühl, fühlt sich aber angenehm an auf den nackten Armen und in meinem Gesicht. In den Restaurants sitzen übelgelaunte Feriengäste, auf der Küstenstraße staut sich der Verkehr.

Kurz bevor er mir die Hand auf die Schulter legt, spüre ich, daß er hinter mir ist. Ich werde unaufmerksam, sonst hätte ich ihn schon gesehen, als ich aus der Pension trat. Er hat auf mich gewartet. Ich genieße es, daß er seine Hand nicht sofort wieder zurückzieht. Er trägt einen Sweater mit Kapuze, und sein Gesicht liegt im Dunkeln. Seine Augen funkeln, aber er hat sich offenbar vorgenommen, nicht zu lächeln. Er bewegt sich mit träger Eleganz, als stehe er unter Drogen. Nimmt er tatsächlich Medikamente? Unsere Zeit ist begrenzt. Das weiß er nicht, aber er ahnt es. Wir alle sind der Gnade anderer ausgeliefert.

»Wie geht es deinem Fuß?«

»Besser.«

»Du wirst ja ganz naß.«

»Bist du hungrig?«

»Willst du mein Sweater?«

»Hast du wenigstens Durst?«

Wir sind die einzigen, die nicht in Bewegung sind. Familien mit Kindern hasten an uns vorbei, schweigsame Paare, ein Mädchen, das von einem Hund über die Strandpromenade gezerrt wird. Das Meer ist unruhig, seine Oberfläche vielfach gebrochen. Es riecht nach Fisch. Der Horizont verliert sich in der Dämmerung, läßt sich nicht bestimmen.

»Dann gehen wir also jetzt wirklich essen«, stellt Erich auf deutsch fest.

»Unter einer Bedingung.«

»Wir reden französisch.«

»Wir reden französisch.«

»Was denn sonst«, sagt er.

Er lächelt und streicht sich die Kapuze vom Kopf. Er ist wunderschön. Und er ist einsam. Das macht ihn verletzlich. Er braucht Schutz.

Vor dem Restaurant, das wir betreten, steht ein alter Mann, der senil grinst. Er trägt einen zerschlissenen Mantel und Gummistiefel. Als wir an ihm vorbeigehen, segnet er uns. Seine schmutzige linke Hand fährt in die Höhe, zeichnet das Kreuz in die Luft und verschwindet dann wieder in den Tiefen des Mantels, aus dem uns ein muffiger Geruch entgegenschlägt.

Erich sieht mir offen ins Gesicht, als uns der Kellner an einen Tisch an der Fensterfront führt. Lies mich, sagt sein Blick. Dir erlaube ich es.

* * *

Wir blieben sitzen, bis das Restaurant zumachte. Erst ließ mich Ihre Mutter reden. Sie hörte zu, ohne eine Frage zu stellen. Dann begann sie plötzlich von sich zu erzählen. Aber je länger sie redete, desto mehr entzog und verbarg sie sich. Ich wußte, daß sie mich belog, es war mir egal. Ich verschwieg ihr ja schließlich auch, daß ich Epileptiker bin. Wir waren die letzten Gäste, und der Kellner mußte uns praktisch rausschmeißen. Es hatte aufgehört zu regnen. Das Meer war unruhig, die Brandung laut.

Von da an blieben wir zusammen.

Ihre Mutter war erstaunt, wie selbstverständlich sie von den anderen akzeptiert und aufgenommen wurde. Sie überließen uns sogar das Abteil des Zeltes, das sich durch eine Nylonwand mit Reißverschluß abtrennen ließ. Es wurde unser Schlafzimmer. Am Anfang betete sie jeden Tag. Auch darüber verlor keiner von den andern ein Wort.

Wir waren jede Minute zusammen.

Ja, wir waren glücklich.

Mir war klar, daß Ihre Mutter in einer anderen Welt lebte. Daß sie nicht einfach nur an Gott glaubte. Sondern gleichzeitig an etwas Größeres, Stärkeres. An etwas Schreckliches. Ihre Mutter hatte eine Grenze überschritten.

Logisch machte mir das, was sie vor mir verbarg, angst.

Trotzdem vertraute ich ihr. Warum?

Weil ich mich in sie verliebt hatte.

Und weil ich sah, daß sie sich in mich verliebt hatte.

Damals glaubte ich an die Kraft der Liebe, denn ich wußte nichts vom Haß.

* * *

Die Seiten Ihrer Mutter, die die Tage zwischen dem 30. Juni 1996 und dem 7. Juli 1996 betreffen, sind vollständig verbrannt.

JULI 1996

DER ACHTZEHNTE TAG

Seine Haare sind ein duftendes Versteck. Urwald. Ich folge den Stromlinien seines Blutes mit meinem Zeigefinger. Seine Haut ist kühl, dabei brennt die Sonne durch die Wände des Zeltes und macht es zu einem leuchtenden Dom. Wenn wir schlafen, sind wir den Toten ähnlich und sind es doch nicht. Noch ist Erich in einem Alter, in dem ihm der Schlaf keine Angst macht. Er vertraut der Ruhe, der Stille. Seine Träume erzählt er mir, als hätten sie nichts mit ihm zu tun. Wenn er erwacht, spüre ich die Muskeln unter seiner Haut. Es ist jeden Morgen dasselbe: Er spielt den Schlafenden, weil ich ihn tagsüber, wenn er wach ist, selten berühre. Sein Puls klopft in meiner Hand. Noch muß er nicht über seinen Körper nachdenken. Er nimmt ihn als etwas Selbstverständliches, das ihm gehorcht. Nur ihm. Darum kann er sich mir nicht wirklich hingeben und ausliefern. Die Reserve, in der er bleibt, hält er für Kraft.

Um seinen Nacken zu küssen, dort riecht er wie eine exotische Frucht, muß ich seine Haare beiseite wischen und hochheben. Unter der Berührung meiner Lippen wird seine Haut feucht. Jetzt muß er zugeben, daß er wach ist, muß einen mimen, der erwacht. Er hat die Knochen eines kräftigen Raubvogels. Wir bleiben jeden Morgen in Georges' Zelt liegen, so lange es geht. Der Himmel über den Bäumen ist aus Glas. Es gibt nichts zu sagen. Wir liegen rücklings nebeneinander und halten uns an der Hand. Worauf warten wir? Selbst das Meer kann unsere Gerüche nicht auslöschen. Am Strand sammeln wir ausgewaschene Kiesel oder Muscheln, die wir den ganzen Tag hin und her gehen lassen und tauschen.

Von seiner Hand in meine und wieder zurück. Fundstücke. Pfänder.

Unsere Zelte bauen wir immer an derselben Stelle auf. Mit den langen Eßtischen jedoch rücken wir jeden Sommer ein paar Meter weiter in den Pinienwald hinein. Pfarrer Lingen ist nicht der einzige, dem die Hitze zu schaffen macht. Über den trockenen Feldern flimmert die Luft, und die Dächer von Portoferraio stehen wie steife Segel am Himmel. Nachts wird das Dach aus Ästen und Blättern lebendig: Es wispert und zischelt, flüstert unsere Namen vorwärts und rückwärts.

Im zweiten Sommer schläft der Vikar in einem größeren Giebelzelt, das er etwas abseits vom Lager aufbaut. Wenn ich den Kopf hebe, kann ich von meinem Feldbett aus sehen, daß er bis spät in die Nacht vor dem aufgeschlagenen Eingang hockt und im Licht einer Kerze liest oder den Himmel mit seinen orangefarbenen Schlieren aquarelliert. Sein gelbes Biwakzelt hat der Vikar trotzdem mitgebracht. Er benutzt es als Lager für seine Gitarre, Bücher und Malutensilien. Er weiß, daß ich ihn beobachte. Mein Gesicht wird in der Dunkelheit unseres Zeltes leuchten wie ein Stern. Ich gehöre ihm, ich will es so. Er macht sich Sorgen, weil er etwas fühlt, das nicht sein darf: Er begehrt mich. Ich bin sein Kummer und gleichzeitig sein Glück, das ist mir bewußt, obwohl ich mit der Liebe keinerlei Erfahrung habe. Ich bin fünfzehn und darum rücksichtslos. Er gehört mir, ich will es so.

In manchen Nächten ist es so heiß, daß wir uns aus den Schlafsäcken befreien und darauf warten, daß der Schweiß auf unseren Armen und Beinen trocknet. Wir beschreiben die Jungen, die prustend vor uns aus dem Meer schießen und zurückschrecken, wenn sie uns zu nahe kommen. Wir flüstern, sonst geht in Lingens Zelt ein Licht an und er tappt durch den Wald. Schnaubend taucht er dann in unserem Zelt auf und schwenkt die Laterne. Er schwitzt und grummelt, sein Morgenmantel steht offen, damit wir seinen dicken weißen Bauch sehen können. Unsere Stimmen sind nichts als das Wispern des Windes im Gras.

Wir malen uns aus, daß die Jungen schwer atmend in den Büschen kauern und sehnsüchtig nach uns Ausschau halten. Die Betten in ihren Zimmern sind leer. Die Jungen sind erst durchs Dorf und dann über die Felder gelaufen, unbedingt wollen sie in unserer Nähe sein, wollen unsere Stimmen hören. Ihre älteren Brüder haben ihnen erzählt, daß Mädchen anders riechen, darum schnuppern sie, schnuppern wie junge Hunde, das ist das Geräusch, das wir hören, wenn wir uns an den feuchten Händen halten und erwartungsvoll in die Dunkelheit starren. Könnten sie unsere nackten Beine und erhitzten Gesichter sehen, sie würden aufstehen und schreiend weglaufen. Sie wissen nicht mehr als wir.

Eigentlich sind mir die Jungen völlig egal.

Der Vikar wundert sich nicht wirklich, als ich ihm meine Leonard-Cohen-Kassette zeige. Er hat mich schon im letzten Sommer als Verbündete erkannt. Einen Text kenne ich auswendig, und ich weiß auch, was er bedeutet. Wort für Wort habe ich im Langenscheidt nachgeschlagen und mir gemerkt.

> And you want to travel with him
> And you want to travel blind
> And you think maybe you'll trust him
> For he's touched your perfect body
> with his mind

Die anderen Mädchen hassen Cohens Musik. Sie wollen Pink Floyd hören, Carly Simon oder am allerliebsten die Doors. Ich bin die einzige, die Jim Morrison für einen blöden, eingebildeten Gockel hält. Natürlich könnte sich der Vikar durchsetzen, aber er will die anderen Mädchen nicht vor den Kopf stoßen. Sie sollen nicht erfahren, daß er mich auserwählt hat. Mich. Christa Notter.

And you want to travel with her
And you want to travel blind
And you know that she will trust you
For you've touched her perfect body
with your mind

Er ist bereit, und er hat Angst. Genau wie ich. Am 17. Juli 1971 schlafen wir miteinander. Auch für den Vikar ist es das erste Mal. Wir liegen in einem Schuppen, in dem es nach Ziegen riecht. Durch die Ritzen der Bretterwand blitzt Sonne. Wir hören das Kreischen der Mädchen und Lingens Stimme: Sie sind am Strand und spielen Volleyball. Das Netz hat der Vikar mit ein paar Jungen aus dem Dorf aufgebaut. Der Himmel ist blaß. Der Vikar braucht eine Weile, bis er vergißt, daß er ein schlechtes Gewissen hat. Er ist nicht zärtlich, sondern unsicher. Ich möchte, daß er mich ansieht, während er sich in mir bewegt, aber er weigert sich, die Augen zu öffnen. Ich habe Sand zwischen den Zehen. Seine Hände sind feucht und dauernd in Bewegung. Als es vorbei ist, darf ich den Vikar nicht mehr berühren. Er weint und kauert in der Ecke des Schuppens. Es ist nicht einfach, ihn jetzt nicht zu verachten, denn ich will mich nicht fühlen wie seine Mutter, die ihn tröstet. Der Rest meines Lebens hat begonnen. Die Sonne fällt über meine Oberschenkel. Ich brauche keinen Trost, trotzdem möchte ich lieber neben ihm sitzen. Er soll mich in den Arm nehmen und sich lustig machen über die quäkende Stimme von Lingen, der bestimmt über den Strand hüpft wie ein Gummiball.

Aber Michael hat den Kopf zwischen die Knie gesteckt und verbirgt sein Gesicht mit beiden Händen. Wenn er aufschluchzt, geht ein Zittern durch seinen Körper. Sein Glied sieht aus wie eine Schnecke, der man das Häuschen zertreten hat. Der Flaum auf meinen Beinen glänzt im Licht. Als ich mich aufsetze, spüre ich die Flüssigkeit, die aus mir auf den Boden rinnt. Die Liebe hat einen Geruch, genau wie die Angst oder das schlechte Gewissen.

DER NEUNZEHNTE TAG

Heute fällt die Sonne erst kurz vor Mittag in die Lichtung. Sie streift durch die Kronen und Äste der Bäume, bevor sie das Zelt zur Leinwand macht, auf der wir die Umrisse der anderen sehen können: Lambert kümmert sich um das Brennholz, Mushroom und Georges rauchen offenbar den ersten Joint. Sie stehen sich gegenüber und reichen etwas hin und her. La Directrice sitzt mit ihrem Klappstuhl an der Sonne. Am komischsten aber ist Jean-Pierre, der vor dem Zelt T'ai-Chi-Übungen macht. Erich erfindet Namen für die verschiedenen Positionen und flüstert sie mir ins Ohr: Der sterbende Kormoran. Der grinsende Biber. Das gequälte Meerschwein. Der geborgene Flugschreiber. Der einfache Affenarsch. Die violette Lehrernase. Manchmal kann Jean-Pierre Erichs Namen hören, dann verharrt er so lange in einer Stellung, bis wir uns nicht mehr beherrschen können und laut herauslachen. Sie haben mich aufgenommen, ohne Fragen zu stellen. Sie gönnen uns unser Glück. Sie haben keine Ahnung, wer ich bin.

Der Zweifel ist unser größter Feind. Fisnish weiß über mich Bescheid, er hat mich vor mir selbst gewarnt, um mich nicht zu verlieren. Meine Zeit mit Erich ist befristet, was er nicht weiß, denn er glaubt an die Macht der Liebe. Es bleiben uns noch zwölf Tage. Dann verschwinde ich. Hätte ich ihn in einer anderen Phase meines Lebens kennengelernt, würde ich ihn bestimmt lieben. So aber genieße ich ihn nur. Und erlaube ihm, daß er mich genießt.

Wir verbringen den ganzen Tag in der kleinen Bucht direkt unter dem Lagerplatz. Ich bin braungebrannt, mein Körper ist weich und aufgeheizt von der Sonne und von Erichs Berührungen. Erich sagt, wir seien wie Kinder, und ich lasse ihm die Freude. In seinen Augen erkenne ich tatsächlich nichts anderes als Sorglosigkeit, Begeisterung und grenzenlose, fast irrsinnige Freude.

Wir stehen Rücken an Rücken auf der steinernen Rampe, die zum Strand führt. Schon als mir Erich ein Zeichen gibt und wir zwei Schritt auseinandertreten und uns dann umdrehen, weiß ich, daß heute gelingen wird, was wir bis jetzt nicht schafften: Wir spucken unsere Flammen genau im selben Augenblick in die Höhe, und tatsächlich stehen sie in der Nacht wie zwei gekreuzte Schwerter.

Kaum erlöschen die Flammen, zerstreuen sich die Zuschauer. Der Geruch, der in der Luft hängt, erinnert mich an das brennende Haus, das wir zurückließen. Ich sehe Roberto vor mir. Er kauert vor Stoner und betet stammelnd. Die Brandung zieht sich leise zischend zurück, der Strand ist menschenleer. Ich weiß, wohin ich gehöre. Erich reicht mir die Milchpackung, damit ich mir den Mund spülen kann.

»Damit hören wir von jetzt an unsere Auftritte auf«, sagt er.

»Und wer kümmert sich darum, daß sie zahlen?«

»Ich scheiß auf das Geld. Wir sind Feuerartisten.«

Er besteht darauf, die Feuerkeulen allein zu reinigen. Ich soll sehen, daß er stolz auf mich ist, stolz auf uns.

Alain, der Besitzer der Bar, in der wir nach unserem letzten Auftritt fast immer ein Sandwich essen, stellt mittlerweile unaufgefordert zwei Gläser Weißwein auf den Tresen, wenn wir hereinkommen. Manchmal würfelt er mit uns um Geld; er weiß, daß wir am Strand schlafen. Er hat uns gestanden, daß er das am liebsten auch tun würde. Er schiebt eine Zeitung über den Tresen und schlägt sie vor mir auf:

Über 40 Verletzte nach Einnahme vergifteter Hostien

FOIX, 8. JULI (AFP). Kurz nach 22 Uhr hatten die Ärzte in den Krankenhäusern von Foix plötzlich alle Hände voll zu tun. Aus der ganzen Stadt meldeten sich Menschen, die an schweren Vergiftungserscheinungen litten. Wie der Sprecher der ermittelnden Behörde des Bezirks Ariège bestätigte, hatten alle Opfer die katholische Abendmesse derselben Kirche besucht und dort die hl. Kommunion erhalten. Eine Untersuchung der beschlagnahmten Hostien ergab, daß diese mit einem hochgefährlichen Nervengift versetzt worden waren. Knapp die Hälfte der Opfer konnte noch in der gleichen Nacht aus der ärztlichen Behandlung entlassen werden. Acht Menschen, darunter zwei Jugendliche, schweben in Lebensgefahr, die übrigen Opfer werden die Krankenhäuser in den nächsten Tagen verlassen dürfen. Im Verlauf des Tages war auf dem Boden der Kirche mit schwarzer Farbe ein unbekanntes Zeichen angebracht worden, das vor der Abendmesse nur notdürftig hatte entfernt werden können. Die ermittelnde Behörde nimmt an, daß dieses Zeichen von den Tätern stammt, von denen ansonsten jede Spur fehlt.

Frag nie, warum. Hör auf, zu sein. Ein heißer Schauer läuft mir über den Rücken, ich fühle mich stark und einzigartig. Ich besitze Macht, denn ich bin eingeweiht. Ich sehe mich mit ausgebreiteten Armen vor der Bar stehen und einen Schrei ausstoßen, der kein Ende findet. Vögel fallen vom Himmel, Scheiben zerspringen, und mein Vater erwacht und hebt den Kopf und sieht mich lange an.

Hinter seiner Stirn sind Gedanken, die ihm die Haut in Falten legen.

Er ist uralt. Aber er lebt, noch lebt er.

Er lächelt gütig.

Dann tötet er mich.

DER ZWANZIGSTE TAG

Heute versteht jeder etwas von Schicksal, Bestimmung und Magie. La Directrice beugt sich über meine Hand, ohne sie zu berühren. Ihre nackten Beine sind schmutzig und voller Kratzer. Sie riecht nach Schweiß und Zigarettenrauch. Daß sie verzweifelt ist, erkennt man nur aus der Nähe. Ich beschließe, bis fünfzig zu zählen und mich ihren Weissagungen zu ergeben. Ich habe gesehen, daß sie häufig Selbstgespräche führt und dazu dramatische Handbewegungen macht. Sie hat den Blick einer Rasse, die früher einmal herrschte und jetzt vom Aussterben bedroht ist. Weder Mitleid noch Ekel entschuldigen irgend etwas.

Schließlich muß la Directrice meine Hand doch berühren. Sie legt sie sanft in die Fläche ihrer Linken, dann folgt sie den Linien und Furchen mit dem rechten Zeigefinger. Erich sitzt vor dem Zelt und sieht uns grinsend zu. Vor fünf Minuten lag er noch auf mir und schob sich meinen Handrücken in den Mund, weil er nicht wollte, daß ihn die anderen hörten.

»Hast du einen Sohn?« fragt la Directrice.

»Nein«, sage ich und starre auf ihre ungewaschenen Haare.

»Einen Zwillingsbruder?«

Ich schüttle den Kopf. Meine Handfläche kribbelt, die Finger dagegen fühlen sich leer und kraftlos an wie die Fingerglieder eines Handschuhs. Wir sind am Leben und doch im Begriff zu sterben, wir alle.

»Seltsam«, sagt sie, ohne meine Hand freizugeben.

Manche Menschen lieben es, Ratschläge zu erteilen oder Prophezeihungen auszusprechen; sie leben davon. Es baut sie auf, weil sie glauben, es rücke sie aus der Schußlinie, es gibt ihnen falsche Sicherheit. Sie wissen nicht, daß uns alles, was wir sagen, verrät.

»Wenn die Herz- und die Kopflinie eins sind, ist man entweder eine Verbrecherin, eine Geisteskranke oder …«, sagt la Directrice und sieht mich an.

»Oder?«

»Oder eine Heilige«, sagt sie und läßt meine Hand fallen.

Wir tragen einen Teil unserer Geschichte auf der Haut. Erich streicht mit seinen Fingern immer wieder über die kleinen Verwachsungen an meinem Rücken, dort, wo einst verdächtige Leberflecken wuchsen. Seine Fingerkuppen scheinen sich automatisch auf die Suche nach diesen Narben zu machen. Unbewußt und traumwandlerisch sicher. Ich habe Erich erzählt, daß meine Mutter an Krebs gestorben ist. Daß sie sich das Leben nahm, habe ich ihm verschwiegen. Du kannst ein Pferd zum Wasser führen, aber du kannst es nicht zwingen, auch zu trinken. Wenn du einen Mann zum Wasser führst, wird er ganz bestimmt davon trinken.

Warum habe ich so undeutliche Erinnerungen an meine Mutter? Ich sehe ihr Gesicht nicht vor mir, nur ihren strengen Gesichtsausdruck und ihre Kleider, die ich verabscheute. Ihre Stimme, den feuchten Finger, der mir das Kreuz auf die Stirn zeichnet, aber nicht ihr Gesicht. Ihre gefalteten Hände, den straff geknüpften Dutt an ihrem Hinterkopf. Wo bist du, Mutter? Siehst du, was ich tue, was aus mir geworden ist? Wer ich bin? Ich sehe dich nicht. Habe ich dich verloren, endgültig verloren? Vater hat dich schrecklich vermißt, er tut es heute noch. Er wollte nicht darüber reden, aber er versteckte seine Trauer nicht vor mir. Er weinte oft um dich. Ihn sehe ich deutlich vor mir: Er sitzt am offenen Fenster seines Zimmers, den Neuenburger See im Rücken, doch er hat keine Augen für die Natur, die Felder, Wiesen und blühenden Büsche. Er sitzt über der neusten Ausgabe des Duden und wundert sich über all die Worte, die man plötzlich nicht mehr so schreiben soll, wie man es früher tat. Wundert sich über all die Fehler, die mit einem Mal keine Fehler mehr sind. Sitzt mit dem Rotstift über Zeitungen und Zeitschriften und macht die Arbeit, die er immer gemacht hat, weil sie ihn von der Welt ablenkt, weil sie ihm zur Flucht verhilft.

Er sitzt vor dem Fenster und sieht unsere Gesichter vor sich, deines und meines, Mutter, hört unsere Stimmen. Er hat seine beiden Frauen niemals aufgegeben; weder seine tote Ehefrau noch seine verschwundene Tochter. Er kann nicht loslassen. Manchmal lächelt er, manchmal starrt er ins Leere, wobei seine rechte Hand wie von selbst unsere Namen schreibt. Elisabeth und Christa. Er hat aufgehört zu beten, weil er davon überzeugt ist, daß es sinnlos ist, Gott um Hilfe anzuflehen. Gott hat ihn im Stich gelassen, wie soll er ihm das verzeihen.

Ich bete nur noch morgens, damit ich den Rest des Tages nicht an Fisnish denken muß. Es ist mir bewußt, daß ich trotzdem zu ihm gehöre, nicht zu Erich. Die Liebe ist eine Ausrede, sonst nichts. Erich und die anderen können mich nicht sehen, ich knie mindestens hundert Meter von ihnen entfernt im Wald, aber sie wissen, daß ich bete. Da die Sonne kaum durch die dichten Baumkronen dringt, ist der Boden weich und feucht. Zwischen den Büschen steht Morast, auf den Steinen wächst Moos. Das Licht ist grün und diffus wie im Schiff einer Kirche. Am zweiten Tag ist mir der Mann, der Lambert heißt, nachgegangen. Er setzte sich in Rufweite von mir auf einen Strunk und sah mir wortlos zu. Es ist das Gehirn, das sieht, nicht das Auge. Er dachte über mich nach. Offenbar kam er zu einem Resultat, das ihn befriedigte: Nach einer Weile stand er auf und ging zu den anderen zurück. Seither erkenne ich Respekt in seinem Blick. Er hält sich gern in meiner Nähe auf; wir alle brauchen Verbündete.

Gestern bat mich Lambert, daß ich ihm den Kopf rasiere. Glatt wie ein Stein lag sein Schädel in meinen Händen. Unter der braungebrannten Haut pochten die Adern. Er hielt die Augen geschlossen und sagte kein Wort. Erich blieb in unserer Nähe. Er wacht eifersüchtig über mich. Er ist der einzige, der mich fragte, warum ich bete. Aber seine Liebe ist größer als sein Mißtrauen. Ich habe behauptet, daß ich für meine Mutter bete. Mit meinem Zorn kann ich umgehen, mit meiner Trauer nicht. Mutter, mein kleines Mädchen. Wir haben es verpaßt, uns kennenzulernen.

Das erste Klopfen ist das Klopfen des kleinen Jungen und des kleinen Mädchens, die unartig waren und es bereuen und an die Tür Unseres Vaters pochen. Das zweite Klopfen nun ist Jesu Klopfen an der Tür unserer Herzen. Zu jedem Jungen und jedem Mädchen kommt er irgendwann und sagt: »Seht, ich stehe an der Tür und klopfe; wenn denn jemand meine Stimme hört und die Tür aufmacht, werde ich zu ihm eintreten, und ich werde mit ihm Abendbrot essen und er mit mir. Das dritte Klopfen aber ist das Klopfen, das zu spät kommt …«

Mutter saß auf einem Schemel neben meinem Bett, wenn sie Abend für Abend aus dem Buch ›Geschichten von Jesus für Kinder‹ vorlas. Ihre Stimme war weich und sanft. Sie lockte und schmeichelte. Aber es war dumm, sich von dieser Stimme in den Schlaf wiegen zu lassen: Denn um sicherzugehen, daß ich ihr auch wirklich zuhörte, sprachen wir das Nachtgebet erst, nachdem sie das Buch wieder zugeklappt hatte. Mutter schlug meine Decke zurück, und ich mußte aus dem warmen Bett steigen und mich neben ihr auf den Fußboden knien. Über unseren Köpfen hing der gekreuzigte Christus an der Wand, Claudia.

In den Zimmern der anderen Mädchen hingen Poster von T. Rex, Santana, Stevie Wonder, The Doors, Ike & Tina Turner und Melanie. Bilder von Mark Spitz und Sportlern, die ich nicht einmal kannte. Neben ihren Betten standen Plattenspieler oder Kassettenrekorder und Holzkästchen voller Fingerringe, Armreife und Lippenstifte. Neben meinem Bett stand eine Art Altar mit einer geweihten Kerze aus dem Kloster Einsiedeln, einem Stapel Heiligenbildchen und einem Bibelspruch, den meine Mutter für mich gestickt und gerahmt hatte:

> *Neige dein Ohr, o Herr, erhöre mich!*
> *denn ich bin elend und arm.*

Das dritte Klopfen ist das Klopfen, das zu spät kommt, Claudia.

Nach dem gemeinsamen Nachtgebet durfte ich wieder in mein Bett schlüpfen. Ich machte Mutter die Freude und legte die gefalteten Hände auf die Bettdecke, ohne daß sie mich darum bitten mußte. Ich ließ es ergeben geschehen, daß sie meine Haare auf dem Kissen ausbreitete wie einen Fächer. Ich war ihr Engel, Claudia. Bevor sie mich berührte, wurde meine Mutter nervös. Sie blinzelte, strich sich die Haare hinter die Stirn und zeichnete mir endlich mit dem Zeigefinger, den sie vorher mit der Zunge befeuchtet hatte, ein winziges Kreuz auf die Stirn. Dann sprachen wir gemeinsam den Vers, ohne den sie mein Zimmer nicht verließ:

> *»Müde bin ich, geh zur Ruh, schließe beide Äuglein zu.*
> *Vater, laß die Augen dein, über meinem Bette sein.«*

Wenn meine Mutter vorlas, liebte ich ihre Stimme. Wenn meine Mutter betete, haßte ich ihre Stimme.

Sie war atemlos, hart und zugleich unterwürfig. Sie bettelte und duldete trotzdem keinen Widerspruch, forderte und verlangte.

Glaubst du an Gott, Claudia?

Gott wachte über meine Kindheit. Sein Blick ruhte immerzu auf mir. Ich tat mein möglichstes, um ihm zu gefallen, um seine Liebe und Anerkennung zu gewinnen. Ich beschloß jeden Morgen von neuem, weder in Gedanken noch in Werken zu sündigen. Jeden Tag wollte ich ohne Makel bestehen. Rein und vollkommen.

›Mach, daß ich gut bin‹, flehte ich.

Schwebend wollte ich durch die Tage meiner Kindheit gehen, glatt und leicht. Ein Blatt in seinem Wind. Ein unbeschriebenes, blütenweißes Blatt. Letztlich war ich es, die zuviel von mir verlangte, nicht meine Mutter.

Ich wollte perfekt sein. Rein und perfekt.

Es gelang mir nie, Claudia.

Ich fragte mich schon als Kind, ob Gott das Böse liebe.

DER EINUNDZWANZIGSTE TAG

Die drei Hunde stehen plötzlich auf der Lichtung, niemand hat sie gehört, sie kommen aus dem Nichts, ohne Geräusch, ohne Ankündigung. Sie stehen dicht beieinander und starren uns an. Zwei sind schwarz und außergewöhnlich groß, der dritte ist braun und weiß gefleckt und etwas kleiner. Sie sehen sich an, dann schwärmen sie auseinander, als hätten sie abgesprochen, uns einzukreisen.

»Scheißhunde«, sagt Jean-Pierre leise.

»Das sind keine Hunde, das sind Monster«, sagt Lambert.

»Ich hasse Hunde«, sagt Erich.

»Und ich hab Angst vor ihnen«, sagt la Directrice.

Ich weiß nicht viel über Hunde, nur, daß sie mit kriecherischem Verlangen darauf warten, sich bezwingen zu lassen. Sie wollen beherrscht werden. Zeigen wir Angst, reagieren sie wütend. La Directrice stellt ihren Teller auf den Boden und sieht sich erschrocken um. Der Eingang des Zeltes ist zwar kaum drei Meter entfernt, aber sie ahnt, daß die Hunde schneller sind als sie.

»Bleib, wo du bist«, sage ich zu ihr.

Über dem größten Hund schwebt eine Wolke aus Fliegen. In seinem Fell hängen Dreckbatzen, an der Unterseite seiner von Salz umrandeten Lefzen hat er eine offene Wunde. Die beiden anderen Hunde sehen ihn winselnd und tänzelnd an. Er ist das Leittier. La Directrice kriecht auf das Zelt zu, ohne mich aus den Augen zu lassen. Mushroom kichert, aber er hat Angst.

»Du sollst dich nicht von der Stelle rühren«, sage ich bestimmt, dann stehe ich auf und gehe entschlossen auf den größten Hund zu.

»Laß es bleiben, Claudia«, sagt Erich und steht ebenfalls auf.

»Setz dich hin, Erich.«

Die beiden kleineren Tiere stemmen knurrend ihre Vorderpfoten in den Boden. Sie sind sprungbereit, dumm und unterwürfig. Am linken Hinterbein des Leithundes klebt Blut. Er sieht mich wachsam und erstaunt an, als ich vor ihm in die Hocke gehe. Drohende Gewalt hat einen universalen Code, unverwechselbaren Geruch. Der Hund stinkt. Ich weiß, was ich zu tun habe. Aus seiner Schnauze baumelt ein Speichelfaden. Auf der ersten Irland-Reise, die ich vor über zwanzig Jahren mit meinem Vater machte und die er mir zu meinem Lehrabschluß geschenkt hatte, blieben wir für mehrere Nächte in einem B & B in Ballina. Wir verbrachten die Tage am Strand oder fuhren mit dem Bus an die Küste, wo wir lange Wanderungen unternahmen. Auf einem dieser Ausflüge hatten wir außerhalb der Ortschaft Killala eine Begegnung, die mir zeigte, daß ich meinen Vater bisher falsch eingeschätzt hatte: Wir gingen an einem abgelegenen Hof vorbei, als uns ein Wolfshund den Weg versperrte. Es war kurz vor Mittag, und der Nebel löste sich endlich auf. Die Sonne brachte das nasse Dach des Stalles zum Dampfen und verwandelte das Meer in eine spiegelnde Scherbe. Der Hund trabte knurrend auf uns zu, blieb aber etwa einen Meter vor uns stehen, um abzuwarten. Ich hörte meinen Vater atmen. Er spreizte die Finger seiner rechten Hand, die er vor sich in die Luft hielt, als gehöre sie einem anderen. Dann sah er mich von der Seite an, lächelte und bedeutete mir, stehenzubleiben. Die Krallen des Hundes kratzten auf dem Asphalt, aber er rührte sich nicht von der Stelle.

»Er ist derjenige, der Angst hat«, sagte mein Vater.

Er ging vor dem Hund auf die Knie und kroch auf allen vieren auf ihn zu, bis sich ihre Nasen fast berührten. Unter dem

Fell des Hundes bewegten sich Muskeln, er legte seine Ohren an den Schädel und fletschte die Zähne. Im selben Augenblick schlug ihm mein Vater die geballte Faust auf die Schnauze.

Der kräftige Schlag kam völlig unerwartet. Der Hund sprang aufjaulend zurück, duckte sich auf den Boden und schüttelte benommen den Kopf. Dann machte er sich mit eingezogenem Schwanz davon. Später hatte mir mein Vater seine rechte Hand gezeigt: Sie war rot und leicht geschwollen, und sie roch nach Hund.

Ich weiß also genau, was ich tun muß.

Ich bin zu allem fähig, wozu ein anderer Mensch fähig ist. Natürlich ist das eine schreckliche Erkenntnis.

Meine Eltern erlaubten mir keine Haustiere, Claudia, darum hielt ich mir Marienkäfer. Glückskäfer, die mir geduldig zuhören mußten und von denen niemand etwas wußte. Ich war ihr Schicksal, ihre Göttin. Da ich sie nie freiließ, starben sie in den Streichholzschachteln, die ich mit Zahnstochern und Watte in winzige Wohnungen verwandelte. Ich kannte keine Gnade, ich war auf die Käfer angewiesen. Tagsüber versteckte ich die Schachteln in meinem Schuletui, nachts hielt ich sie in der Hand, als müsse ich die Käfer vor der Dunkelheit beschützen. Wenn Mutter nach dem Nachtgebet endlich aus meinem Zimmer verschwand, wartete ich ein paar Minuten, bis ich aus dem Bett stieg und die Schachtel aus dem Etui holte.

Obwohl ich die Marienkäfer mit Blattläusen und Honigtropfen fütterte und die Deckel der Schachteln durchlöcherte, lebten sie nie länger als eine Woche. Meine Trauer hielt sich in Grenzen, Claudia. Ich gab den Käfern keine Namen. Sie waren austauschbar. Ich hatte immer nur einen Glückskäfer, ich gestattete ihnen keinen Partner. Sie hatten ja schließlich mich. Ich erzählte ihnen alles, Claudia. Schob die Schachteln auf, nahm die Käfer heraus, setzte sie in den Käfig meiner gewölbten Hand, stupste sie an und redete auf sie ein. Sie liefen hin und her, und wenn sie den Rand meiner Hand erreichten, blieb mir nichts anderes übrig, als sie mit der Fingerspitze anzutippen und in ihr Gefängnis zurückpurzeln zu lassen. Manchmal entfalteten sie ihre durchscheinenden Flügel, um wegzufliegen. Dann warf ich sie zurück in ihre Schachtel und schloß den Deckel. Manchmal zerdrückte ich die Marienkäfer auch. Das trockene Knacken ihrer zerbrechenden Körper war furchtbar, aber natürlich gefiel es mir. Ich redete mir ein, die Käfer, die ich zerquetschte, hätten die Todesstrafe verdient. Ich erfand Sünden, die sie begangen hatten, Ausreden für mich. Ich quälte die Marienkäfer nicht, ich tötete sie.

Die Käfer, die ich umbrachte, warf ich aus dem Fenster meines Zimmers. Ich übergab sie dem Wind. Aus den Augen, aus dem Sinn. Natürlich betete ich nicht für sie, sondern für mich, für meine Erlösung. Doch in der Beichte verschwieg ich sie. Hast Du jemals ein Tier getötet, Claudia?

Die Käfer, die in der Schachtel starben, preßte ich in die Erde der Topfpflanzen in unserem Wohnzimmer. Wobei ich mir Mühe gab, ihre zerbrechlichen Panzer nicht zu zerdrücken. Ich beerdigte sie in Gummibäumen, Yuccas und im großen Ficus neben dem Sofa. So saß Pfarrer Lingen zwischen Töpfen, in denen meine Marienkäfer verfaulten, und hielt Vorträge über das Fasten und die unterschiedliche Zukunft, die Gläubige und Ungläubige nach ihrem Tod erwartete. Er redete viel lieber über die Hölle als über den Himmel. Thronte ahnungslos auf dem Sofa und ließ bei jeder Handbewegung Zigarettenasche auf seine dunklen Hosen schneien. War umgeben von toten Glücksbringern und klopfte mit seinen Wurstfingern auf die Lehne, weil er sich noch ein Stück Kuchen und ein Gläschen Likör erhoffte.

Lingen, der kettenrauchende Totenwächter, der alles über die Hölle und wenig vom Himmel wußte.

Lingen, der Komplize des Vikars, Michaels Beschützer.

* * *

Ihre Mutter hat den Hund getötet. Der Schlag kann nicht besonders kräftig gewesen sein, sie holte nämlich überhaupt nicht aus. Aber sie hat offenbar genau die richtige Stelle getroffen. Der Hund fiel wie vom Blitz getroffen um und war tot. Die beiden anderen Köter flippten total aus. Sprangen hin und her, kläfften, winselten und knurrten. Man sah ihnen an, daß sie am liebsten abgehauen wären. Aber Pflichtgefühl und Loyalität ihrem Leittier gegenüber hinderten sie daran. Es dauerte ziemlich lange, bis sie sich in seine Nähe getrauten. Sie hatten höllischen Respekt vor Ihrer Mutter, die auf dem Boden kauerte, seinen Schädel in beiden Händen hielt und leise auf ihn einredete. Aus der Schnauze quoll Schaum, seine Zunge sah aus, als sei sie aus Plastik.

Leider konnte ich nicht hören, was Ihre Mutter sagte.

»Ist er tot?« fragte Mushroom, wobei er unsicher kicherte.

»Du hast es ja nicht getan«, sagte Ihre Mutter, »also vergiß es, Junge.«

Sie bettete den Kopf des toten Hundes auf den Boden und stand auf. Sie lächelte. Ich hatte keine Lust, in Ihrer Nähe zu sein. Die beiden anderen Hunde kauerten jetzt vor ihrem Anführer, schnüffelten und gruben ihre Schnauzen in sein Fell. Sie waren mißtrauisch und wachsam und ließen Ihre Mutter nicht aus den Augen. Wir schwiegen. Ihre Mutter wirkte stark und selbstsicher und nicht wie jemand, dem etwas leid tut. Sie vertrieb die beiden Hunde, indem sie ohne sich umzudrehen einmal in die Hände klatschte. Ich wußte mehr über sie, als sie ahnte.

Ihre Mutter begrub den Hund. Sie bestand darauf, das Loch allein auszuheben. Lambert durfte ihr bloß helfen, das große Tier in den Wald zu tragen. Sie brauchte Stunden, mit unserem Klappspaten das Grab auszuheben.

DER ZWEIUNDZWANZIGSTE TAG

Das Feuer schreibt Figuren in die Nacht, Zeichen. Es tanzt, taumelt, überschlägt sich und erhellt die Gesichter der Zuschauer. Es riecht nach Popcorn und Brennsprit. Erich schwebt. Er hat noch nie besser jongliert. Heute ist er vollkommen. Er hat die Augen geschlossen und lächelt. Keiner wagt es, ein Wort zu sagen, sich zu bewegen. Erich bannt und lähmt die Touristen, er verzaubert sie, sie gaffen mit offenen Mündern und schräggelegten Köpfen. Seine Hände sind unsichtbar, die Kraft seiner Phantasie hält die Feuerkeulen in der Luft. In seinem Innern schlägt ein Akrobat, der in Flammen steht, Überschläge. Erich ist wunderschön.

Eine Sekunde lang ist sein Gesicht da, dann ist es weg. Und wieder da. Erich muß ein Ende finden, das ist das Problem. Darf man das Glück unterbrechen? Er steht neben sich, sieht sich zu. Er hat keine Hände, keine Knochen, er hat Träume und Wünsche. Funken stieben und bringen Bewegung in die Zuschauer, die aufmurren wie beleidigte Kinder. Erich hat sie im Griff, dressiert und abgerichtet. Schließlich tritt er tatsächlich einen Schritt zurück und verschränkt die Arme vor der Brust. Die drei Feuerkeulen zeichnen sanft geschwungene Bögen in die Dunkelheit, bevor sie im Sekundentakt nacheinander im Sand hinter Erich aufschlagen und erlöschen. Mir hat er verboten, die Keulen einfach fallen zu lassen. Ich soll sie löschen und danach sofort gründlich reinigen. Ich weiß, wie er als Kind war: ehrgeizig und strebsam, ungeduldig mit sich selbst. Ich hätte ihn bestimmt nicht gemocht. Ich hätte ihn verachtet, den kleinen Streber.

Zu seinen Füßen liegen Streichhölzer mit schwarzen Köpfen. Wenn ich mich nicht beeile, verlaufen sich die Zuschauer. Ich habe mir angewöhnt, mit einer Blechdose herumzugehen, statt mit dem Hut. Das Geräusch gefällt den Touristen. Es bestätigt ihnen, daß sie großzügig sind, edel und spendabel. Nach wenigen Minuten stehen Erich und ich allein auf der Rampe. Wind treibt Sand über den Stein. Das Wasser ist schwarz, die Wellen tragen funkelnde Kämme. Erich drückt mich wortlos an sich, will sein Glück mit mir teilen, seinen Triumph.

»Es ging wie von selbst.«

»Ich weiß.«

»Jetzt müßte ich eigentlich aufhören damit.«

»Jetzt könntest du eigentlich anfangen damit.«

Sein Gesicht hat die Farbe von Elfenbein. Seine Hände halten mich umklammert, aber er sieht mich nicht an. Seine Gürtelschnalle drückt mir gegen den Bauch, ich könnte ihn hochheben und wegtragen. Sein Kehlkopf bewegt sich auf und nieder.

»Gehst du mit mir weg?« fragt er.

»Wohin?«

»Weg. Ist doch egal, wohin. Einfach weg. Nur du und ich.«

»Aber wir sind doch schon weg.«

»Ich weiß, daß du mich verlassen wirst«, sagt er und läßt mich los.

»Gar nichts weißt du«, behaupte ich und lege die Arme um ihn.

Wir sehen aus wie ein Liebespaar. Autokolonnen fahren langsam die Promenade entlang. Wir sind ein Liebespaar. Ich schüttle die Blechdose, die ich hinter seinem Rücken in der Hand halte, und klimpere mit den Münzen. Erich möchte weiterreden, beherrscht sich aber. Er hat Gänsehaut auf den Armen. Aus den meisten Autos dringt Musik, und wir wiegen uns leicht vor und zurück.

»Ich weiß mehr, als du glaubst«, sagt Erich.

»Ist das gut oder schlecht?«

»Das weiß ich noch nicht.«

Plötzlich spüre ich, wie sich sein Körper versteift. Erich wirft den Kopf zurück, er sieht aus wie ein Pferd, das wiehert, und gibt einen tiefen Seufzer von sich. Dann stößt er mich von sich. Er will weggehen, knickt aber nach zwei Schritten ein. Er macht einen Kniefall und geht langsam zu Boden. Im ersten Moment glaube ich, er spiele mir etwas vor. Er liegt auf dem Rücken und hält beide Arme verkrampft vor der Brust, als wolle er etwas Übermächtiges abwehren oder zurückdrängen. Ich bin bei ihm, bevor er seinen Kopf auf die Steinrampe schlagen kann. Schweiß bedeckt sein Gesicht, er stöhnt grimmig und verzweifelt. Ich bette seinen Kopf auf meine Oberschenkel und halte ihn mit aller Kraft fest. Seine Arme und Beine zittern und zucken unkontrolliert, der ganze Körper schlägt nach mir aus. Die Krämpfe kommen in Wellen und dauern unterschiedlich lange. Auf Erichs Lippen steht Schaum, er hat die Augen verdreht und entwickelt eine unglaubliche Kraft. Er ist aus der Welt gefallen, kämpft in einem anderen Universum. Schließlich gelingt es mir, seinen Mund zu öffnen, um ihm den Griff der einen Feuerkeule zwischen die Zähne zu schieben. Ein Auto bleibt stehen; ich verstehe nicht, was mir die Frau, die sich aus dem Beifahrerfenster lehnt, zuruft. Wir sehen uns an, dann fährt der Wagen weiter. Ich habe keine Ahnung, wie lange der Anfall dauert. Der Wind streicht mir über die Hände, die Erich festhalten, und läßt mich frösteln. Seine Stirn ist heiß und naß.

Irgendwann beruhigt er sich. Ich spüre, wie sich die Muskeln unter meinem Griff lösen. Sein Körper wird weich, schwer. Dann schlägt er die Augen auf und fährt sich über die Stirn.

»Hier bin ich wieder«, sagt er und lächelt erschöpft.

»Wieso hast du mir nichts gesagt?«

Er schüttelt leicht den Kopf und greift nach meiner Hand. Er sieht jetzt aus wie ein kleiner Junge, der aus einem Fiebertraum erwacht ist. Der von der Schulreise zurückgekehrt, aber viel zu müde ist, um davon zu erzählen, obwohl er darauf brennt, und sich die Sätze schon zurechtgelegt hat.

»Nimmst du keine Medikamente?«

»Sind mir ausgegangen.«

»Wann? Du hast doch ein Rezept?«

»Vor vier Tagen. Ich muß nach Narbonne.«

»Willst du aufstehen?«

»Eigentlich nicht. Ehrlich gesagt können wir für immer so bleiben.«

Vor siebenundzwanzig Jahren sagte mir Michael »Ich liebe dich«. Ich werde diesem Satz nie mehr vertrauen.

Die Ohnmacht war eines meiner Geheimnisse, Claudia. Ich ging in die Hocke, den Kopf zwischen die Knie gesteckt, atmete dreißigmal rasch und tief ein und stand dann blitzschnell auf, um mit angehaltenem Atem und geballten Fäusten darauf zu warten, daß das Blut mit einem Schlag aus meinem Gehirn wich.

Ich war süchtig nach dem Schwindel.

Ein paarmal verlor ich tatsächlich das Bewußtsein. Wenn ich wieder zu mir kam, waren wahrscheinlich höchstens drei oder vier Sekunden vergangen. Ich lag auf dem Teppich meines Zimmers, als hätte mich jemand aus einer anderen Galaxis auf die Erde zurückgeschleudert.

Ich war süchtig danach, an einem anderen Ort zu sein.

An einem fremden Ort zu sein.

Wenigstens für kurze Zeit, Claudia.

Wir essen bei Alain eine Hühnerbouillon, ich muß Erich überreden, den ganzen Teller auszulöffeln. Er ist totenblaß und hat einen Schimmer in den Augen, der ihm ein geheimnisvolles und schläfriges Aussehen verleiht. Er ist unwirklich schön, braucht Schutz, Beistand. Er hat mir von seinem ersten Epilepsie-Anfall erzählt, will sonst aber nicht über die Krankheit reden. Alain läßt uns in Frieden, hat sogar den Fernseher über dem Tresen ausgemacht. Erich berührt mich pausenlos und gibt meine Hände nur frei, wenn ich ihn darum bitte. Er bewegt sich wie ein Schlafwandler und strahlt tiefe Ruhe und Zufriedenheit aus. Er weiß, daß ich ihn begehre. Weiß er auch, daß ich mir nicht erlaube, ihn zu lieben?

Bevor wir gehen, nehme ich die Zeitung vom Nebentisch und blättere sie durch, obwohl ich ahne, daß das ein Fehler ist. Erich sieht mir gebannt zu; er erkennt, daß ich nach etwas suche, ohne zu wissen wonach. Er hat Angst, daß ich etwas entdecke, das uns trennt, das mich von ihm wegführt.

Brand zerstört Kapelle in der Abbaye de Fontfroide
NARBONNE, 11. Juli (AFO). Ein Feuer in der ehemaligen Zisterzienserabtei Abbaye de Fontfroide zerstörte einen Teil der berühmten Südkapellen aus dem 13. Jahrhundert. Das Feuer brach am Donnerstag gegen 3 Uhr morgens in der ›Salle des Morts‹ aus. Der Besitzer des früheren Klosters entdeckte die Flammen durch Zufall und alarmierte sofort die Feuerwehr, bevor er selbst damit begann, den Brand zu bekämpfen.

Das beherzte Eingreifen des Besitzers und seiner Familie sowie der schnelle und gut koordinierte Einsatz mehrerer lokaler Feuerwehren verhinderten, daß die Flammen auf die Kirche und die anderen Gebäude übergriffen. Die ›Salle des Morts‹ dagegen brannte vollständig aus. Sie gehörte zu den sogenannten Südkapellen, die im 13. Jahrhundert an die Abteikirche aus dem 12. Jahrhundert angebaut worden waren. Die ermittelnden Behörden schließen Brandstiftung nicht aus.

DER DREIUNDZWANZIGSTE TAG

Kreideweiß das Licht, der Himmel Marmor. Die Fenster der Bistros und Geschäfte spiegeln Fußgänger und Autos, in denen Frauen mit erhitzten Gesichtern sitzen. Zwischen den Einkaufstaschen auf den Rücksitzen plärren Kinder. Arbeiter tragen Gemüsekistchen über die Straße, und es riecht nach Schnittblumen.

In dem Bus, der uns vom Meer herübergebracht hat, ist es so heiß gewesen, daß wir schon am Stadtrand von Narbonne ausgestiegen sind. Erich trägt zerrissene Jeans und das weiße Hemd mit den Rüschen. Der Asphalt glüht, wir haben die Schuhe in der Hand. Kinder, die nach der Schule auf dem Nachhauseweg sind. Die Wolken sind wie Perlen auf eine Schnur aufgezogen, die über den Dächern durchhängt. In einem Park liegen Paare unter ausladenden Bäumen. Ich bin nur eine Zuschauerin, Erich. Das Leben ist eine Sache, ich bin eine andere. Die nackte Erde am Ufer des Parkteichs ist eine schimmernde Bucht aus Ton, die unsere Schritte verewigt bis zum nächsten Regen.

In der vergangenen Nacht hat er sich so beharrlich an mich gedrängt, bis ich ihn in den Arm nahm; sein ganzer Körper war naß vor Schweiß. Er redete im Schlaf. Heute besteht er auf Abstand. In den Gläsern seiner Sonnenbrille sehe ich mich selbst und das Motorboot, das auf dem Canal de la Robine durch die Innenstadt gleitet. Die Apotheke befindet sich im Schatten der mächtigen Kathedrale St.-Just. Die Stämme der Platanen, die den Boulevard säumen, sind gefleckt, als habe sie jemand mit einer Axt bearbeitet. Männer wissen alles immer erst nach uns, weil sie die Wahrheit nur dann ertragen, wenn sie sie aussprechen dürfen.

»Wir könnten uns etwas Wichtiges beibringen«, sagt er.

»Ich bin keine Lehrerin.«

»Aber vielleicht eine Schülerin.«

»Was sollten wir uns beibringen, Erich?«

»Das, was wir beide noch nicht kennen.«

»Den Tod?«

»Die Liebe«, antwortet er.

Wichtige Entscheidungen, die heute in das Leben anderer eingreifen, sind schon vor sehr langer Zeit getroffen worden. Verletzungen, die man zehn, zwanzig Jahre mitgetragen hat, um sie nun endlich an einen anderen weitergeben zu können. Verletzungen, Ängste, Haß. Dieser andere tritt immer in unser Leben. Wir müssen ihn nur als denjenigen erkennen, der bereit ist, die Wunde zu empfangen.

Erich ist jetzt auch dabei, sich zu verabschieden.

Sein Gesicht ist ernst und hart.

Liebe ist Krieg. Erst wer etwas verloren hat, kennt das Leben. Wo ich bin, wirst du nie hinkommen, Erich, niemals. Hoffentlich.

Der Boden des Eiscafés ist blau und weiß gefliest, die Angestellten tragen Papiermützen, auf denen Eisbären abgebildet sind. Aus der Fensterfront geht der Blick auf das Musée Lapidaire, vor dessen Eingang sich eine Reisegruppe um ihren Führer drängt.

Erich erzählt mir von seiner Jugend in Salzburg, seine Geschichte soll mich halten. Erzählt von seiner Schwester, die von einem betrunkenen Autofahrer angefahren worden ist und seither im Rollstuhl sitzt. Er hat die Lehre abgebrochen, weil er keine Lust hatte, das Fernseh- und Radiogeschäft seines Vaters zu übernehmen, sondern Artist werden wollte. Zirkusartist. Erich riß von zu Hause aus und zog so lange mit einem kleinen Zirkus in Ungarn herum, bis er begriff, daß er für die nächsten Jahre das Zelt aufbauen und die Tierkäfige säubern würde, statt in der Manege mit Feuer zu jonglieren. Er kehrte zu seinen Eltern zurück, hielt es dort aber nicht lange aus. Seither lebt er auf der Straße. Den Kontakt zu seinen Eltern hat er abgebrochen, aber mit seiner Schwester hat er Briefkontakt. Sie hat ihm versprochen, den Eltern nicht zu verraten, wohin sie ihre Briefe schickt: Erich Stanggassinger, Poste restante, Bureau de poste, Boulevard de Gambetta, Narbonne, France.

Erich hat das Gesicht eines Träumers. Er weiht mich ein, offenbart sich, weil er glaubt, daß mich das zurückhält. Die dichten langen Wimpern wirken nicht weiblich, sondern schläfrig. Er wirbt um mich.

Ich schweige. Sonnenlicht, von vorbeifahrenden Autos reflektiert, springt über die Fliesenwand und über unsere Hände, die auf dem Resopaltisch nebeneinanderliegen. Unsere Eisbecher sind leer, die langstieligen Löffel verschmiert.

»Willst du nicht wissen, wie meine Schwester heißt?«

»Wie fühlst du dich?« gebe ich zurück.

»Reif«, sagt er, »reif und alt.«

»Du bist blutjung, Erich.«

»Genau wie du.«

»Über die Liebe kann man nicht reden«, behaupte ich.

»Sie heißt Renate«, sagt er.

Eine Hand an die Wange geschmiegt, ballt er die andere, die neben meiner liegt, zur Faust. Um seinen Mund spielt ein Lächeln, er bemüht sich, nicht die Fassung zu verlieren. Er kämpft einen aussichtslosen Kampf. Er tut mir leid. Ich werde ihn vermissen. Ich bin es, die mir leid tut, ich.

Da bricht am Tisch neben dem Eingang ein Streit aus. Bestimmt war es der Mann, der die flache Hand auf den

Tisch geknallt hat. Er trägt ein verschmutztes Unterhemd und hat muskulöse, tätowierte Arme. Seine zerbrechliche Frau starrt zu Boden, während der ungefähr achtjährige Junge leise weint und sich die Hand vor den Mund hält. Als der Mann bemerkt, daß wir ihn ansehen, streckt er dem Kind so lange drohend seinen Zeigefinger vor die Nase, bis es verstummt und weiterlöffelt. Der Mann läßt seine Hand sinken, aber dann schlägt er dem Kind mit dem Handrücken mitten ins Gesicht. Der Kopf des Jungen schnellt zur Seite, und sein Löffel fliegt durch das halbe Café und landet scheppernd vor unserem Tisch. Der Junge schweigt für eine Schrecksekunde, dann beginnt er laut und erbärmlich zu heulen. Er will aufstehen und weglaufen, aber die Frau hält ihn zurück und schimpft ihn leise aus.

Meine Hände zittern. Der Mann und ich sehen uns direkt in die Augen. Er zuckt mit den Schultern, steckt sich eine Zigarette an und wendet den Blick ab. Als ich aufstehe und auf den Tisch am Eingang zugehe, sieht er erstaunt hoch und drückt die Zigarette aus. Er lächelt amüsiert und herablassend.

»Lassen Sie den Jungen in Ruhe«, sage ich scharf.

»Kümmern Sie sich um ihre eigenen Probleme, Madame. Es ist mein Kind.«

Zum Beweis stößt er dem Jungen den Zeigefinger auf die Brust und schubst ihn fast vom Stuhl. Dann steht er auf. Die Frau hat den Jungen an beiden Armen gepackt; sie ist nicht auf meiner Seite.

»Und jetzt wollen Sie mich schlagen, Madame?«

Erich drängt sich zwischen uns. Er macht eine beruhigende Handbewegung, dann schiebt er mich aus dem Eiscafé. Die Hitze steht reglos zwischen den hohen alten Häusern. Die Dächer glitzern, als seien sie aus Schnee. In den Kronen der Bäume auf der Place Lamourguier schreien Vögel.

Und die kleine Familie steht an der Fensterfront des Cafés und sieht uns nach. Der Mann ist hinter dem Jungen, hat seine nackten Arme schützend um ihn gelegt. Der Kopf der Frau ruht an der Schulter des Oberhauptes. Sie sind vereint, aber häßlich.

Er entzündet ein Streichholz und macht es sofort wieder aus. Bis auf eine weiße Unterhose ist er nackt. Um das zu erkennen, brennt die zitternde Flamme lange genug. Und der Pinienwald rauscht, als flüstere er die Namen von uns Mädchen, einen nach dem andern, vorwärts und rückwärts, vorwärts und rückwärts. Leise, so leise, daß es klingt wie das Zischeln der Viper, die in der Mittagshitze auf den Steinen hinter unserer Kochstelle lag.

Ich kann ihn im Dunkeln atmen hören, stoßweise und ungezügelt. Der Schwefelgeruch brennt in den Augen, kratzt im Hals. Ich hasse mich für das, was mich erwartet, auf mich zukommt. Das Köpfchen des nächsten Streichholzes kratzt über die Reibfläche, entzündet sich zischend. Jetzt trägt er den Morgenmantel, der nach Zigarettenrauch und Puder stinkt. Er wird ihn mit dem Gürtel schließen, auch das gehört dazu, nicht zu straff, sondern eben so, daß meine Hände mühelos Platz finden, wenn ich hinter ihm stehe, über den fetten Gorillarücken fahre und ihm ins Tuch fasse, um seine Weiberbrüste zu packen. Das nächste Hölzchen löscht er, indem er es auf seine Zunge drückt. Es ist das dritte und letzte, wie gewöhnlich. Auf dem Nylonboden seines Schlafabteils liegt der Holzstock, an dessen Ende der Lederriemen befestigt ist. Er hat mir verboten, ihn anzufassen. Wo sind die anderen Mädchen? Träumen sie, die Schlafsäcke an die Fußenden der Liegen gestrampelt, mit entblößten Beinen und Armen, badend im eigenen Schweiß? Und in den Büschen hocken die Jungen aus dem Dorf wie im Fieberrausch, das liegt an uns und unserem Geruch, der als Verheißung über den Zelten schwebt.

»Ich liebe meinen Nächsten wie mich selbst«, sagt er wie jedesmal.

Er krächzt, daran bin ich schuld, mein Körper. Das Verlangen treibt ihm die Hitze auf die Stirn. Seine Hände sind feucht wie ein Schwamm.

»Du auch?« fragt er scheinheilig.

Jetzt muß ich sagen: »Ja, ich auch«, so leise, daß er sich genausogut verhört haben könnte. In der Dunkelheit riecht er noch schlimmer als sonst.

Am Nachmittag tanzten Schmetterlinge über unserem Lager, ich lag mit Michael im Gras und sah ihnen nach. Es war unmöglich, sie zu zählen, so ausgelassen war ihr Tanz. An der Wäscheleine über den Spülbecken baumelte das Kassettengerät und spielte Leonard Cohen. Nur für uns.

»Ja, ich auch«, äfft er mich nach.

Die Luft ist stickig. Der Schweiß läuft ihm in den Nacken und in die Augen, tropft auf den feuchten Nylonboden, sein Schädel ist naß. Ich bin überhaupt nicht hier, in Lingens Schlafzelt. Ich stehe am Ufer eines Sees, die bloßen Füße im warmen Wasser, und nackt bin ich auch nicht. Nein, ich bin nicht nackt. Das gehört nicht dazu. Was zählt, sind nur meine flinken Hände und meine Stimme. Zum Glück ist es dunkel, dunkel genug, um sich jemand anderen vorzustellen.

»Dann wird es aber Zeit, mir das zu beweisen«, sagt er heiser.

Genau das muß ich tun, jedesmal dasselbe, genau dasselbe: Hinter dem dicken alten Mann muß ich stehen. Um mit beiden Händen seine schlaffe Brust zu kneten und mit flinken Fingern um seine aufgerichteten Warzen herumzutanzen. Mein unschuldiger Atem muß das faltige Ohr streifen wie der heiße Wind, der den Sand zwischen die Seiten der

Bibeln treibt, die auf unseren Pritschen liegen und darauf warten, aufgeschlagen zu werden. Muß beide Hände auf ihre Reise in die Tiefe schicken, um genau im richtigen Augenblick innezuhalten. Dann verspannt sich der Körper und vibriert wie ein altes, müdes Instrument, bevor das Grollen aus Lingens Kehle drängt. Jenes Grollen, das unweigerlich zuerst zum Wimmern, dann zum Klagen und zuletzt zum Weinen wird. Genau das tut er, jedesmal dasselbe, genau dasselbe: Schlägt beide Hände vor sein Gesicht und weint, als mache das alles ungeschehen. Fleht in der Dunkelheit um Vergebung und schickt mich in die Nacht, nachdem er mir das Versprechen abgenommen hat, zu schweigen, zu schweigen immerzu.

Tausendundeinen Tod habe ich ihn sterben lassen. Wüßte meine Mutter, was er meinen Händen befiehlt, sie würde ihn töten. Aber ich erzähle weder ihr noch Michael davon. Niemandem erzähle ich davon, keiner Menschenseele. Denn er gehört mir. Mir ganz allein.

Als wir die Brasserie am Place Salengro verlassen, ist es dunkel. Die Gassen und Sträßchen um die Kathedrale sind menschenleer, vielleicht weil es nieselt. Über der Kathedrale steht eine Lichtglocke am Himmel, die Scheinwerfer schneiden Bahnen in die Nacht und lassen das Bauwerk aussehen wie eine Kulisse.

Erich ist betrunken. Ich muß ihn bitten, seine Medikamente zu nehmen. Er geht hölzern und gebeugt. Meinem Blick weicht er aus. Er schmollt. Redet viel zu laut. Seine Handbewegungen wirken weiblich; er spielt Theater, geht auf in der Rolle des verschmähten Liebhabers. Er ist unglaublich jung, macht es mir einfach. Der Regen klopft Löcher in das Wasser des Kanals. Wir werden mit dem Taxi zurück ans Meer fahren. Schweigsam wie ein Ehepaar, das sich gestritten hat. Das sich nicht vor dem Taxifahrer versöhnen will. Der linke Fuß tut weh, wie immer, wenn das Wetter umschlägt.

Auf der Fußgängerbrücke über den Kanal kommen uns zwei Männer entgegen, die sich ihre Jacken als Schutz vor dem Regen über die Köpfe gezogen haben. Sie gehen so dicht nebeneinander, daß ich zuerst glaube, es sei nur einer. Umarmen sie sich nicht? Am Ende der Brücke gestatte ich mir die schockierende Erkenntnis, daß mich ihre harten Gesichter an Fisnish und Stoner erinnern.

Als ich mich umdrehe, sind die beiden Männer verschwunden.

DER VIERUNDZWANZIGSTE TAG

Die drei Schlafzimmer befinden sich nebeneinander und erinnern mich an Zellen. Sie sind hell, aber eng. Das Haus ist spärlich und unpersönlich eingerichtet. Im Wohnzimmer, dessen Glasfront auf die Terrasse führt, hängen billige Drucke über einem Sofa aus Kunstleder: düstere Stilleben, galoppierende Pferde. Die Küche ist schmutzig, in der Spüle stapelt sich das Geschirr mehrerer Tage. Im ganzen Haus liegen Kleider und Kinderspielsachen verstreut. Die Feriengäste sind vor einer halben Stunde ans Meer gefahren, uns bleibt nicht viel Zeit.

Das Bad in der oberen Etage ist groß und überraschend luxuriös. Erich liegt mit geschlossenen Augen im Whirlpool. Die gelben Kacheln machen das Licht weich und unwirklich. Durch das Eckfenster sieht man auf den Pool, in dem sich die anderen vergnügen. La Directrice kreischt. Sie liegt auf einer Luftmatratze und läßt sich von Lambert von einem Bassinrand an den anderen schieben. Erich weiß, daß ich ihn betrachte; er genießt meine Aufmerksamkeit. Seine Haut glänzt. Sein Hintern ist fest und muskulös; er steht auf und bückt sich für mich nach der Seife, nur für mich. Ich habe mich mit der Körperlotion eingerieben, die ich unter den vielen Fläschchen, Tiegeln und Dosen gefunden habe; jetzt rieche ich fremd, wie eine andere Frau. Auf dem Boden liegt eine Orange. Wir werden uns füttern. Im Haus ist es so still wie in einer Schule nach der letzten Unterrichtsstunde. Die ausgelassenen Schreie der anderen sind plötzlich Kinderstimmen. Jean-Pierre sitzt am Bassinrand neben einem aufblasbaren Alligator und liest in einem Buch. Auf der Tapete im Flur blühen Rosen. Erich wartet darauf, daß ich zu ihm in die Wanne steige, aber er drängt mich nicht. Die Orange leuchtet. Ich werde die Fingernägel in die Schale treiben wie Messerchen, um die Frucht mit bloßen Händen über seinem Mund auszupressen.

Ich sitze gegen die Wand gelehnt und zwinge ihn, mich anzusehen. Jetzt bin ich noch hier, Erich, verwischt wie eine alte Photographie, aber hier bei dir. Seine Kinnmuskeln arbeiten, er will ernst und rebellisch wirken. Doch seine Augen verraten ihn. Er ist nicht stark genug, um mich zu lieben, wie ich bin. Unsere Körper halten uns zum Narren, gaukeln uns Dinge vor, die nicht sind. Wir wissen es, und es nützt uns nichts.

Im Schminkköfferchen der Frau, die das Bad sonst benutzt, findet sich alles, um mich zu verwandeln. Eyeliner. Lippenstifte in verschiedenen Farben. Karminroter Nagellack. Mascara. Konturstifte. Puderdosen, Puderpinsel. Eine Wimpernzange. Make-up. Wangenrouge. Pinzetten in diversen Größen. Lidschatten. Wann habe ich mich das letzte Mal für einen Mann geschminkt? Erich sieht mir erstaunt zu, wie ich meine Haare hochstecke, obwohl sie so kurz sind, daß ich die Spange aus Schildplatt fast nicht schließen kann. Heute ist mein Gesicht aus Wachs. Die Zahnbürsten unter dem Spiegel sind feucht. Mein Nacken ist lang und schmal, das gelbe Licht schmeichelt ihm. Ich lege mir die feingliedrige Goldkette um den Hals, die achtlos zwischen dem Rasierzeug des Mannes auf dem Glasbord liegt. Das wäre der Augenblick für ein Kleid mit vielen kleinen Knöpfen. Ein Seidenkleid, aus dem ich steigen könnte, als wäre ich unbeobachtet, allein mit mir. Selbst die Luft um mich herum duftet. Es ist eine andere Frau, die von Erich mit ausgebreiteten Armen und erstauntem Blick erwartet wird, eine andere. Ich.

Ihr Atem ist ein Hauch an seinem Ohr. Sie weiß nicht, was sie tut. Über ihnen schließt sich das Wasser, das nach Fichtennadeln duftet.

Es roch nach Parfum und Haarlack, Claudia, und plötzlich wirkte das muffige Gästezimmer elegant und mondän. Das lag an Tante Edith, die für zehn Tage bei uns Ferien machen wollte. Die jüngere Schwester meiner Mutter war das erste Mal in der Schweiz. Sie sorgte für Unruhe, denn sie brachte die Welt in unser katholisches Haus: fremde Gerüche, fremde Farben und Gewohnheiten. Das Kofferradio lief jetzt schon am Vormittag, die Schlager waren im ganzen Haus zu hören.

Tante Edith trug elegante Kleider, enggeschnittene Hosenanzüge aus Kunstfasern, moderne Blusen und schillernde Strumpfhosen mit eingewirkten Mustern. Sie saß stundenlang vor dem Schminktischchen, trug Schmuck, lackierte sich die Fingernägel, benutzte Lippenstift und zupfte sich die Augenbrauen. In ihrer Wohnung in Ulm saß sie täglich eine halbe Stunde vor der Höhensonne. Sie las Modejournale, rauchte, rasierte sich die Achselhöhlen und wachste sich die Beine. Sie war ein Wesen aus einer anderen Welt. Und sie glaubte nicht an Gott, wie sie mir schon am ersten Tag erklärte. Natürlich bewunderte ich sie. Und natürlich machte sie mir angst. War sie nicht wie alle anderen Ungläubigen zum Fegefeuer verurteilt? Wie konnte man nicht an Gott glauben und trotzdem offensichtlich glücklich sein? Oder war man am Ende nur dann glücklich, wenn man nicht an Gott glaubte?

Tante Edith fand es unmöglich, wie mich meine Mutter anzog. Ich hörte, wie sie sich deswegen in die Haare gerieten und wie sich meine Tante für mich stritt. Die Kleider, die ich als Kind tragen mußte, waren tatsächlich eine Strafe. Die Schule war vor allem deswegen furchtbar, Claudia. Im Sommer trug ich knöchellange Röcke aus hellbraunem Kord, bestickte weiße Blusen und

Ledersandalen, im Winter Hosen aus dunkelbraunem Kord, schlabbrige weiße Wollpullover und Wanderschuhe.

Braun und Weiß: Das waren die Farben meiner Kindheit. Baumwollkleider, solide braune Schuhe. Pullover, die kratzten, zwickten und bissen. Weiße Kniestrümpfe und braune Wollsocken. Meine Kleider waren praktisch, gesund und häßlich. Grauenvoll häßlich. Ich sah aus wie ein Mädchen aus einer vergangenen Zeit. Hohn und Spott waren mir sicher. Das Tuscheln der anderen Kinder verfolgte und begleitete mich, ein Tuscheln, das hinter meinem Rücken anhob und mich durch die endlosen Korridore und über den Schulhof begleitete. Das mir wie ein Schatten überallhin folgte. Natürlich schämte ich mich.

Auch in dieser Hinsicht war Gott keine Hilfe.

Um meine langen Haare hätten mich die anderen Mädchen bestimmt beneidet. Aber meine Mutter bestand darauf, daß ich sie jeden Tag zu zwei dicken Zöpfen flocht, die so straff saßen, daß ich Kopfschmerzen bekam. Zöpfe, an denen die Jungen rissen und zerrten. Und nicht nur die Jungen, Claudia. Ich bettelte jahrelang darum, mir die Haare schneiden lassen zu dürfen. Ich träumte sogar davon. Saß auf einem Stuhl im Freien, und die Haarbüschel fielen wie lauter kleine Flügel. Sie bedeckten den Boden, meine nackten Beine und die Hand mit dem schwarzen Kamm. Die Schere blitzte in der Sonne. Aber als ich mir an den Kopf faßte, waren die Haare schon wieder nachgewachsen. Bereits bedeckten sie die Ohren. Und sie wuchsen weiter, immer weiter, schwarzes Efeu, das mich in seine erbarmungslosen Arme schloß und erstickte. Die abgeschnittenen Locken, eben waren sie noch beim kleinsten Windhauch über den Boden geschwebt wie Zwiebelhäute, fügten sich plötzlich wie durch Zauberhand zu einer Schlinge, die sich um meine Beine wand und sich um meine Brust schloß.

Am Tag vor der heiligen Kommunion schnitt mir Mutter endlich die Haare. Ich saß auf einem Schemel in der Küche und wagte kaum zu atmen. Mutter kannte kein Erbarmen. Sie wollte mir beweisen, daß es falsch gewesen war, sich kurze Haare zu wünschen.

Sie verpaßte mir keinen Haarschnitt, sondern eine Lektion.

Ich sah aus wie die Strichmännchen, die wir mit Kreide auf die Schulhausmauer zeichneten und mit Namen versahen, wenn wir jemanden verhöhnen wollten. Die Haare standen wie ungleiche Stacheln von meinem Kopf ab. An der heiligen Kommunion sah ich aus wie ein Junge, der ein weißes Kleid trägt. Die Blumenkrone, die wir Mädchen im Haar trugen und auf die ich mich so sehr gefreut hatte, fiel mir immer wieder vom Kopf und mußte mit Spangen befestigt werden. Und so begleitete mich das Tuscheln auch in der Kirche, auf dem langen Weg durch den Mittelgang nach vorne zum Altar.

Ich besitze keine einzige Photographie von meiner Kommunion, Claudia. Ich warf sie alle weg. Zerriß sie und stopfte sie in den Abfalleimer. Und es dauerte mehr als zwanzig Jahre, bis ich den Mut hatte, meine langen Haare zum zweiten Mal kurz zu schneiden.

In der Zeit, in der Tante Edith bei uns Ferien machte, kümmerte sie sich um mich, obwohl Mutter ihr verboten hatte, sich in meine Erziehung einzumischen. Wenn ich nach der Schule nach Hause kam, wartete Tante Edith bereits auf mich: Wir schlossen uns im Gästezimmer ein, wo sie mir beibrachte, wie man sich schminkt, frisiert und kleidet. Ich rauchte meine erste Zigarette, versuchte in Stöckelschuhen zu gehen und lernte die wichtigsten Tanzschritte. English Waltz. Foxtrott. Slowfox. Walzer. Es war eine wunderbare Zeit. Trotzdem bat ich Gott um Vergebung, wenn ich nachts in meinem Bett lag. Ich fühlte mich schuldig und unrein. Gleichzeitig freute ich mich bereits auf den nächsten Tag. Auf die seidenen Blusen, die ich anprobieren durfte, die weich fließenden Kleider und auf meine Tante, die mir trällernd die Haare bürstete und die

Augenbrauen zupfte, als gäbe es nichts Wichtigeres zu tun auf dieser Welt.

Meine Mutter betete für ihre jüngere Schwester, deren Lebenswandel sie zutiefst verabscheute. Tante Edith ging jeden Abend aus, und bald riefen diverse Herren bei uns an und verlangten nach ihr.

Während sich ihre Schwester herausputzte und fein machte, saß Mutter mit Pfarrer Lingen im Wohnzimmer. Schlicht, aber praktisch gekleidet, ungeschminkt, kerzengerade. Ergeben lauschte sie Pfarrer Lingens Vorträgen, las ihm jeden Wunsch von den Lippen ab. Sie sah aus wie ihre eigene Großmutter. Aber sie würde der Hölle entgehen. Auf sie wartete das himmlische Reich und nicht die Hölle. Glück und Erlösung standen ihr bevor, nicht Schmerz und Schmach. Meine Mutter lachte nicht, sie betete. Sie amüsierte sich nicht, sie diskutierte mit Pfarrer Lingen die Pillenenzyklika ›Humanae vitae‹, die Papst Paul VI. 1968 erlassen hatte und die allen Katholiken die künstliche Empfängnisverhütung verbot.

In der fünften Nacht blieb unser Gästezimmer leer. Am nächsten Morgen erzählte mir Tante Edith, daß sie die Nacht mit einem verheirateten Mann im Hotel Schweizerhof verbracht hatte. Meine Mutter weigerte sich, mit ihrer Schwester zu reden. Sie packte ihren Koffer und stellte ihn wortlos vor die Haustür.

Ich habe Tante Edith nie mehr wiedergesehen.

Sie starb zwei Jahre später bei einem Autounfall in der Nähe von Ulm.

Meine Mutter überlebte ihre jüngere Schwester um ein halbes Jahr.

Als meine Mutter starb, war ich schon schwanger, Claudia. Ich war im dritten Monat.

DER FÜNFUNDZWANZIGSTE TAG

Wir schweben nebeneinander, das Wasser trägt uns. Wir können fliegen. Unsere Körper schimmern wie Rüstungen aus Bronze. Eben waren die Farben noch klar gegeneinander abgesetzt. Jetzt dämmert es. Weit draußen fängt ein Frachter die letzten Sonnenstrahlen auf. Eine Welle nach der anderen rollt herein, bricht und zieht einen weißen Strich auf den Sand, der von der nächsten Welle wieder ausgelöscht wird.

Meist sind Erich und ich allein in der Bucht. Die anderen machen sich nichts aus dem Meer. Mushroom ist der einzige, der uns manchmal begleitet. Er redet ununterbrochen und ist sehr neugierig. Aber Mushroom hört nur, was er hören will. Er ist unaufmerksam und vergeßlich. Seine eigene Geschichte erzählt er jedesmal ein wenig anders. So macht er sein junges Leben spannender, als es bisher war. Er lügt nicht, er erfindet sich. Was immer gleich bleibt, ist der Haß auf seinen Vater. ›Alles was ich will, ist meine Ruhe‹, versichert er uns immer wieder. Dabei sieht er uns so verzweifelt an, als warte er darauf, daß man ihm widerspricht. Mushroom ist vor drei Jahren aus Kaiserslautern abgehauen. Seither lebt er auf der Straße.

Wenn Mushroom an seinen Joints zieht, nuckelt er wie ein Fisch. Das Marihuana trägt mich in die Höhe wie der Aufwind den Vogel, der über uns am Himmel steht. Mushroom konzentriert sich mit ausgebreiteten Armen auf die Möwe, die sich minutenlang nicht von der Stelle rührt. Dann geht er weg. Wir beobachten, wie er im Schatten der hohen Bäume verschwindet. Sich im Grün auflöst. Wie jeden Abend kommt ein leichter Wind auf, der das Wasser kräuselt. Wir liegen nebeneinander im letzten hellen Rechteck, das die Sonne auf den Strand wirft. Wenn ich meinen rechten Arm ausstrecke, berühre ich Erichs aufgeheizte Haut. Dann murrt er und scheint näher zu rücken. Die Zeit gibt es gar nicht.

Als ich erwache, ist es kühl und beinahe dunkel. Erich sitzt neben mir und starrt aufs Meer hinaus. Der Rauch seiner Zigarette verdeckt seine Augen. Jede Welle wird von einem Knirschen der nachrückenden Steine begleitet.

»Du bist eingenickt«, sagt er.

»Ich habe geträumt«, lüge ich.

»Sogar wenn du schläfst, machst du Fäuste.«

»Wir haben eine Bootsfahrt gemacht. Unsere Kabine war ganz vorne in der Spitze des Schiffes.«

»Jetzt unterschreibt sie wieder«, unterbricht er mich.

Ich bemerke la Directrice am anderen Ende der Bucht nicht sofort. Sie sitzt so nahe am Ufer, daß die vorderen Beine des Campingstuhles und ihre Füße bestimmt im Wasser stehen. Erich hat mir von den Ohrclips erzählt, und es sieht so aus, als trage sie sie. Sie sitzt gerade und aufrecht. Ihr linker Unterarm scheint auf einem unsichtbaren Tisch zu ruhen, während sie mit der rechten Hand schwungvoll Unterschrift um Unterschrift ins Nichts setzt. Wir sind nicht das, was wir vorgeben. Ich werde bleiben im Hause des Herrn immerdar.

»Erzählst du mir deinen Traum?« fragt Erich und dreht sich nach mir um.

An meinem achten Geburtstag nahm mich mein Vater mit in die Druckerei, in der er als Korrektor arbeitete, Claudia. Ich hatte nie darüber nachgedacht, was er den Tag über machte. Er ging morgens vor mir aus dem Haus, und wenn er abends zurückkam, verschwand er zuerst im Garten, wo er die Beete wässerte, Unkraut jätete oder die Erde umgrub. Über die Stunden, die dazwischenlagen, machte ich mir keine Gedanken. Er war einfach weg, so wie andere Väter auch.

Am 2. August 1964 zeigte mir Vater seine Welt außerhalb unseres Hauses und unserer Familie. Jener Sommer war heiß und langweilig. Ich hatte das Gefühl, daß die Schulferien aus einem einzigen Tag bestanden, der nicht aufhören wollte. Die Hitze stand wie eine Glocke über der Stadt, unter der alles stehenblieb und einschlief. Fast alle anderen Kinder waren in die Ferien gefahren, die Spielplätze schmorten verlassen in der Sonne.

An die Geschenke, die ich an meinem achten Geburtstag erhielt, erinnere ich mich nicht, Claudia. Vater verließ das Haus zur selben Zeit wie immer. Er stand schon in der Tür, als er sich umdrehte und theatralisch mit der flachen Hand gegen die Stirn schlug. Er war ein schlechter Schauspieler, denn er trug sein Herz auf der Zunge. ›Jetzt hätte ich doch fast vergessen, daß du mich heute begleitest‹, sagte er. An der Hand nahm er mich erst, als Mutter uns weder aus der Küche noch aus dem Elternschlafzimmer im oberen Stock sehen konnte. Damals hielt ich das nicht für feige, sondern für abenteuerlich: Wir hatten ein Geheimnis. Wir taten etwas, das Mutter nicht wissen durfte, nicht einmal sie. Sie hatte ihn auch niemals in die Druckerei begleiten dürfen. Sie hatte keine Ahnung, in welcher Welt ihr Mann tagtäglich lebte. Ich war etwas Besonderes. Ich war Vaters kleines Mädchen, sein Goldschatz, Liebling.

Natürlich hatte ich schon vorher gewußt, wo sich die Druckerei befand. Daß Vater jeden Tag einen Umweg machte, hatte ich nicht gewußt. Statt auf die Ausfallstraße Richtung Zürich zu biegen, gingen wir am Ende der Libellenstraße durch die Wohnsiedlung, die sich beinahe bis ans Ufer des Rotsees erstreckt. Das Wasser lag reglos und schwarz zwischen den Wäldern. Vom Morgenverkehr war nichts zu hören, nicht einmal ein Rauschen. Wir gingen ein Stück auf dem Weg in den Wald hinein, dann führte mich Vater durchs Unterholz in eine Bucht. Die drei Schwäne warteten bereits auf ihn. Er öffnete seine braune Mappe und nahm das Butterbrot heraus, das ihm seine Frau jeden Morgen strich. Bevor er die beiden Scheiben an die Schwäne verfütterte, legte er den Zeigefinger an die Lippen und zwinkerte mir zu: ›Das mache ich jeden Tag‹, sagte er, ›ich kann Butterbrote nämlich nicht ausstehen.‹ Damit hatten wir bereits zwei Geheimnisse, Claudia.

Am Empfang der Druckerei saß eine Frau hinter einer großen schwarzen Schreibmaschine. Sie hatte gewellte Haare und war in Mutters Alter. Sie sprang vom Stuhl und trat an den Empfang.

»Gerda«, sagte Vater, »es freut mich, Ihnen meine Tochter Christa vorstellen zu dürfen. Sie wird heute genau acht Jahre alt.«

»Aber dann hast du ja Geburtstag!« stellte die Frau fest.

Bevor ich nicken konnte, hatte sie bereits eine Tafel Schokolade hervorgezaubert. Ihre Fingernägel waren rot lackiert und unglaublich lang. Ich versuchte mir vorzustellen, wie sie damit wohl tippen konnte.

»Ist sie nicht wunderbar?« sagte Vater fröhlich.

Ich erinnere mich genau, daß ich einen Moment lang nicht wußte, wen mein Vater meinte. Mich oder die Frau am Empfang?

»Bezaubernd ist sie, die kleine Dame«, sagte Gerda, »bestimmt hat sie schon einen Freund.«

»Wo denken Sie hin, Gerda. Ich bin ihr Freund«, sagte Vater und legte den Arm um mich, als müsse er mich beschützen.

Vaters Büro war klein. Alles hatte seinen Platz. Er zog Ärmelschoner und eine Arbeitsschürze an, dann spitzte er seine Bleistifte. An der Wand hing ein Bild von Mutter, weil es das Photo, auf dem ich auf der Schaukel sitze, zu diesem Zeitpunkt noch gar nicht gab.

Der Morgen dauerte unendlich lange. Manchmal kamen andere Männer in Vaters Büro und brachten ihm neue Seiten, die er sorgfältig durchlas. Er stellte mich jedesmal vor, aber daß ich

Geburtstag hatte, erzählte er niemandem mehr. Obwohl die Zeit stehenblieb, langweilte ich mich nicht. Aus einem der unteren Stockwerke waren die stampfenden Geräusche der Druckmaschinen zu hören. Sonnenbahnen wanderten über das Pult, über Vaters Gesicht und den Rotstift, der Zeile um Zeile im Schneckentempo abfuhr.

Natürlich erklärte mir Vater seine Arbeit, Claudia. Für die verschiedenen Fehler gab es verschiedene Zeichen, die er an den Papierrand malte. Ein paar Zeichen dieser Geheimschrift brachte er mir an jenem Tag sogar bei. Das Zeichen, das mir am besten gefiel, sah aus wie eine Schlange, die im Begriff ist, sich selbst in den Schwanz zu beißen, im letzten Augenblick aber davor zurückschreckt. Vater verwendete es, wenn er einen Buchstaben, ein Wort oder einen ganzen Satz streichen wollte. Ich übte es so lange, bis ich es ohne nachzudenken und in jeder Größe beherrschte. Außerdem nahm ich mir vor, den Namen des Zeichens nicht zu vergessen, nie mehr: Deleatur. Deleatur. Deleatur. Außer mir kannte kein Kind an keiner Schule auf der ganzen Welt dieses Wort. Deleatur.

Punkt zwölf Uhr legte mein Vater den Rotstift beiseite. Er stand auf und streifte sich die Schürze und die Ärmelschoner ab. Dann ordnete er die Papierstapel und seine Bleistifte, stellte die Duden in eine Reihe, die er sorgfältig ausrichtete, putzte die Lesebrille und kämmte sich die Haare.

»Zeit für das Mittagessen«, sagte er und schob mich auf einen Flur, in dem es von Menschen wimmelte.

In der Kantine stellten wir uns in die lange Schlange vor der Theke, an der das Essen ausgegeben wurde. Das Fleisch war zäh, der Rosenkohl hölzern. Aber der Kartoffelbrei schmeckte großartig. Nur für mich stellte sich Vater noch einmal in die Schlange, um mir einen Nachschlag zu holen. Wir aßen an einem Tisch mit lauter schweigsamen Männern, die sich mit einem Kopfnicken begrüßten und verabschiedeten. Als wir in Vaters Büro zurück-

kamen, stand ein kleiner Geburtstagskuchen auf dem Pult. Wer hatte die Kerzen angezündet? Wir aßen den ganzen Kuchen allein auf, Claudia. Nur Gerda bekam ein Stück.

Am Nachmittag zeigte mir Vater die Druckerei. Weder im Papierlager noch in der Buchbinderei mit ihren ratternden, zischenden Apparaten blieben wir stehen. Unser Ziel war der Maschinensaal, in dem Vater bis vor ein paar Jahren als Buchdrucker gearbeitet hatte. Die schwarzen Maschinen, in denen Papierbögen verschwanden, um an ihrem hinteren Ende bedruckt herauszuschweben, machten einen Höllenlärm. Jedes ihrer Einzelteile schien in Bewegung, schob sich vor und zurück, rotierte, hob und senkte sich, schwang hin und her, drehte sich im Kreis. Ich sah meinem Vater an, daß ihn der Lärm und der Geruch nach Farbe und Maschinenöl traurig machten, obwohl er mir ins Ohr schrie, daß er froh sei, nicht mehr hier arbeiten zu müssen.

Die Bleisetzerei sparte er sich für den Schluß auf. Nach dem Lärm im Maschinensaal kam ich mir dort vor wie am Ufer des Sees. Die Ruhe war überwältigend. Der Saal war durch hüfthohe Regale in ein Dutzend Korridore unterteilt, in denen die Setzer standen. Vor den hohen Fenstern hingen Stoffrollos, die das Licht dämpften. Niemand sagte ein Wort. Es roch nach Blei, Druckfarbe und Lösungsmitteln. Jeder Setzer arbeitete für sich. Manchmal hoben sie plötzlich die Köpfe, legten ihre Werkzeuge auf die Regale und traten an die staubigen Fenster. Sie schoben die Rollos beiseite und starrten eine Weile auf die Straße. Dann kehrten sie an ihre Arbeit zurück. Die Hände der Setzer waren schwarz. Sie beugten sich über die Manuskripte, die vor ihnen lagen. Die Korridore zwischen den Regalen waren mit Schildern in alphabetischer Reihenfolge beschrieben. Die Stille war unglaublich. Erst als wir gingen, fiel mir auf, daß der Boden vom Wummern der Druckmaschinen vibrierte.

Ich war acht Jahre alt, Claudia. Aber ich wußte, daß ich meinen Beruf gefunden hatte. Ich wollte auch vor einem der Setz-

kästen stehen. Allein und trotzdem zusammen mit anderen, die dasselbe taten wie ich. Setzerin wollte ich werden, Bleisetzerin. Jüngerin Gutenbergs, eingeweiht in die Schwarze Kunst. Ich wollte zu den schweigsamen Frauen und Männern gehören, die mit ihrer Arbeit dazu beitragen, daß die Wahrheit verbreitet wird.

DER SECHSUNDZWANZIGSTE TAG

Meine Finger riechen nach ihm. Seine Hände bewegen sich wie die Hände eines Blinden, der Brailleschrift liest: vorsichtig, neugierig und zielstrebig. Er erfindet meinen Körper, gibt ihm eine Form. Ich brauche nichts zu tun, nichts zu sagen, muß mich bloß ergeben. Das ist schwierig genug. Es regnet. Wasservorhänge stehen um Georges' Zelt, die Nylonwände schaukeln auf und nieder. Meine Lippen liegen an seiner Kehle. Um mich besser betrachten zu können, hat er sich auf einen Ellbogen gestützt. Seine Finger wandern über meinen Oberkörper, als vermesse Erich eine Landschaft. Die anderen sitzen im Vorraum des Zeltes, ich sehe ihre Umrisse, höre ihre Stimmen. Sie trinken, sonst ertragen sie unser Glück nicht. Erich ist kein Neuling in der Kunst der Liebe. Seine Hände und Lippen verweilen an den richtigen Stellen, gehen über nichts eilig hinweg. Ich spüre seinen Rippenbogen an meiner Hüfte. Er dreht den Kopf und läßt seine Haare auf meine Brüste fallen. Wäre ich eine andere, würde ich bei ihm bleiben. In den Bäumen rauscht der Regen. Tropfen klopfen über das Nylon. Seine Finger riechen nach mir.

Fünf Tage noch lasse ich mich von seinem Körper retten. Dann werde ich ihn verletzen, verschwinde ich aus seinem Leben. Er ist verloren. Er ist in mich verliebt. Die Zeltwand legt sich wie ein nasses Tuch an meinen Rücken. Für ihn werde ich noch da sein, nachdem ich gegangen bin. Du kennst nicht den Tag noch die Stunde. Ich werde in den Abgrund blicken. Davor muß ich ihn bewahren. Auf ihn wartet das Leben. Wir definieren andere Menschen über das, was sie bewundern und begehren. Und über das, was sie ablehnen und verabscheuen.

»Wie sehen deine Pläne aus?« fragt er.

»Was für Pläne?«

»Gehst du wieder zurück?«

»Wohin zurück?«

»Wo du hergekommen bist.«

»Wo komme ich her, Erich? Was glaubst du?«

»Was ist mit deiner Familie?«

»Und was ist mit deiner?«

»Du gehörst nicht hierher«, sagt er.

»Das weiß ich auch. Und was ist mit dir? Gehörst du hierher?«

»Jetzt schon«, sagt er, »aber nicht für immer.«

»Willst du über die Zukunft reden?«

»Ich will von früher reden.«

»Ich habe mir abgewöhnt, zurückzukehren.«

»Wir kehren immer zurück«, sagt er und fängt laut an zu lachen, als er merkt, wie altklug er klingt.

»Warum bist du nicht verheiratet?«

Nein, ich war nie verheiratet, Claudia. Warum nicht? Weil ich die Männer, die ich kennenlernte, nicht liebte. Ich hielt sie für unreif und schwach, sie störten mich. Meine Vorbehalte waren stets größer als meine Zuneigung. Es ist nicht wahr, daß man nicht ohne jemanden leben kann. Ich litt wirklich nicht darunter, ohne Ehemann zu sein.

Ich konnte mich erst verlieben, nachdem es mir gelungen war, mich von meinem Vater zu lösen. Seit dem Tod von Mutter hatte ich mich um ihn gekümmert. Ich durfte ihn nicht sich selbst überlassen, er brauchte mich. Und ich brauchte ihn. Ich war sechsunddreißig Jahre alt, als ich Vater und mein Elternhaus verließ und nach Lausanne zog.

Dabei hatte ich es in Luzern endlich geschafft, als freie Journalistin Fuß zu fassen. Da im Laufe der Zeit alle Druckereien von Blei- auf Film- und Fotosatz umstellten, war ich gezwungen, von Stelle zu Stelle zu wechseln. Wenn die Bleisatzabteilung geschlossen wurde, zog ich weiter. Damals begann ich nebenher als freie Journalistin für Regionalzeitungen zu schreiben: Fußballspiele, Sitzungen des Stadtrates, Ausstellungen, Generalversammlungen irgendwelcher Vereine, Eishockey-Turniere, Theaterpremieren auf dem Land: Ich schrieb über alles, Claudia. Zuletzt arbeitete ich als einzige Bleisetzerin einer kleinen Buchdruckerei am Rande von Luzern, war aber die meiste Zeit als Reporterin unterwegs. Als der Besitzer der Druckerei starb, suchte ich mir gar nicht erst eine andere Stelle als Setzerin: Ich war das geworden, wovon Vater immer geträumt hatte: Journalistin. Das war selbst ihm zuviel. Er nörgelte an jedem meiner Artikel herum, strich die Fehler mit Rotstift an und legte mir die korrigierten Seiten auf mein Pult. Er ließ kein gutes Haar an meiner Arbeit. Es war an der Zeit, endlich wegzuziehen.

In Lausanne war ich für die Hauszeitung eines Warenhauses verantwortlich. Ich schrieb, redigierte und war für das Layout verantwortlich. Von meinem Büro konnte ich über den See nach Frankreich hinübersehen. Die Arbeit gefiel mir, aber glücklich, Claudia, glücklich war ich nicht. Da ich befürchtete, Vater könnte das Haus verkaufen, um mir in die Westschweiz zu folgen, hatte ich mir nur ein winziges Einzimmer-Apartment gemietet. Es dauerte keinen Monat, bis er vor meiner Tür stand und klingelte. Ich ließ Vater zwei Nächte auf meinem Sofa schlafen, dann warf ich ihn aus der Wohnung. Ich sah ihm zu, wie er über die Straße ging. Was er besaß, hatte Platz in zwei schäbigen Lederkoffern. Alles andere hatte er verkauft, wie er behauptete. Er war ein gebrochener Mann, er war alt, dem Tode nah. Ich ließ ihn trotzdem gehen. Er ging sehr langsam und stellte alle paar Meter seine Koffer ab, um sich nach mir umzudrehen. Er konnte mich nicht sehen, aber er spürte, daß ich ihn beobachtete. Bevor er um die Ecke verschwand, winkte er mir zu, als fahre er in Urlaub.

Schmollend wie ein Kind verkroch er sich im Altersheim von Cudrefin am Neuenburgersee. Er war wütend und verletzt und deckte mich mit Anrufen und Briefen ein. Seine Stimme war dünn und zerbrechlich, das Stimmchen eines Greises. Der kleinste Widerspruch genügte, und er fing an zu weinen. Seine Briefe waren kurz und voller Vorwürfe. Seine Schrift war klein und zittrig, die Schrift eines Kindes. Er jammerte, schimpfte, klagte und drohte mit Selbstmord. Er war unerträglich, das machte es leicht, nicht nachzugeben und ihn auf Distanz zu halten.

Es dauerte Wochen, bis ich soweit war, ihn in Cudrefin zu besuchen. Wir saßen auf der Terrasse des Heimes, starrten auf den See und schwiegen. Der Händedruck meines Vaters war kraftlos, umarmen ließ er sich nicht. Er ließ sich gehen: Seine Kleider waren schmuddelig, er war unrasiert und stank nach Schweiß. Er war ein einziger Vorwurf an mich, die herzlose Tochter, die ihren Vater im Stich läßt. Er wartete auf das erlösende Wort von mir. Aber als ich sein Zimmer sah, wußte ich, daß er sich mit seiner Situation abgefunden hatte. Auf seinem Tisch lagen aufgeschlagene Zeitungen und Bücher, ein gespitzter Bleistift und daneben ein neues Heft, in das er die Fehler übertrug, die er fand.

Kurz darauf lernte ich Fisnish kennen, Claudia.

Und mein Leben begann noch einmal von vorn.

DER SIEBENUNDZWANZIGSTE TAG

In der Kerbe zwischen seinen rachitischen Rippenbögen baumelt ein Kreuz an einem wertlosen Goldkettchen. Jean-Pierre ist der magerste Mann, den ich je gesehen habe. Seine Jeans sind schmutzig, seine Turnschuhe zerfetzt. Er sucht jemanden, dem er sein Leben erzählen kann. Er hungert nach Aufmerksamkeit außerhalb der Gruppe. Ich bin eine Frau; mir würde er alles erzählen. Aber ich bin die Falsche. Mich interessiert seine Geschichte nicht. Ich kenne sie, ohne daß er ein Wort darüber verlieren muß. Er ist erledigt, hat aufgegeben und resigniert. Natürlich erinnert er mich an meinen Vater.

»Was bedeutet dein Name?« fragt er.

»Muß er etwas bedeuten?«

»Namen sind wichtig. Sind wie Botschaften.«

»Meiner bedeutet nichts. Nur sich selbst.«

»Genau das meine ich.«

»Was hast du vorher gemacht?« frage ich.

»Vorher?«

»Früher.«

»Früher war ich unglücklich«, sagt er feierlich.

»Und heute bist du glücklich?«

»Heute ist es mir egal. Es gibt weder Glück noch Unglück.«

Erich übt mit drei Keulen, die nicht brennen. Er ist unkonzentriert, weil er sich immer wieder nach mir umsieht. Er will hören, worüber wir reden. Jean-Pierres Brille rutscht ihm alle paar Sekunden auf die Nase, die Gläser sind verschmiert. Wir sitzen vor dem Zelt, hinter uns schläft Lambert seinen Rausch aus.

»Und du? Was hast du früher gemacht?« fragt er leise.

Ich will aufstehen, aber er hält mich am Arm fest. Erich wirft die Keulen jetzt sehr hoch. Sie drehen sich, leuchten im Abendlicht. Erich geht hin und her, während er jongliert und uns immer näher kommt.

»Ich zeig dir, wer ich früher war«, sagt Jean-Pierre und läßt mich los.

Er zieht seinen Geldbeutel aus der Hose und nimmt ein Papier heraus, das mehrmals zusammengefaltet ist. Er macht sich breit, als könne er so verbergen, daß er mir das Dokument überreicht. Das Büttenpapier ist mit Flecken übersät und brüchig, an den Falznähten fällt es fast auseinander.

»Lies«, befiehlt Jean-Pierre.

Die Stadt Darmstadt verleiht
einen Förderpreis
zum Leonce-und-Lena-Preis 1985
an
Hanspeter Scherler
Mit diesem Preis soll eine
Literarische Arbeit gefördert werden,
deren Qualität nach dem Urteil
der unabhängigen Jury des Wett-
bewerbes »Literarischer März 1985«
besondere Ermutigung verdient.

Darmstadt, den 23. März 1985

Der Bürgermeister hat mit blauer Tinte unterschrieben, die im Lauf der Jahre fast völlig verblichen ist. Jean-Pierre nimmt mir die Urkunde aus der Hand, faltet sie gewissenhaft zusammen und steckt sie in seinen Geldbeutel.

»Du bist Deutscher?«

»Aus der Schweiz. Genau wie du.«

»Bin ich aus der Schweiz?« frage ich.

»Dein Französisch ist zu perfekt. Du gibst dir zu viel Mühe. Außerdem erkenne ich uns immer.«

»Uns?« frage ich auf deutsch.

»Uns Schweizer. Volk aus den Bergen. Mit dem Vorwurf und der Angst im Blick. Dem Mißtrauen in der Stimme. Man sieht uns an, daß wir aus dem Windschatten kommen.«

Jetzt weigert er sich, französisch zu reden. Sein Blick ist spöttisch. Erich übt nur noch mit zwei Keulen. Er wirft sie so in die Luft, daß sie sich mehrmals um sich selber drehen. Es sieht aus, als seien die Keulen durch eine unsichtbare Schnur miteinander verbunden. Sie schreiben eine wirbelnde Acht in die Luft.

»Wofür hast du den Preis bekommen?« frage ich französisch.

»Lyrik«, sagt Jean-Pierre.

»Du warst Dichter?«

»Bin ich immer noch.«

»Aber?«

»Aber ich schreib nix mehr.«

»Und warum?«

»Weil ich müde bin. Darum. Und weil es keinen Sinn hat.«

»Und was tust du?«

»Ich muß nix mehr machen«, sagt Jean-Pierre und grinst.

»Warum nicht?«

»Weil ich aus dem Spiel raus bin.«

»Quatschkopf«, sagt Erich und legt mir die Hand auf den Kopf.

Er läßt seine Hand auf meinem Scheitel liegen, obwohl ich ihn böse anstarre. Er bewegt seine Finger. Der schwere Ring, den er trägt, fühlt sich kalt an und jagt mir Schauer des Entsetzens über den Rücken.

»Du bist blaß, Kind«, sagt er und streicht mir über die Wange.

Seine Finger riechen nach Tabak und Weihrauch. Sein behaarter Handrücken ist mit Altersflecken übersät und erfüllt mich mit Ekel.

»Sie hockt den ganzen Tag in ihrem Zimmer und liest«, lügt Mutter.

»Das ist gut«, sagt Pfarrer Lingen.

»Es ist nicht die Bibel, die sie liest.«

Mutter sieht ihn weiterhin lächelnd an. Mich straft sie mit Verachtung. Sie hat die Hände gefaltet. Ihr Mund ist ein dünner Strich. Wenn Lingen nachdenkt, riecht er an seinem Zeigefinger. Wenn er gezwungen ist, zuzuhören, steckt er diesen Finger in sein Ohr und dreht ihn hin und her. Dann lächelt er abwesend und macht ein genußvolles Gesicht.

»Etwas Gartenarbeit täte meiner Madame Tochter natürlich gut. Aber dafür ist sie sich zu schade.«

»Sie sollten Sie in mein Sommerlager schicken, Elisabeth.«

Er legt mir beide Hände auf die Schultern und zieht mich an sich. Aber bevor sich unsere Oberkörper berühren, schiebt er mich aus dem Flur seines Pfarrhauses in die Bibliothek. Das Zimmer hat zwei große Eckfenster und ist trotzdem eine finstere und stickige Gruft. Auf allen Ledersesseln, Tischen und Teppichen liegen Ascheflocken, die durch die Luft wirbeln, wenn ich sie in einem unbeobachteten Moment wegblase. Die Wände sind mit deckenhohen Buchregalen bedeckt, sogar um den Kamin herum hat Lingen Regale anbringen lassen. Wir sind fast nie in seinem Pfarrhaus. Er zieht es vor, auf unserem Sofa zu sitzen, sich den Bauch vollzuschlagen, Likör zu trinken und Vorträge zu halten.

»Hier fühlt sich unsere kleine Leseratte bestimmt wohl«, behauptet Lingen, der neben meiner Mutter unter der Tür steht.

Er hat keine Ahnung, was ich mache, wenn sie mich allein in seiner Bibliothek lassen. Er unterschätzt mich, genau wie Mutter. Statt Verachtung liest er Schüchternheit in meinem Blick, statt Ablehnung Demut. Noch hasse ich Pfarrer Lingen nicht, dieses Gefühl entwickelt sich erst, als ich das erste Mal zusammen mit all den anderen katholischen Mädchen in sein Ferienlager auf Elba fahre. Aber ich kann ihn nicht ausstehen. Ich traue ihm nicht über den Weg, weil ich ihm alles zutraue. Er ist hinterhältig, davon bin ich von der ersten Sekunde an überzeugt. Und er ist dumm, sonst würde er mich nicht in der Bibliothek zurücklassen, allein mit seinen Büchern, die er doch über alles liebt.

Ich ziehe irgendein Buch aus einem der Regale, schlage es irgendwo auf und reiße eine Seite heraus. Brennt ein Feuer im Kamin, schmeiße ich die Seite hinein. Sonst zerknülle ich sie zu einer Kugel, die ich schlucke. Dann stelle ich das Buch zurück. Ich gehe wahllos vor, bin aber trotzdem wählerisch: Ich beschränke mich immer auf ein Buch und eine Seite. Sind Illustrationen oder Fotos auf den Seiten, riechen sie nach Farbe, und ich muß mich überwinden, sie zu schlucken. Sonst schmecken die Seiten nach gar nichts. Ich vernichte sie nicht, ich deponiere sie nur an einem anderen Ort. Fresse mich langsam aber gnadenlos durch Lingens Bibliothek. Verleibe mir die Sätze ein, die ihn entzücken, wenn er allein vor dem Kamin sitzt. Stelle mir vor, wie sich die zusammengeknüllte Seite in meinem Magen langsam wieder öffnet, leise knisternd. Bis Lingen zurückkehrt, habe ich längst ein anderes seiner Bücher aufgeschlagen. Sein Lob ist mir sicher. Ich bin ein Mädchen, das liest, das sich in der Freizeit weiterbildet. Er tätschelt mir den Kopf wie einem Haustier, während Mutter neben uns steht und stolz aber verkniffen lächelt.

DER ACHTUNDZWANZIGSTE TAG

Wir haben keine Ahnung, woher la Directrice all die Kerzen hat. Sie ordnet sie zu einem großen, gleichschenkligen Dreieck an, in dessen Mittelpunkt unser Tisch steht. Wir sitzen in einem geometrischen Raum ohne Wände, den der Wind alle paar Minuten verändert. Kaum haben wir die Kerze, die ausgegangen ist, wieder angezündet, erlöscht eine andere.

Erich und ich haben den ganzen Tag in der Bucht verbracht. Meine Haut fühlt sich an wie Leder, schmeckt nach Salz. Im Gegensatz zu den anderen sind wir entspannt. Die Stimmung ist gereizt, die Luft regelrecht aufgeladen mit Aggression. Der Streit ist abzusehen, Worte gehen hin und her, böse Worte. Lambert schlägt wütend nach Mücken. Auf seinem rasierten Schädel flackert der Widerschein der Kerzen. Sein Kopf brennt, und wenn er ihn senkt oder hebt, erlöscht er. Das ist der Alkohol. Und das Marihuana, das wir rauchen.

Aus Baumkronen steigt Gekreisch, die Flügel der aufflatternden Vögel rauschen. Am Himmel hinter den Bergen steht ein Lichtkranz: Narbonne. Und dann riecht es plötzlich wieder nach Pinien, und das dritte Streichholz entzündet sich und erhellt das Zelt, das Holzstöckchen auf dem Nylonboden und Lingens Mund, der aufklappt wie das Maul eines Wals und rotgelb aufglüht, weil er sich das Streichholz in den Mund hält und dann auf die Zunge drückt, wo es zischend erlöscht. Er berührt meinen Scheitel, leicht, so leicht, vielleicht bilde ich mir die Berührung nur ein, den Hauch seines Atems, seine Macht über mich, seinen schlaffen alten Körper. Und das Meer kommt langsam näher. Es holt mich, nicht ihn, mich statt den Sünder, Heuchler. Über unserer Lichtung ist der Himmel eine dunkle Wand. Mushroom kichert und haut Jean-Pierre die Hand auf den Rücken. Er hat keine Augen, sein Mund ist ein schwarzes Loch. Das Kichern läßt uns verstummen. Ohne uns zu bewegen, sehen wir, wie sich sein Oberkörper nach vorne beugt, bis die Stirn auf dem Tisch ruht.

»Kiff halt noch mehr, Idiot«, sagt Lambert.

»Müde bin ich, mit Verlaub, Ihre Majestät«, sagt Mushroom.

Ohne den Kopf zu heben, zeigt er mit der glühenden Spitze des Joints, den er aus gelbem Papier gedreht hat, in die Dunkelheit.

»Dort draußen ist die Hölle los«, sagt er, »Menschen in Hotels, Menschen in Ferienwohnungen, Menschen mit Fußpilz, Mundgeruch und Schuppen auf den Achseln. Leichen im Urlaub. Leichen, die sich pausenlos vermehren.«

»Halt die Klappe«, sagt Lambert.

»Ideen werden von Meistern gemacht«, sagt Mushroom, »Dogmen von Jüngern, und der Buddha wird unterwegs erschlagen.«

»Du bist kein Buddha«, stellt Georges fest.

»Ich bin der Meister.«

»Kiffergeschwätz! Ein Arschloch bist du«, schreit Lambert.

Am Abend hatten sich in der Bucht zwei Möwen um einen Fischkopf gestritten. Sie gingen flügelschlagend aufeinander los, und ihre Schnäbel krachten gegeneinander, daß es klang, als kämpften zwei Jungen mit Holzschwertern. Die eine Möwe hatte die andere in die Flucht geschlagen und war mit dem Futterbissen weggeflogen. Erich hatte sich nicht um die Vögel gekümmert. Er saß auf mir und streichelte mit langsam kreisenden Bewegungen meinen Rücken, wobei er leise summte.

»Drogentüte!« sagte Lambert laut.

»Nicht um den Tabak, noch um die Droge geht es«, sagt Mushroom.

»Sondern?« fragt Georges.

»Sondern um das Feuer, mein Freund. Das Feuer. Wenn wir rauchen, tanzen wir mit dem Feuer, nicht wahr, Spitfire?«

»Wer raucht, stiehlt den Göttern das Feuer«, sagt Erich kichernd.

Die Weinflaschen, die wir getrunken haben, sind über den ganzen Tisch verteilt. La Directrice hat mit ihnen ein Labyrinth aufgebaut, in dem wir unsere Hände auf die Suche schicken. In dem wir uns verlieren. Windstöße löschen die Kerzen. Da sich niemand darum kümmert, sitzen wir irgendwann im Dunkeln. Jean-Pierre ist eingeschlafen. Mushroom entläßt stöhnend Rauchwolken aus seinem Mund. Er sieht aus wie ein Kind, das Bestrafung fürchtet. Erichs Lippen sind weich wie die Nüstern eines Pferdes. Er murmelt, sein nackter Oberschenkel ist glühend heiß. Erfinde einen anderen Schmerz, wenn dir etwas weh tut. Er nimmt meine Hand, und ich überlasse sie ihm. Wer verlangt, gesteht sich ein, daß er vermißt.

Später schlagen sich Lambert und Georges. Es sieht aus, als machten sie bloß Spaß, aber sie gehen wirklich mit den Fäusten aufeinander los. Sie zertrampeln die heruntergebrannten Kerzenstummel, werfen Flaschen und Gläser vom Tisch. Mushroom kommentiert den Kampf aus sicherer Distanz. Er hat sich bis auf die Unterhose ausgezogen und mit Dreck beschmiert. Schließlich gehen die beiden Kampfhähne zu Boden und bleiben liegen. Sie ringen nach Atem, das Geräusch ist überall, schlägt Funken, legt sich über die Lichtung wie Nebel. Ein, aus. Zuerst hektisch und panisch, danach gehetzt und endlich ruhig und gelassen. Ein, aus. Sie atmen auch für uns. Sachte und sicher.

Wie die Erde mich wiegt. Mit offenen Augen. Wie ich auf ihr liege, nah an sie geschmiegt, im kreideweißen Licht. Aber nein, das war früher. Nun liege ich in der Dunkelheit, im Wind, und lasse mir von Erich die Hand halten, im Gras, Baumstämme vor und hinter mir, Kerzenwachs.

»Niemand schafft es allein«, sagt Erich irgendwann, »du auch nicht.«

»Muß ich doch gar nicht.«

»Ohne mich. Du brauchst mich.«

Ich schweige. La Directrice hat das Transistorradio angemacht und tanzt mit sich selbst. Ihre Bewegungen sind harmonisch und fließend. Auch die anderen sehen ihr zu, nur Erich hat keine Augen für die Tänzerin. Er hat behauptet, daß er nicht mehr jonglieren wird. Feuerspucken schon, aber nicht mehr jonglieren. Erich läßt meine Hand los und greift mir grob an die Brust.

»Du wirst zu mir zurückkommen«, sagt er.

Dann ohrfeigt er mich und geht weg.

Michaels Lust war größer als sein schlechtes Gewissen, Claudia. Er fühlte sich schuldig und dachte trotzdem unablässig an mich, wie er mir später gestand. Er brauchte allerdings Zeit, um sich das einzugestehen. Die restlichen Tage des Ferienlagers gingen wir uns aus dem Weg. Ich sah ihm an, daß er darunter litt. Vor der Abreise waren wir für ein paar Minuten allein, und wir legten uns in die ungemähte Wiese hinter unserem Lagerplatz, um uns zu küssen und anzufassen. Danach starrte er seine Hände an, als gehörten sie einem anderen. Ich mußte ihm versprechen, daß wir uns nie mehr wiedersehen würden.

Drei Wochen später wartete er vor dem Schulhaus auf mich. Er stand hinter einem Lieferwagen auf der anderen Straßenseite und vermied es, mich anzusehen. Hätte mich nicht ein anderes Mädchen auf ihn aufmerksam gemacht, ich hätte ihn nicht ein-

mal bemerkt: »Ist das nicht unser Vikar? Was treibt sich denn dieser Idiot hier herum!« Michael brauchte kein Wort zu sagen, mußte mir kein Zeichen geben. Er wollte, daß ich ihm folgte, ohne unser Geheimnis zu offenbaren. Und ich bin ihm tatsächlich gefolgt, Claudia. Ich ging hinter ihm her, ohne den Abstand zwischen uns zu verringern.

Wir schliefen sieben Monate lang fast jede Woche miteinander. Wir trafen uns im Wald am Rotsee und zweimal sogar in seiner Wohnung, bis wir uns im Keller eines leerstehenden Hauses einrichteten. Es war schäbig, aber wir waren ungestört, in Sicherheit. Wir waren glücklich, denn wir wußten es nicht besser. Für uns beide hatte es vorher niemand anderen gegeben. Wir brachten uns das Lieben gegenseitig bei, Claudia.

Michael war dagegen, Kondome zu benützen, war überhaupt gegen Verhütung. Zumindest in diesem Punkt richtete er sich nach der Kirche. Darum kam er anfangs niemals in mir. Auf dem Höhepunkt seiner Lust zog er sich aus mir zurück und wandte sich von mir ab. Ich sollte ihm nicht bei einer weiteren Sünde zusehen, sollte nicht sehen, wie er seinen Samen ohne jeden Sinn verspritzte.

Nach einem halben Jahr waren Michaels Gewissensbisse so groß geworden, daß er auf die Idee kam, wir sollten uns Gottes Prüfung unterziehen. Wenn es richtig war, was wir taten, würde er uns beschützen. Wir sollten auf Gott vertrauen. Was natürlich Blödsinn war. Was wir taten, war schließlich Sünde.

Im Februar 1972 spürte ich, daß sich mein Körper veränderte. Er wurde schwerer und weicher. Ich wußte sofort, daß etwas in mir heranwuchs. Trotzdem wartete ich fast einen Monat, bis ich mit dem Zug nach Zürich fuhr, um in einer Apotheke einen Schwangerschaftstest zu kaufen. Wir schliefen noch zweimal miteinander, bis ich es Michael erzählte. Sein Kopf lag schwer auf meiner Brust, die Stoppeln seines Bartes drückten sich in meine Haut, jedesmal, wenn er sich bewegte. Wir blieben immer eine Weile liegen, nachdem wir uns geliebt hatten. Er nickte meist ein, drängte sich murmelnd an mich und ließ sich von mir umarmen, als glaube er an eine gemeinsame Zukunft. An jenem Tag schlug Regen gegen das Kellerfenster. Die Tropfen blitzten im Licht einer Straßenlampe. Später, ich lag hinter ihm, das Gesicht gegen seine Schulterblätter gepreßt, sagte ich es ihm. Es dauerte unendlich lange, bis er aus dem Halbschlaf tauchte und reagierte. Er sagte kein Wort, aber er bewegte sich, legte seinen Körper bewußt anders hin, bewegte sich von mir weg. Dann stand er auf und begann sich anzuziehen. Er war so bleich und mager, er hob jedes Kleidungsstück vorsichtig von dem Haufen auf dem Fußboden. Als er den Reißverschluß seiner Hose zumachte, wandte er sich von mir ab.

In diesem Augenblick erkannte ich, daß Michael ein Feigling war.

In seiner Verzweiflung beichtete er Pfarrer Lingen unser Verhältnis. Und dieser wußte Rat. Er beschloß, daß das Kind auf die Welt kommen müsse, allerdings nicht als Frucht einer unseligen und verbotenen Liebe. Als mein Vater und alle anderen nach fünf Monaten sehen konnten, daß ich in anderen Umständen war, erfand Pfarrer Lingen den Sohn eines Schaustellers, der mich geschwängert habe und dann weitergereist sei und sich um seine Verantwortung drücke. Aber die katholische Kirche lasse mich nicht im Stich und kümmere sich um die Adoption des Kindes.

Mutter blieb von dieser Lüge verschont.

Sie starb am 7. April 1972.

Heute ist es mir ein Rätsel, weshalb ich diese Lügengeschichte deckte. Und weshalb mein Vater zuließ, daß sich die katholische Kirche um mein Kind kümmern durfte. Weshalb er erlaubte, daß sie Dich weggaben und Dir Deine Mutter nahmen. Und Deinen Vater.

Wahrscheinlich wollte er mich für sich allein besitzen.

Ich glaubte daran, daß Michael bei mir bleiben würde. Dabei war ich so dankbar, als Du auf die Welt kamst. Als wäre meine eigene Mutter zu mir zurückgekommen. Als bekäme ich die Gelegenheit, mich auf diese Weise mit ihr zu versöhnen.

DER NEUNUNDZWANZIGSTE TAG

Auf dem Brunnen vor Alains-Bar steht ein Mann aus Stein, der ein Kind auf den Armen trägt. Ist es ein Mädchen oder ein Junge? Man hat dem Kind die Hälfte des Gesichts und den linken Fuß abgeschlagen und den Körper mit schwarzer Farbe verschmiert. Eine Katze wälzt sich im Staub. Über dem Strand flirrt die Luft, das Licht ist klar und hart. Heute steht der betende Alte wieder vor dem Eingang, er flattert mit den Mantelstößen wie ein Gespenst und sieht sich immer wieder nach uns um. Seine Stimme ist laut, doch seine Körperhaltung verrät Demut. Seine Augen glühen vor Frömmigkeit. Als wir an ihm vorbeigegangen sind, habe ich den säuerlichen Klostergeruch wahrgenommen, der aus den Tiefen seines dreckigen Mantels stieg. Der Alte sieht aus wie das Mitglied eines Geheimbundes, das verraten und verstoßen worden ist. Er will mit seinem Schmerz allein sein, will seine Eigenschaften erkunden, indem er betet, unablässig betet. Alain arbeitet an einer Wandmalerei hinter dem Tresen. Er deutet immer wieder mit dem Pinsel auf den Betenden, er wird ihn nicht mehr lange gewähren lassen. Die Wand ist mit großen Flecken bedeckt, Wasserschäden, die Alain schon mehrmals erfolglos überstrichen hat.

»Ich werde nicht mehr jonglieren. Nie mehr.«

Erich erwartet Widerspruch. Er trinkt einen Pastis nach dem anderen, sein Blick ist aggressiv. Das leere Glas schiebt er so lange auf dem Tisch herum, bis Alain den Pinsel weglegt und es wieder füllt. Erich hat seinen Beutel mit den Feuerkeulen und der Petrolflasche über einen Stuhl am Nebentisch gehängt. Ein Wort von mir würde genügen, und Erich würde zahlen, sich auf die Rampe zum Strand stellen und die Keulen anzünden.

»Dir ist das logischerweise egal«, sagt er.

»Nein, ist es nicht. Aber es ist deine Entscheidung.«

»Daß du kalt bist, weißt du ja.«

»Bin ich nicht. Ich bin nur erwachsen.«

»Eiskalt.«

Wenn ich jetzt aufstehe und weggehe, würde er mir dann folgen? Sein Stolz steht ihm im Weg, wie den meisten jungen Männern. Er hat eine Miene aufgesetzt, die überhaupt nicht zu ihm paßt. Die Finger seiner Rechten sind gelb von Nikotin. Am Morgen sind wir so lange in Georges' Zelt geblieben, bis wir die Hitze nicht mehr ausgehalten haben. Erichs Kleider lagen als Knäuel neben der Luftmatratze, auf der er sich nackt ausstreckte, während er mich schweigend beobachtete. Ich hätte das Kleiderbündel gerne berührt, aber seine Nähe ertrug ich nicht. Später hatte er sich mit Mushroom über einen Taschenspiegel gebeugt, auf dem das Kokain zu zwei messerscharfen Linien zusammengeschoben war. Das Pulver war von einem leuchtenden Weiß gewesen, und sie hatten ausgesehen wie Schuljungen mit ihren nackten, mageren Oberkörpern. Schimpansen, die sich aufgeregt aber mit leeren Gesichtern betatschten, kreischten und ihr Revier verteidigten.

»Wird man automatisch so, wenn man alt wird?« fragt er.

›Der junge Mann kennt die Regeln. Doch der alte Mann kennt die Ausnahmen.‹ Wie lange ist es her, seit Fisnish uns das sagte? Für einen Moment sehe ich ihn vor mir. Seine Ruhe ist eindrucksvoll, sein Schweigen bedeutsam. Fisnish sieht aus wie ein Mann, der von seiner Hände Arbeit lebt. Er läßt Gedanken im Raum stehen, was nicht einfach auszuhalten ist. Seine Gegenwart verunsichert und sorgt für Ratlosigkeit. Das ist seine Stärke, gibt ihm Macht. In meiner

Erinnerung wirkt er wie eine strahlende Gestalt in einem dunklen Gemälde, das von schweren Wolken beherrscht wird und durch das ein kalter Wind weht.

»Oder warst du schon immer so?«

»Wie bin ich denn?«

»Ein eiskalter Engel«, sagt Erich.

Seine Stimme klingt, als würde er durch ein Taschentuch in eine Telefonmuschel sprechen. Er leckt sich einmal rasch über die Lippen, weicht meinem Blick aus. Das Kokain und der Alkohol machen seine Bewegungen fahrig, seine Augen sind stets in Bewegung und nehmen doch nichts wahr. Er muß sich bemühen, seine Gefühle zu zügeln, er zwinkert, leckt sich schon wieder die Lippen. Am liebsten würde er das Glas an die Wand schmettern.

»Dabei bist du eigentlich ganz anders«, sagt er feierlich.

Er will, daß ich mich ihm offenbare. Die Härchen auf seinen Armen sind feucht, genau wie die Falten seiner Armbeugen. Ich weiß, wie er dort riecht. Verwegen wie ein Junge, der ganze Nachmittage im Wald verbringt, wo er durch die Büsche streicht, Feuer macht und Haselstauden zurechtschneidet. Er hält seinen Körper steif aufrecht, als sei er verletzt. Ich bin das Produkt seiner Phantasie, ich gebe ihm nicht mehr in die Hand. Er hat keine andere Wahl.

»Was willst du von mir?« fragt er.

Alain hat den Pinsel ins Waschbecken gelegt. Er hat die Fernbedienung in der Hand und dreht die Lautstärke des Fernsehers hoch. Sofort erheben sich die drei Männer, die bis jetzt schweigend und teilnahmslos getrunken haben. Da das Gerät auf einem Brett über der Tür steht, sieht es aus, als betrachteten sie ein Phänomen am Himmel. Ihre Gesichter scheinen von innen erleuchtet, sie tauschen vielsagende Blicke mit Alain und schütteln voller Entrüstung die Köpfe.

Die Reporterin der Nachrichtensendung steht auf einem Friedhof, der hell ausgeleuchtet ist. Das gelbe Absperrband der Polizei teilt die Szenerie in zwei Hälften. Dort, wo sich das Opfer befindet, drängen sich Männer, die mit dem Rükken zur Kamera stehen, als hätten sie etwas zu verbergen. Die andere Hälfte ist leer, abgesehen von einem Grabstein, der sich aber außerhalb der Reichweite der Scheinwerfer befindet. Die Stimme der Reporterin ist leise und eindringlich, sie gibt sich nicht die geringste Mühe, ihren Abscheu zu verbergen.

»Schweine«, sagt einer der Männer laut.

Der Anblick des Toten wird uns erspart. Der Priester, erklärt die Reporterin, ist nackt. Man hat ihn in eine kniende Haltung gezwungen und ihm dann die Kehle durchgeschnitten. Die Wunden an seinen Armen deuten darauf hin, daß er sie schützend vor das Gesicht gehoben hat. Sein Kopf hängt auf der Brust, als wolle er die Zeichen entziffern, die mit einem Messer in die Haut seines Brustkorbes geschnitten worden sind. Worte einer unbekannten Sprache. Offenbar werden jetzt weitere Scheinwerfer angemacht, denn es wird deutlich heller. Dann sehe ich das Zeichen an der Friedhofsmauer. Sorgfältig und mit schwarzer Farbe aufgetragen, markiert es den Ort der Hinrichtung, den Schauplatz der Rache, unser Zeichen. ›Es ist nicht wahr, daß die Gewalt weniger Varianten kennt als die Liebe‹, hat mir Stoner erklärt. Wunden, angeordnet wie die Schriftzeichen einer Geistersprache, unsere Sprache. Ein Polizeibeamter mit besorgtem Gesichtsausdruck tritt neben die Reporterin und beginnt sofort, Mutmaßungen über die Täter anzustellen. Er weiß selbst, daß er lügt. Seine Handbewegungen beweisen, daß die Polizei im Dunkeln tappt.

»Wo ist das?« fragt Alain.

»Béziers«, antwortet einer der Männer.

Die Panik kommt in Wellen, sie hat kein Zentrum und legt sich um mich wie eine zweite Haut. Eine Rüstung, die mir den Atem nimmt und ins Fleisch schneidet. Ist Gott machtlos, oder will er das Böse? Wir sind gefallene Engel. Wie kann ein Engel sündigen, wenn zuvor nichts Böses in ihm war, wenn er gar nicht die Wahl hatte zwischen Gut und Böse? Was ist Sünde? Rächen bedeutet ausgleichen. Ein gerechtes Gleichgewicht suchen und herstellen. Es ist nicht der Teufel, den wir anbeten. Wir glauben an Gott. Aber wir glauben nicht an die katholische Kirche. Denn sie ist des Teufels Heimat. Sein Ort, sein Heim. Sie und ihre Würdenträger sind des Teufels. Ich muß tief durchatmen, um die Panik in den Griff zu bekommen. Ja, wir töten tatsächlich. Unsere Rache hält sich an keine Gesetze, nur an das Gesetz des Gleichgewichts. Ja, wir töten. Mein Puls ist bis in den Hals zu spüren. Erich sieht mich prüfend an. Er will mir helfen.

»Du hast ein ziemlich großes Problem«, sagt er leise.

»Das haben wir alle.«

»Ich kenne das Zeichen.«

»Was für ein Zeichen?« frage ich.

»Das Zeichen an der Wand. Das ihr benutzt.«

»Wer ist ihr?« frage ich.

»Woran glaubst du, Claudia?«

»Und du, Erich?«

»Habe ich dir erzählt, daß meine Schwester im Rollstuhl sitzt?«

»Neben dem Toten lag ein geschälter und zerbrochener Ast, der wie ein Pfeil auf das Zeichen an der Wand zeigte«, sagt die Reporterin, dann schaltet Alain den Fernseher aus. Die Männer setzen sich wieder hin, jeder für sich. Nicht einmal der Mord an einem Priester vermag sie zu verbinden. Sie haben sich nichts zu sagen. Alain kniet sich mit Pinsel und Farbtopf vor die Wandmalerei und malt den Umriß einer Palme.

»Du willst nicht darüber reden.«

»Ich kann nicht«, sage ich und stehe auf.

Das Meer ist eine blitzende Fläche, deren Reflexe über Wände und Mauern springen und mich wie Scheinwerfer blenden. Wir haben unseren Haß unter Kontrolle. Das ist das Entscheidende. Erich steht vor dem Eingang der Bar und sieht mir nach. Er wird mir in gehörigem Abstand folgen. Es sieht aus, als gehöre er zu dem betenden Alten, der die Arme ausgebreitet hat, um Erich zu segnen. Der Alte redet jetzt sehr laut. Als stehe die Vergebung der Sünden auf dem Spiel.

Warum ich keine Geschwister habe, obwohl meine Eltern streng nach Gottes Wort lebten, Claudia? Es war Gottes Wille gewesen, ihnen eine Tochter zu schenken. Ebenso war es sein Wille, daß ich ihr einziges Kind bleiben sollte. Sie unterwarfen sich seiner Gleichgültigkeit nicht anders als seiner Güte. Erkannten sie nicht, daß ihr Gott ausgesprochen launisch war? Er bestimmte über ihr Leben. Und er bestimmte genauso über ihren Tod.

Daß meine Mutter keine Kinder mehr bekommen konnte, erfuhr ich erst, als sie krank wurde. Über die Gründe wurde nicht gesprochen, weil bei uns nicht über unsere Körper geredet wurde. Es gab gute und schlechte Wörter. Fast jedes Wort, das mit dem Körper zu tun hatte, war ein schlechtes Wort. Mutter hatte sich ihre Schmerzen viele Monate lang nicht anmerken lassen, hatte sie auch aus Angst vor dem Krankenhaus und der Diagnose verschwiegen. Alles, was geschah, geschah als Erfüllung ihrer Gebete. Alles passierte durch Gottes Gnade. Diese Überzeugung, an die sie sich klammerte, verlieh ihr etwas Überhebliches, Triumphierendes. Als sie sich endlich untersuchen ließ, war es zu spät. Sie war zum Tode verurteilt, und nur ein gottgewolltes Wunder, so drückten sich die Ärzte aus, könne ihr helfen.

Ihre Hände auf der Bettdecke waren klein, so furchtbar klein und kraftlos. Wenn ich das Zimmer betrat, drehte sie nicht einmal mehr den Kopf in meine Richtung. Mutter hatte sich ergeben. Das zumindest dachten wir. Sie hatte keine Schmerzen, behaupteten die Krankenschwestern, man hatte die Morphiumdosis noch einmal erhöht. Schlief sie? Ihre Finger waren in Bewegung, folgten rastlos dem Saum der Decke, hin und her wie die Finger einer gewissenhaften Näherin. Ich war so jung, und ich wollte sie nach so vielen Dingen fragen. Aber ich saß schweigend neben ihrem Bett, während mir Sätze durch den Kopf wirbelten, die ich auf die Karte zum Muttertag schreiben würde: ›Meiner allerliebsten Mutter‹. ›Der besten aller Mütter‹. ›Deine Dich liebende Tochter‹. Die Tumore waren jetzt in ihrem ganzen Körper, auch in ihrem Kopf. Dort drückten sie auf die Sehnerven. Am Ende war meine Mutter fast blind, Claudia. In den letzten Tagen ihres Lebens wurde ihr Gesicht mit einem Mal weicher und jünger. Ihre Züge entspannten sich, als habe sie eine Maske abgenommen. Die Haut an ihren Armen war weiß und fein wie Seidenpapier, ihr Haar von silbernen Schleiern durchzogen. Als habe sich ein Spinnennetz um sie gelegt.

Die Türen des Lifts, der Vater und mich in ihr Stockwerk hochfuhr, öffneten sich mit einem schmatzenden Geräusch. Eine Schwester schob einen Wagen mit schmutzigen Tellern durch den Flur. Vater bekam einen harten Zug um die Mundwinkel, sobald er das Zimmer öffnete. In jener Zeit war er durchsichtig, Claudia, aus Glas. Er konnte nichts vor mir verheimlichen, gar nichts. Mutter lag in einem Einzelzimmer. Die verchromten Seitenwände ihres Bettes waren hochgeklappt, als müsse man sie daran hindern, aufzustehen und wegzugehen. Ihre Lider flatterten. Dann schreckte sie plötzlich hoch, schlug die Augen auf, wurde ganz ruhig und sah sich um. Aber sie nahm weder mich noch Vater wahr. Ihr Blick ging durch uns hindurch, als habe sie sich von der Welt gelöst, als habe sie alles bereits hinter sich gelassen. Die Luft war stickig, das Licht gelb wie vor einem Unwetter.

»Wo ist mein Junge?« fragte sie mit lauter Stimme.

Ich wollte sie in den Arm nehmen, aber sie wehrte mich ab. Ihre Haut war eiskalt. Sie schob mich beinahe vom Bett. Ihr Ehering lag auf dem Nachttisch. Auf dem Fenstersims stand ein Strauß Chrysanthemen. Sie rochen widerlich, ich hätte die Blumen gerne aus dem Fenster geworfen. Später saß Vater neben dem Bett und weinte. Er hielt Mutters Hände gegen ihren Willen fest. In diesem Moment wußte ich, daß er es nicht schaffen würde, allein zu sein. Daß er mich brauchte. Er saß vornübergebeugt, die Füße flach auf dem Linoleumboden. Sein Kopf pendelte bei jedem Schluchzer hin und her.

Am nächsten Tag sprang Mutter aus dem Fenster.

Sie muß kurz vor Tagesanbruch mit dem Fahrstuhl in die oberste Etage gefahren sein. Eine Krankenschwester sah sie allein im Aufenthaltsraum sitzen, lange bevor das Frühstück ausgeteilt wurde. Sie fiel auf das Flachdach über dem Eingang und von dort auf den Parkplatz. Der Herr hilft denen, die sich selber helfen. Lege alles in Gottes Schoß. Aus dem Fenster des Aufenthaltsraumes, aus dem Mutter sprang, sah man unsere Kirche. Ihre Pantoffeln standen parallel nebeneinander unter dem offenen Fenster. Sie lag mit ausgebreiteten Armen in ihrem eigenen Blut. Der Arzt, der eben aus seinem Auto gestiegen war und ihr als erster zu Hilfe kommen wollte, blieb entsetzt stehen. Er begriff nicht sofort, daß es die Perlen von Mutters Rosenkranz waren, die er mit seinen Schuhen zertrat. Das Knirschen ging ihm durch und durch, wie er Vater erzählte. Mutters Ehering lag auf dem Nachttischchen, ihre Bibel aber war verschwunden. Was sie damit gemacht hat, blieb bis heute ein Rätsel. Die Abschiedsworte, die Mutter hinterließ, galten weder ihrem Mann noch mir, Claudia. Sie galten Pfarrer Lingen, das war das Schlimmste. Ihre Schrift war klar und deutlich, der Zettel lag auf dem Kopfkissen ihres gemachten Bettes. Er steckte in einem der Umschläge, die man normalerweise für Trauerzirkulare verwendet. Er war schwarz gefüttert und nur mit einem Namen angeschrieben: Lingen.

Sehr geehrter Herr Pfarrer
es stimmt nicht, daß Gott nicht existiert. Es gibt Ihn. Aber Er ist nicht gut, gütig und großherzig, wie Sie immer behauptet haben. Er ist schlecht. Abgrundtief schlecht. Er läßt mich krepieren.

Es gefällt Ihm, mich dann zu Ihm zu holen, wann es Ihm paßt. Jedoch das lasse ich nicht zu. Er hat nicht das Recht, den Zeitpunkt meines Todes zu bestimmen. Dieses Recht steht nur mir zu. Auch wenn ich damit die größte aller Sünden auf mich lade. Und denken Sie daran, Herr Pfarrer: Nicht Gott verstößt mich. Ich verstoße Ihn. Ich verstoße Ihn auf immer und ewig. Ich verzeihe Ihm nicht.

Ich verdamme Ihn.

DER DREISSIGSTE TAG

Er kauert nackt vor dem offenen Eingang des Zeltes und sieht zu, wie der Rauch seiner Zigarette ins Freie schwebt. Noch ist das Licht blaß, die Sonne ist eben erst aufgegangen. Seine langen Haare sind naß, er hat sie zu einem Knoten geflochten, was sein Gesicht noch schmaler macht.

»Wir haben nichts mehr zu trinken.«

»Frag Lambert«, antwortet Erich.

Er atmet so flach, daß sich weder sein Rücken noch sein Brustkasten bewegen. Er will mir die Zigarette zwischen die Lippen schieben, aber ich schüttle den Kopf.

»Schon kapiert. Das hier ist der letzte Tag.«

»Was?« frage ich.

»Dein letzter Tag mit mir. Du wirst aufstehen und dich nicht anders von mir verabschieden als sonst.«

»Wir haben nichts mehr zu trinken, das ist alles.«

»Frag Lambert.«

»Das hatten wir schon.«

»Alles passiert zweimal. Alles. Du wirst aufstehen und aus meinem Leben verschwinden.«

»Ich werde aufstehen und etwas zu trinken holen. Bier, Mineralwasser und Wein. Und einen Beutel Oliven aus dem Geschäft an der Ecke.«

»Das Geschäft an der Ecke. Sag ich doch.«

»Die du so magst.«

»Die ich so mag. Du willst allein weiter. Das ist in Ordnung. Aber ich weiß nicht warum. Und das ist nicht in Ordnung.«

»Was würdest du anders machen in deinem Leben, wenn du das, was du heute weißt, schon früher gewußt hättest?«

»Was weiß ich heute, Claudia? Sag's mir, na los, sag mir, was ich weiß.«

Mein falscher Name klingt vertraut. Er erinnert mich an meine Aufgabe. Das, was mich erwartet. Wir Menschen scheitern letztlich an uns selbst. Erich schnippt die Zigarette ins Freie und macht einen Buckel. Bald wird die Sonne auf die Lichtung fallen. Jean-Pierre tritt aus dem Schatten der Bäume und beginnt mit seinen T'ai-Chi-Übungen. Er bewegt sich langsam und gleichmäßig. Seine Ellbogen fahren vor und zurück, während das abgewinkelte rechte Bein in der Luft verharrt, als werde es von einer unsichtbaren Macht gestützt. Er wirkt martialisch und zu allem entschlossen. Erich kauert reglos neben mir und sieht ihm zu. Ich könnte ihn berühren, er riecht nach Schlaf.

»Ich rauche«, sagt Erich.

»Stört mich nicht.«

»Esse Fleisch.«

»Ich auch.«

»Und ich hab die Schnauze voll davon, allein zu sein.«

»Du bist nicht allein, Erich.«

»Na dann hab ich aber Glück gehabt.«

»Leihst du mir dein Hemd?«

»Das mit den Rüschen? Das Frauenhemd?«

»Genau das.«

»Ich weiß nichts von dir«, sagt er.

»Meine Mutter hat sich umgebracht.«

»Ist sie nicht an Krebs gestorben?«

»Weil Gott ihr nicht geholfen hat. Darum.«

»Was ist das Schlimmste, das du je gemacht hast?« fragt Erich.

»Das geht dich nichts an. Und du?«

»Meine Schwester im Stich gelassen.«

Jean-Pierre geht langsam über die Lichtung, wobei er seine Arme bewegt wie ein Krebs seine Zangen. Sein Rücken ist unglaublich gerade und naß vor Schweiß. Er hat die Augen geschlossen. Unter seinen Füßen knistert das trockene Gras.

»Siehst du das Schwert, das er in der Hand hat?« fragt Erich.

»Das ist kein Schwert.«

»Es blitzt in der Sonne. Ich höre sogar, wie es zischt.«

»Wenn er es bewegt«, sage ich.

»Sein Schwert.«

»Es ist ein Messer. Ein langes Messer. Gibst du mir dein Hemd?«

»Kommt darauf an, was du mir dafür bietest.«

»Ich mach keine Tauschgeschäfte. Höchstens Geschenke.«

»Und was schenkst du mir für mein Hemd?«

»Wieviel kannst du denn aushalten, Erich? Komm, laß uns gehen.«

»Willst du nicht allein los?«

»Will ich nicht, nein. Komm, zieh dich an.«

Bis ich sieben war, war ich klein genug, um mein Zimmer zum Versteck zu machen, Claudia. Ich schlüpfte hinter den Kleiderschrank, zog die Gardine vor den Spalt, schloß die Augen und hielt den Atem an. Eine Diebin, die durchs Fenster eingestiegen ist. Für meine Mutter war ich unsichtbar. Ich konnte sie riechen, ihre Wut konnte ich riechen. Sie suchte mich nicht wirklich, sie traute mir gar nicht zu, daß ich sie hintergehen könnte. Sie stand mitten in meinem Zimmer, nur der Schrank trennte uns, und rief mehrmals meinen Namen, wobei ihre Stimme immer leiser wurde. Ich konnte sie zwar nicht sehen, aber vorstellen konnte ich sie mir: Sie hatte beide Hände auf die Hüften gestützt und suchte nach etwas, das nicht an seinem Platz war. Wenn sie etwas entdeckte, räumte sie es sofort weg. Unordnung brachte sie aus der Fassung und ließ sie aufstöhnen.

Ich stand hinter dem Schrank, sah nichts und hörte alles. Auch das Unhörbare. Unser Haus atmete mit mir ein und aus. Mein Zimmer kicherte, machte sich lustig über Mutter, die nichts hörte, gar nichts. Weder die flüsternde Wand noch das wispernde Holz des Schrankes. Die Gardine sprach genauso zu mir wie der Rand des Teppichs, den ich mit den Zehenspitzen spüren konnte, wenn ich den Fuß unter den Schrank zwängte. In den Wänden gurgelten die Wasserrohre, sie redeten leise, ganz leise, denn sie waren uralt und müde. Und unter dem Dach, dem Kopf unseres Hauses, knarrte und raschelte es, denn das Haus erinnerte sich an früher, und das ist anstrengend und traurig und muß trotzdem sein.

Manchmal blieb ich mehr als eine Stunde hinter dem Schrank, Claudia.

Und wenn ich in die Welt zurückkam, war nichts mehr so, wie es vorher gewesen war? Natürlich nicht. Denn die Welt verändert sich erst dann, wenn wir uns verändern, Claudia. Das habe ich damals begriffen.

Mein Zimmer war kein Kinderzimmer. Es war das Zimmer einer Nonne. Karg und schmucklos. Ich mußte auch meine Schätze vor Mutter verbergen. Hinter dem Radiator ließ sich eines der Dielenbretter anheben. Darunter war Platz für einen Stein, der die Form eines Herzens hatte, fünf Pferdephotos, die ich mehrmals zusammenfalten mußte, und eine Tulpenzwiebel, die ich in Vaters Garten ausgegraben hatte. Das einzige Fenster meines Zimmers ging auf seine Beete, die aussahen wie die Schriftzeilen in der Setzerei unter seinem Korrektorenbüro. Gerade ausgerichtet und trotzdem voller Leben. Ich sah ihm gerne zu, wenn er sie bewässerte. Er war Gebieter über das keimende Leben.

Stand ich hinter dem Schrank, streiften meine Wimpern das Holz, jedesmal, wenn ich die Augen öffnete und schloß. Als ich zu groß war, um mich in den Spalt zu drängen, war mein Zim-

mer weit wie eine Wüste, der sonnenüberflutete Platz vor einer Kirche. Jetzt bot es mir keinen Schutz mehr, lieferte mich meiner Mutter aus. Irgendwann waren meine versteckten Schätze keine Schätze mehr: Ich breitete sie offen auf dem Tisch aus, Mutter durfte sie finden und in den Abfalleimer stopfen. Nur den Stein ließ sie mir.

Ich vergrub ihn in Vaters Garten. Als müßte ich die Blumenzwiebel ersetzen, die ich ausgegraben hatte. Ich würde den Stein jederzeit finden. Ich weiß ganz genau, wo er begraben liegt. Das steinerne Herz wartet darauf, von mir gehoben zu werden wie ein Schatz.

Es wartet auf mich, Claudia.

Der Mann steckt einen Blitzlichtwürfel auf seine Kamera und kneift die Augen zusammen. Er trägt Shorts und dirigiert seine Frau mit ausgestrecktem Arm so lange herum, bis sie direkt vor einem Motorrad steht. Als ich an ihr vorbeigehe, photographiert er sie. Sie werden mich im Hintergrund der Aufnahme bemerken und sich fragen, wer ich bin. Eine schwarzhaarige Frau, die ein Rüschenhemd trägt und eine ›Le Monde‹ bei sich hat. Das Licht ist düster, der Wind kühl. Blätter und Papierfetzen treiben über das Trottoir. Auf dem Rücksitz eines Autos schreit ein Kind. Es haut einen Plüschdelphin gegen die beschlagene Scheibe und sieht mich verzweifelt an. Wir achten auf jedes Detail. Sind schneller als ihr, denn wir sind aufmerksam. Wir haben einen Sinn für Konzentration, der euch provoziert. Ihr spürt, daß wir euch überlegen sind, weil wir kein Mitleid kennen. Fisnish steht mit ausgebreiteten Armen vor der Sonne. Sein Geist ist klar, das ist es, was er mit uns teilt. Über seinem Kopf schaukeln Vögel im Wind. Seine Brust ist ein Panzer, so sehe ich ihn, während ich durch das Bistro gehe und mich an den hintersten Tisch setze, wo es dunkel ist. Die Fenster gehen auf die Fassade des

Bahnhofes von Montpellier. Ich will nicht an Erich denken, ich darf nicht. Er paßt in Fisnishs Faust, so klein ist er, so ruhig und brav. Däumling, Liebling.

Ich brauche nicht lange nach der Anzeige zu suchen. Ihre Sprache ist deutlich und rein. Die Fingernägel des Kellners haben den stumpfen Glanz von Hühnerkrallen. Sie sind spitz und lang, wahrscheinlich spielt er Gitarre. Hinter dem Tresen sitzt eine alte Frau an der Kasse und zählt immer wieder denselben Geldstapel. Die Gläser ihrer Brille funkeln. Jeweils der zweite Buchstabe der ersten sechs Worte steht für die Zahl, die ihrer Stellung im Alphabet entspricht. Frag nie, warum. Hör auf, zu sein.

> Ordne Deine Dinge und kaufe ein scharf geschliffenes Schwert für Deine Reise, denn Er hat mir befohlen, Dich an Seinen herrlichen Ort zu bringen, wo Er geduldig darauf wartet, Dich in Seiner Gemeinschaft willkommen zu heißen.

Ich habe Zahlen nie gemocht, sie verwirren mich. Ich bitte den Kellner, mir Stift und Papier zu bringen, ich muß die Buchstaben und Zahlen vor mir sehen. Das Alphabet, das ich auf den Zettel schreibe, erinnert mich an meinen früheren Beruf. Jeder Buchstabe bedeutet einen Handgriff, den jeder Setzer automatisch und ohne nachzudenken machte: mit Daumen und Zeigefinger der Rechten nahm ich einen Bleibuchstaben nach dem anderen aus seinem eigenen Fach im Setzkasten und stellte ihn in den Winkelhaken, den ich in der Linken hielt. F. I. S. N. I. S. H. Meine rechte Hand war unablässig in Bewegung, bildete Worte, Sätze, Schlagzeilen, Geschichten. Fließend ging sie hin und her, weg von meinem Körper, hin zu meinem Körper, eine geschwungene Linie beschreibend, die sich je nach dem Buchstaben, nach dem ich griff, leicht veränderte. E. R. I. C. H.

Meine Hand schrieb in die Luft, dirigierte, machte Musik, leise Musik, man mußte sie hören wollen, sonst erklang sie nicht.

Die Alte an der Kasse hebt unwirsch den Kopf und deutet mit dem Kinn auf den Telefonapparat an der Wand. In ihren Händen rascheln die Noten, die sie immer wieder zu neuen Bündeln anordnet. Ich wähle die Nummer, ohne nachzudenken, tue das, was ich tun muß. Es klingelt elfmal, dann hebt er ab, ohne sich zu melden. Er ist es. Ich höre seinen Atem, spüre seine Nähe, Präsenz.

»Ich bin's«, sage ich nach einer Weile.

»Das ist gut, Christa.«

»Was ist gut?«

»Dich zu hören, Christa.«

»Was muß ich tun?«

»Du gehst auf die Damentoilette des Hauptbahnhofes in Montpellier.«

»Woher weißt du, daß ich in Montpellier bin?«

»Christa! Bitte! In der hintersten Kabine findest du ein Paket im Spülkasten.«

»Und du?«

Er lacht. Seine Stimme ist dunkel und ruhig, fast flüstert er. Sind es die Stoppeln seines Bartes, die über die Muschel schaben und in meinen Ohren knistern? Vor dem Bistro steht eine Reisegruppe und sieht in eine Richtung.

»Wir sehen uns in Irland«, sagt er, »ich hoffe, du bist bereit für mich?«

Dann legt er auf. Das Köpfchen der Alten nickt auf und nieder, ihre Hände liegen nebeneinander auf der Theke. Sie hat zugehört. Mein linker Fuß tut weh, ich stehe wie auf einer Klinge. Wenn ich die Augen schließe, sehe ich Roberto im Gras knien. Sionas Benzinspur entzündet sich mit leisem Knall und frißt sich hinter Roberto auf das Haus zu. Stoner lächelt, sein Nacken ist ein Joch. Ich werde den eingeschlagenen Weg nicht weitergehen, ohne mich von meinem Vater zu verabschieden. Er hat die Ungewißheit nicht länger verdient. Ich auch nicht.

Die Frau, die abhebt, bittet mich um Geduld. Vater spielt Schach auf der Terrasse. Als ich das Geräusch seiner Hausschuhe auf dem Boden des Altersheimes höre, lege ich beinahe auf. Dann sehe ich mich auf der Schaukel sitzen, die Hand, die auf meiner Schulter liegt, schneidet Vater kurzerhand ab. Die Sonne ist ein Feuerball, Schattensprenkel tanzen über mein Mädchenkleid, die Kamera, die betende Mutter im Hintergrund.

»Ja bitte?«

Seine Stimme hat an Wut verloren. Sie ist zerbrechlich, es braucht nicht viel, dann bricht sie, kippt. Es ist die Stimme eines Verlierers, der weint, wenn er allein ist.

»Bist du das Christa?«

»Geht es dir gut, Vater?«

»Wo bist du? Woher rufst du an? Bist du in der Nähe, Christa?«

»Ich wollte nur wissen, wie es dir geht.«

»Wie soll es mir schon gehen. Schlecht.«

»Vater. Bitte!«

»Es ist aber so. Auch wenn du es nicht hören willst. Mir geht es schlecht.«

»Ich fahre für eine Weile weg, Vater. Darum ruf ich an.«

»Weg? Das ist ja nichts Neues. Und wohin?«

»Um mich von dir zu verabschieden.«

»Wohin, Christa?«

»Das kann ich dir nicht sagen.«

»Blödsinn! Bist du Agentin oder was?«

»Paß auf dich auf, Paps, hörst du? Ich hab dich immer geliebt.«

Die Luft vor dem Bistro ist kühl, aber der Wind hat die Regenwolken vertrieben. Ich kann mich nicht an die Handschrift meiner Mutter erinnern, Fisnish.

* * *

Ihre Mutter hat mich am 20. Juli verlassen. Genau wie ich es vorausgeahnt hatte. Warum? Keine Ahnung. Ich wußte es einfach. Und ich habe sie nicht zurückgehalten. Wer gehen will, wird gehen, früher oder später. Das dürfen Sie mir glauben. Nachdem wir eingekauft hatten, setzten wir uns in Alains Bar. So wie immer. Ihre Mutter ist aus dem Toilettenfenster geklettert und dann über den Hinterhof abgehauen. Als sie nach zehn Minuten noch nicht zurück war, wußte ich Bescheid. Trotzdem hab ich nicht gleich nachgesehen. Ich blieb sitzen. Reisende darf man nicht aufhalten, wie gesagt. Ihre Mutter hinterließ keinen Abschiedsbrief. Keine Zeile. Gar nichts. Sie verschwand ohne ein Wort. In meinem Rüschenhemd. Das einzige, was sie zurückließ, war ihr T-Shirt. Ich habe es ziemlich lange getragen. Tag und Nacht. Ich hab es heute noch manchmal an.

Ich vermißte Ihre Mutter, aber ich suchte nicht nach ihr. Am 2. August tauchte das Zeichen, das sie als Brandmal auf der linken Fußsohle hatte, in den Fernsehnachrichten auf. Das Zeichen, das man auch bei dem hingerichteten Priester auf dem Friedhof in Béziers gefunden hatte. Die Medien sprachen jetzt von einer Sekte und gaben ihr den Namen ›Die Namenlosen‹.

21. JULI

Ich muß mich zuerst daran gewöhnen, nicht mehr unterwegs zu sein. Liege auf dem Hotelbett und versuche, Ruhe zu finden. Der Himmel ist immer noch hell, dabei ist es kurz vor Mitternacht. Zuerst habe ich das Wasser vor dem Fenster für einen Fluß gehalten, aber es ist der Atlantik. Er schiebt sich an Hügelrücken und Landzungen vorbei bis dicht an Donegal Town heran. Am anderen Ufer, meinem Zimmer gegenüber, stehen hohe Bäume. Das Wasser ist hier keine fünfzig Meter breit. Die Kronen dieser Bäume sind voller Krähen, es müssen Hunderte sein. Bei jedem Geräusch erheben sie sich laut protestierend in die Luft, verdunkeln den Himmel und drehen eine Runde über den Dächern, bevor sie sich schimpfend wieder in den Kronen niederlassen.

Weil der Flug von Paris nach Dublin mehr als eine Stunde Verspätung hatte, verpaßte ich beinahe den Nachmittags-Bus von Dublin nach Donegal. Während der vierstündigen Fahrt, die auch ein Stück durch Nordirland führte, repetierte ich immer wieder die Angaben, die in meinem neuen Paß stehen und die ich schon längst auswendig kannte: Catherine Dubois, geboren am 8. August 1959 in Valence, 1 Meter 65 groß, braune Augen, schwarze Haare, keine besonderen Kennzeichen. Mein Gewissen ist so rein wie Bergwasser, unberührter Schnee. Trotzdem sah ich mich in einem Verhörzimmer die Angaben herunterleiern, geduckt und beflissen aus Angst vor den angedrohten Schlägen. Später saß Lingen neben mir. Er schmatzte mit den Lippen, die Streichholzschachtel in der Hand. Mein Mädchen, mein Mädchen. Der Morgenmantel roch nach Waschpulver. Diesmal dauerte es unendlich lange, bis das erste Hölzchen brannte, endlos lange, bis es ihm die rosigen Fingerkuppen versengte und er seinen widerlichen Schmerzenslaut von sich gab, sein Stöhnen. Dann schreckte ich hoch: Der Bussessel neben mir war so leer wie seit der Abfahrt in Dublin. Catherine Dubois. Catherine Dubois. Catherine Dubois. Valence. Valence. Valence.

Das irische Geld, das mit dem Flugticket in meinem neuen Paß lag, hat nicht nur für den Bus gereicht, sondern auch für das Abendessen an der Bar des Hotels. Fisnish hat an alles gedacht. Wie es von nun an weitergeht, weiß ich nicht. Auf die Unruhe und Unsicherheit, die das bei mir bewirkt, hat er es angelegt. Er kennt den Plan, er. Ohne Übergang wird der Himmel schwarz, habe ich je zuvor so viele Sterne gesehen? Ich habe kein Gepäck, nichts. Nur Erichs Hemd. Sein Geruch lenkt meine Gedanken in die falsche Richtung, stört. Auch nachdem ich es ausgezogen habe. Es leuchtet in der Dunkelheit, darum werfe ich es in die Duschkabine. ›Was wir wegwerfen, verdient unseren Respekt.‹ Fisnish. Ich werde das Hemd nicht wegwerfen. Ich werde es auch nicht waschen.

Die Einsame spricht mit sich selbst. Aber im Gespräch mit uns selbst unterhalten wir uns mit einer gefährlichen Schmeichlerin. Also bete ich. Knie nackt vor dem offenen Fenster und bete, bis mir vor Kälte die Zähne klappern. Vater unser, der du bist. Der du bist, Vater unser.

Natürlich erinnerte ich mich an die Irlandreise mit meinem Vater, die mehr als zwanzig Jahre zurücklag, Claudia. Wir hatten damals auch in Donegal Town übernachtet, in einem billigen B & B an der Landstraße nach Letterkenny. Von Dublin aus waren wir mit dem Bus in den Westen und danach immer weiter in den Norden gefahren. Anfänglich war es eine bedrückende Reise gewesen. Daß mein Vater verschlossen war, hatte ich gewußt. Daß er zur Schwermut neigte, nicht. Er konnte nicht allein sein und klammerte sich an mich wie ein Kind. Tagsüber waren wir jede Minute zusammen. Er blieb an meiner Seite wie ein Schatten. Über Mutter redeten wir kein einziges Mal. Auch vier Jahre nach ihrem Selbstmord war ihm das nicht möglich. Er hatte mir erzählt, daß er sie unweigerlich vor sich sehe, sobald er zu Bett gehe und die Augen schließe. Ihren Körper auf dem Asphalt, die ausgebreiteten Arme und das Blut, ihren zerrissenen Rosenkranz. Das gemeinsame Schlafzimmer hatte er nie mehr betreten: Die Kommode, in der ihre Wäsche lag, sorgfältig geordnet, machte ihm genauso angst wie der Schrank mit ihren Kleidern, das Holzkreuz über dem Doppelbett und die Hochzeitsphotos, die neben der Tür an der Wand hingen. Das Zimmer, das er sich im ehemaligen Bastelraum im Keller einrichtete, sah aus wie die Zelle eines Mönchs oder Verbrechers. Nachts hörte ich das Tappen seiner Hausschuhe, wenn er die Treppe hinauf- und hinunterging, weil er nicht schlafen konnte. Manchmal überraschte ich ihn im Bad. Er saß im Pyjama auf dem Rand der Wanne und las. Aber meist hockte er im finsteren Wohnzimmer auf dem Sofa und rauchte eine Zigarette nach der anderen, bis es hell wurde.

Am vierten Tag unserer Reise kamen wir ziemlich spät in einem kleinen Ort an der Westküste an, irgendwo in den Hügeln von Connemara. Das einzige Zimmer, das frei war, war ein Doppelzimmer. Von diesem Tag an verlangte Vater immer nach einem Doppelzimmer mit Einzelbetten, ohne mich zu fragen, was ich davon hielt. Er konnte wirklich nicht allein sein.

Es war unerträglich, ihn auch nachts neben mir zu haben, Claudia. Er lag auf dem Rücken und starrte schweigend an die Decke, während ich so lange las, bis er mich bat, das Licht zu löschen. Er hatte die Hände vor dem Bauch gefaltet, aber er betete nicht. Nach Mutters Selbstmord hatte er damit aufgehört. Kaum war es dunkel, bedankte er sich bei mir für den schönen

Tag. Nacht für Nacht: ›Danke für den schönen Tag, Christa.‹ Er lag im Bett wie ein Stück Holz, eine Puppe. Ich konnte unmöglich vor ihm einschlafen. Die Vorstellung, daß er wach neben mir lag, während ich schlief, war mir zuwider. Darum konnte ich mich erst entspannen, wenn ich hörte, wie sich sein Atem veränderte. Manchmal verschluckte er sich, schreckte hoch, schnappte nach Luft und schlief weiter. Aber er redete nie im Schlaf, und er schnarchte auch kein einziges Mal. Sein Atem war kaum zu hören. Er machte sich selbst im Schlaf klein, als wolle er niemanden stören. Und genau das störte mich.

Natürlich hatte ich Mitleid mit ihm, Claudia.

Aber haben das nicht alle Töchter mit ihren Vätern?

Wir machten lange Wanderungen an der Küste, saßen wortlos nebeneinander auf Klippen und aßen die Sandwiches, die wir jeden Morgen in unseren Zimmern zurechtmachten. Nach ein paar Tagen verwandelte sich die Bedrückung meines Vaters in Entspannung. Seine Gesichtszüge lösten sich, er konnte wieder lachen, und irgendwann begann er von früher zu erzählen, von seiner Jugend als Bergbauernsohn, der ersten Zeit in Luzern, seiner Lehre als Buchdrucker, seinem Talent, Druckfehler zu finden, ohne nach ihnen zu suchen. Und schließlich hatte er auch über Mutter reden können. Er erzählte mir, wie sie sich kennenlernten, wie sie ausgingen und wie sehr er sie vermißte. Nach zwei Wochen hatten wir uns so sehr an die Ruhe und Ziellosigkeit gewöhnt, daß wir uns nicht mehr vorstellen konnten, in die Schweiz zurückzukehren.

Ich hatte die Ausbildung für einen Beruf abgeschlossen, den es gar nicht mehr gab. Die Abteilung für Bleisatz wurde aufgelöst, und man hatte mir eine Stelle als Filmsetzerin angeboten. Die letzten Tage meiner Lehre war ich damit beschäftigt gewesen, alle Schriftkästen auszukippen, damit das Blei eingeschmolzen werden konnte. Ich haßte es, an einem Leuchtpult zu sitzen und mit dem Skalpell Filme zu zerschneiden, haßte die Arbeit in der

Dunkelkammer und an den Titelsatzgeräten, die aussahen, als stammten sie aus billigen Science-Fiction-Filmen. Ich kam mir vor wie eine Sekretärin.

Meinem Vater ging es genauso. Die Umstellung auf Offsetdruck veränderte den Beruf des Korrektors zwar nicht wirklich, aber als ehemaliger Buchdrucker hatte er große Schwierigkeiten damit. Ich war noch nicht einmal zwanzig und redete wie eine alte Frau von vergangenen Zeiten. Saß neben meinem Vater am Ufer des Atlantiks und verfluchte die Zukunft.

Je höher wir in den Norden kamen, desto weiter entfernten wir uns von der Zivilisation. Bald gab es kaum mehr Menschen oder Häuser. Die Straßen wurden zu Karrenspuren, die sich im Torf verloren. Wir waren umgeben von Schafherden, die sich vor uns teilten und hinter uns schlossen. Unsere Wanderungen dauerten mittlerweile den ganzen Tag. Wir gingen nach dem Frühstück los und machten uns erst abends auf die Suche nach einer Unterkunft und einem warmen Abendessen.

Auf diesen Wanderungen hörte ich auf zu denken, Claudia. Es gelang mir sogar, Dich zu vergessen. Wenn ich ehrlich bin, war das eine unglaubliche Erleichterung. Irgendwann gab es weder eine Vergangenheit noch eine Zukunft. Es gab nur Vater und mich und diese Landschaft, in der wir aufgingen wie in einem Gemälde mit satten Farben.

Am drittletzten Tag der zweiwöchigen Reise halfen wir einem Farmer, eines seiner Schafe zu befreien, das sich mit dem Kopf in einem Maschenzaun verfangen hatte. Das Tier zuckte bei jeder Berührung zusammen und schlug mit den Hinterbeinen aus. Schließlich blieb dem Farmer nichts anderes übrig, als ein Stück des Zaunes herauszuschneiden. Kaum war das Schaf frei, begann es aus heiterem Himmel zu regnen, und wir stellten uns in einem Schuppen unter, in dem ein Traktor mit ausgebautem Motor stand. Die beiden Männer rauchten schweigend eine Zigarette. Es war offensichtlich, daß wir uns nicht wirklich unterhalten konnten. Und so redeten wir über das Wetter und versicherten dem Mann, daß er sich für seine Farm den schönsten Flecken von ganz Irland ausgesucht habe. Dann fragte ihn Vater nach einem Zimmer für die Nacht. Sean McGowan fuhr uns gleich mit seinem Jeep zum Haus seiner Eltern. Nach dem Tod seines Vaters war seine Mutter zu ihrem Bruder nach Limerick gezogen, und seither vermietete McGowan das Cottage, das hinter den Hecken kaum zu sehen war, an Fremde.

An unserem letzten Abend vor der Rückreise saßen wir auf einer Felskanzel, von der man weit übers Meer sehen konnte.

»Ich kann verstehen, daß sie es gemacht hat«, sagte Vater.

»Es war trotzdem rücksichtslos. Dir gegenüber.«

»Ich hätte es auch gemacht. In ihrem Fall.«

»Und mir gegenüber war es auch rücksichtslos.«

Westwärts lag nichts als der Atlantik vor uns und natürlich Amerika, unfaßbar weit entfernt, dabei hatten wir das Gefühl, bis ans Ende der Welt sehen zu können. Wir blieben sitzen, bis die Sonne unterging und sich die Berge in unserem Rücken in der Dämmerung auflösten. Auf der Hochebene, die sich von den Bergen bis zum Meer erstreckte, ging ein Licht nach dem anderen an, und es wurde kalt. Wir blieben trotzdem sitzen.

»Übrigens hab ich gar nie an Gott geglaubt«, sagte Vater, »ich hab den ganzen Zirkus nur wegen ihr mitgemacht.«

Er stand auf und legte mir eine Hand auf den Kopf. Seine Hand war kaum zu spüren, so leicht und schmal war sie. Einen Moment lang dachte ich tatsächlich, er wolle mich von der Klippe ins Wasser stürzen, Claudia. Um mir danach zu folgen. Ich blieb sitzen, ohne mich zu rühren.

»Was hältst du davon, nächsten Sommer wiederzukommen?« fragte er.

»Nach Irland?«

»Hierher. In McGowans Cottage.«

»Ich will sowieso nicht mehr zurück«, sagte ich.

Als wir in jener Nacht in das Cottage zurückkamen, stand ein Blumenstrauß auf dem Küchentisch. Daneben lag ein Papier, auf dem uns McGowan eine gute Reise wünschte.

»Montbretien«, sagte mein Vater und beugte sich über die Blumen mit den orangefarbenen Blüten, »sogar die wachsen hier wild.«

Die nächsten dreizehn Jahre verbrachten wir unsere Sommerferien in McGowans Cottage.

22. JULI

Die Tür kracht gegen die Wand, der Windstoß fährt ins Zimmer und wirft mich vom Bett. Das plötzlich Hunderte von Metern hoch ist. Es wird Stunden dauern, bis ich auf dem Wasser aufschlage, ewig. Lange genug, um an meine Fehler erinnert zu werden und alle Gesichter noch einmal zu sehen, jedes. Hell und rund wie Münzen schauen sie zu mir hinab. Hinter ihnen gähnt der Himmel wie ein Abgrund. Und das angeschirrte Pferd schüttelt den Kopf, der im Futtersack steht. Der Verräter sitzt im Zug, er winkt zum Abschied. Ich habe unser Kind zur Welt gebracht, und er fährt einfach weg. Zurück in sein Leben, ohne mich. Ohne uns.

Er ist hier, darum erwache ich. Er ist zurückgekehrt. Steht reglos am Fußende des Bettes und betrachtet mich. Der Radiowecker zeigt 4 Uhr 11. Das Licht ist diffus und grau, vor dem Fenster wird es bereits hell. Seine Haut glänzt wie ein polierter Apfel. Wie hat er die Tür geöffnet? Er gibt mir die Zeit, mich mit seiner Anwesenheit auseinanderzusetzen. Wie lange steht er schon hier und sieht mich an? Stelle ich ihn mir nur vor? Er wackelt mit dem rasierten Kopf. Summt. Hat beide Hände auf den Holzrahmen gelegt, als wolle er das Bett hochheben und herumwirbeln, um mich abzuschütteln. Seine Augen kann ich nicht erkennen. Dann zieht er die Decke vom Bett und nimmt meinen linken Fuß in beide Hände.

»Tut schon lange nicht mehr weh, stimmts?«

»Stimmt«, sage ich.

Seine Finger sind rücksichtsvoll. Streichen über Ferse und Spann, schließen sich um jeden Zeh und nehmen ihn für einen Moment in ein kleines warmes Gefängnis. Eine Leuchtziffer des Weckers springt um. Ich habe das Gefühl, immer größer zu werden unter seinen Händen, die meinen Fuß jetzt massieren. Die Zeit vergeht, Licht sickert in den Raum, verleiht Fisnish Kontur. Er macht ein Geräusch wie eine Wespe und läßt meinen Fuß los.

»Hast du mich vermißt, Christa?«

»Sind die anderen auch hier, in diesem Hotel?«

»Nein. Nur du.«

»Und die anderen?«

»Weißt du, wie ein Flugzeug landet?«

»Nein«, sage ich.

»Es stürzt ab. Du solltest die dreißig Tage allein verbringen. Das war die Abmachung. Alleine, Christa. War das unsere Abmachung oder nicht?«

Ich nicke. Er steht neben dem Bett und beugt sich über mich wie über eine Kranke. Ich möchte zurückweichen, bleibe aber liegen. Mein Gesicht paßt genau in seine Hände.

»Was hast du gesagt? Ich kann dich nicht verstehen, Christa.«

»Ja«, sage ich, »das war die Abmachung.«

»Aber das ist schon in Ordnung. Er hat dir nicht geschadet. Der junge Mann. Das Kind. Du bist schließlich hier, nicht wahr.«

»Ich bin hier, ja.«

»Bei mir.«

»Bei dir, ja.«

»Bei uns«, sagt er.

»Bei uns.«

»Liebst du mich?« fragt er nach einer Weile.

Seine Hände verschließen mir die Augen, den Mund. Er will gar nicht, daß ich antworte. Er kniet auf das Bett, und die

Matratze gibt nach. Das Licht hat die Farbe von Papier. Ich bin müde und nicke.

»Bist du bereit?«

»Ja«, sage ich in seine Hand.

Das Wort vibriert in meiner Mundhöhle. Ich könnte ihn in die Hand beißen. Wie fühlen sich meine feuchten Lippen an? Er könnte jedes Wort aus mir herausholen.

»Das ist gut«, sagt er.

Er gibt mein Gesicht frei, küßt mich sanft auf den Mund und verläßt das Zimmer. Über dem Meer ist der Himmel hell. Unter der Dusche ziehe ich Erichs Hemd an. Es klebt an mir wie eine warme Haut, die ich später sorgfältig ablösen muß.

Die Frau, die rechts neben mir sitzt, stößt mich sanft mit dem Ellbogen an, und ich öffne die Augen. Der Pfarrer hat uns aufgefordert, uns gegenseitig beim Kampf gegen den Schlaf zu helfen. Die Frau ist bestimmt siebzig. Ihre Füße bluten. Um 22 Uhr 15 sind die Tore der Basilika geschlossen worden. Damit hat die Nachtwache begonnen. Wenn ich die Frau richtig verstehe, macht sie die dreitägige Pilgerfahrt auf dem Lough Derg zum zehnten Mal mit. Sie hat mir gestanden, daß sie sich vor der schlaflosen Nacht fürchtet. Regen, Kälte und Hunger sind ihr genauso egal wie ihre schmerzenden Füße. Aber die Nacht, die kein Ende finden will, macht ihr jedesmal von neuem angst. Ich habe seit vierundzwanzig Jahren keine Messe besucht, suche Zuflucht in Erinnerungen. Gerüche. Farben. Gebetszeilen. Liedzeilen. Handlungen, die sich seit jeher genau gleich abspielen. Rituale. Es sind die Gerüche, die mich zurücktragen. In der vollbesetzten Basilika dampfen die feuchten Kleider. Es riecht nach Weihrauch und Kerzenwachs.

»It's a road you travel on your own«, flüstert mir die Frau ins Ohr.

Sie ist allein hier, genau wie ich. Die meisten Pilger sind zu zweit, viele sogar in Gruppen angereist. Aber bin ich wirklich allein auf dieser Insel, deren Gebäude vom Ufer aus wie ein Gefängnis aussehen? Das Motorboot ›St. Dervog‹, das mich kurz nach Mittag herüberbrachte, war bis auf den letzten Platz besetzt. Als es ablegte, fiel mir ein Mann auf: Er stand mitten in der Menge, die auf dem Pier auf das zweite Boot wartete, und sah in den wolkenverhangenen Himmel. Er war der einzige, der sich nicht gegen den prasselnden Regen schützte. Sein kahlrasierter Kopf ragte unübersehbar aus den Schirmen und Kapuzen hervor. Schließlich spürte er, daß ich ihn anstarrte. Er senkte den Kopf und blickte für den Bruchteil einer Sekunde in meine Richtung. Er lächelte spöttisch, dann tauchte er in der Menge unter. Waren die anderen nicht auch hier, wenn der Mann tatsächlich Stoner war?

In den hinteren Bänken der Kirche wird laut gekichert. Auch im Freien sind mir Jugendliche aufgefallen, die plötzlich hysterisch anfangen zu kichern, als schämten sie sich dafür, daß sie barfuß im Regen knien, pausenlos beten und mit geschlossenen Augen und schamhaft gespitzten Lippen das St.-Patricks-Kreuz küssen wie alle anderen auch. Sie lernen sich von einer Seite kennen, die ihnen peinlich ist. Sie würden gerne in Tränen ausbrechen, darum lachen sie, bis sie von jemandem in den Arm genommen und beruhigt werden. Sie haben blasse Gesichter, genau wie ihre Mütter oder Tanten, die mit verkniffenen Mündern und blutleeren Lippen neben ihnen knien und sich kaum mehr aufrecht halten können. Sie sehen aus wie Schlafwandler. Man sollte sie alle totschlagen. Mich auch.

»Was tut ihr gegen das Unkraut, das sich in euren Gärten ausbreitet?« fragt der Pfarrer und blickt in die Runde, »schneidet ihr nur gerade dessen Spitze ab? Laßt ihr das Unkraut wachsen, wie es ihm paßt? Oder geht ihr dem Übel ein für allemal an die Wurzel und grabt es aus?«

Der Pfarrer ist klein und unscheinbar. Seine Stimme dagegen hat Macht über die Wallfahrer. Sie kämpfen sich aus dem Halbschlaf, setzen sich gerade hin. Sie betteln um Vergebung und Ablaß. Ihre Hilflosigkeit ist erbärmlich.

»Was tut ihr mit euren Sünden?«

Er läßt die rhetorische Frage im Raum stehen, bis sich Unruhe breitmacht. Regen klatscht auf die Steinplatten, auf denen wir bei jedem der bisher drei Durchgänge viermal um die Basilika gegangen sind, wobei wir den Rosenkranz und das Apostolische Glaubensbekenntnis beteten. Mit Einbruch der Dämmerung hatte der Regen aufgehört, und die Mücken waren gekommen. Schwärme, die wie Wolken über unseren Köpfen schwebten. Der wieder einsetzende Regen war eine Erlösung gewesen: Er hatte die Mücken vertrieben.

»Ignoriert ihr sie? Laßt ihr sie zu einem Geschwür anwachsen?«

Vom Rest der Predigt verstehe ich kaum ein Wort. Die Zeit steht still. Köpfe sinken auf Brustkörbe, Münder stehen offen. Der Mann, der in der Bank vor mir sitzt, schaukelt vor und zurück, trotzdem sinkt er langsam zur Seite und muß geweckt werden. Ich bin nicht müde. Ich bin gelangweilt und wütend, weil ich mich von Fisnish auf diese Wallfahrt schicken ließ wie ein unmündiges Kind, sein Zögling. Er wartete im Frühstücksraum des Hotels auf mich. Saß allein an einem Ecktisch und trug Erichs Rüschenhemd. Ich tat ihm nicht den Gefallen, darauf einzugehen. Auch er verlor kein Wort darüber. Das Frühstück rührte er nicht an; die Tasse Kaffee, die er sich einschenkte, ließ er halbleer stehen. Daß er mir keine einzige Frage stellte, beunruhigte mich: Ich hatte das Bedürfnis, zu reden. Ich wollte loswerden, was ich erlebt hatte, indem ich es ihm erzählte. Ich wollte beichten, wollte seinen Segen. Fisnish brachte mich zum Schweigen, indem er mir beschrieb, wie Stoner Roberto getötet hatte. Während er redete, sah er mir unverwandt in die Augen; als ich aufstehen wollte, packte er meinen Arm und hielt mich fest. Dann sagte er mir, daß auch Andreas und Annemarie nicht mehr zu uns gehörten.

»Was soll das heißen?«

»Sie waren zu schwach.«

»Ihr habt sie umgebracht?«

»Sie sind ausgestiegen. Sie haben es nicht verdient, unserer Sache zu dienen. Sie waren zu schwach. Sie gehören zu den anderen. Nicht zu uns.«

Nach dem Frühstück bezahlte Fisnish die Rechnung und bestellte ein Taxi. Er setzte sich nach vorne und erklärte dem Fahrer, wohin er zu fahren habe. Ich glaubte bis zum Schluß, Fisnish fahre mit mir mit. Aber dann stieg er aus und blieb neben meiner Tür stehen, bis ich die Scheibe hinunterkurbelte.

»Als ich dich das erste Mal gesehen habe, hast du mich erschreckt«, sagte er.

»Du weißt genau, daß das nicht wahr ist.«

»Du hast ausgesehen wie jemand, der niemanden braucht.«

»Sind das nicht gerade diejenigen, die unbedingt jemanden brauchen?«

»Das Hemd steht mir doch viel besser als dir«, stellte er lächelnd fest.

Ich nickte, und er küßte mich auf die Stirn. Am Rückspiegel des Taxis hing ein Rosenkranz; der Fahrer beobachtete uns.

»Und besser als ihm sowieso, nicht wahr, Christa?«

Fisnish klopfte mit der Hand auf das Dach, und das Taxi fuhr weg. Als ich mich umdrehte, stand er mit ausgebreiteten Armen vor dem Eingang des Hotels und lachte.

Weil ich nämlich gar nicht hier bin. Sondern? Wenn ich mich auf den Fußboden lege, kann ich einen Streifen Himmel sehen. Setze ich mich auf das Bett, lese ich unweigerlich den verblichenen Schriftzug auf der Backsteinmauer gegenüber: ›Menuiserie Duvoisin‹. In ihren Pausen setzen sich die Schreiner in den Hof, um eine Zigarette zu rauchen. Sie haben keine Ahnung, daß ich sie beobachte. Sie können auch das Trommeln meines Soldaten nicht hören, der sich mehrmals um die eigene Achse dreht und dann kopfnickend unter die Kommode marschiert. Seine weiß lackierten Stöcke wirbeln durch die Luft, und es klingt, als klopfe jemand vorsichtig gegen das Fenster meines Schlafzimmers. Ein verwischtes Gesicht hinter der Scheibe, zwei Hände, die sich vor der Brust zum Gebet falten, immer wieder zum Gebet ineinanderlegen, denn die Zeit will nicht vergehen, nie mehr. Darum gehen wir in die Knie, gehen immer wieder in die Knie ohne nachzudenken. Und erheben uns und gehen mit gesenkten Köpfen zur nächsten Station.

Weil wir doch gar nicht hier sind. Ist das Trance, Verzükkung? Ich bin nicht müde. Gehöre zu der Menschenschlange, die sich durch die ganze Basilika zieht. Die Steinfliesen sind kalt und feucht. Vor den Fenstern ist es finster. Wie spät ist es? Der vierte Umgang der Wallfahrt hat eine halbe Stunde nach Mitternacht angefangen. Im Gegensatz zu den drei Umgängen, die wir vor der Nachtwache hinter uns gebracht haben, gehen wir diesmal nicht wirklich von Station zu Station, sondern bleiben in der Kirche. Das Tappen der nackten Füße auf den Fliesen klingt, als klatsche man Fleischstücke auf eine Metzgertheke. Der vierte Umgang findet in den Köpfen statt. Wir bewegen uns durch die Basilika und stellen uns vor, wie am Nachmittag von Station zu Station zu gehen. Wir bleiben stehen. Wir gehen. Knien uns nieder. Erheben uns. Wir gehen. Wir bleiben stehen. Knien uns nieder. Die Stimme des jungen Priesters, der uns die verschiedenen Stationen in Erinnerung ruft, ist rein und klar. Unsere Antwort ist laut und beinahe zornig. So halten wir uns wach. Ich bin nicht müde, denn ich weiß nicht, was ich tue. Gehe, knie, stehe und bete. Bete. Auf und nieder. Wir beten nicht mit den Lippen, wir beten mit dem ganzen Körper. Auf und nieder. Auf und nieder. Die alte Frau, die neben mir saß, habe ich auf der endlosen Prozession durch die Kirche aus den Augen verloren. Die Stimme des Priesters treibt uns weiter.

Der fünfte Umgang beginnt um 2 Uhr. Hat der Regen tatsächlich aufgehört? Die Basilika ist bis auf den letzten Platz besetzt. Sie bietet tausendzweihundert Wallfahrern Platz, heißt es im Informationsblatt. Der zwölfhundertköpfige Chor der Erschöpften, der die Qualen auf sich nimmt, auf dem Weg in die Erlösung. In sein Reich. Das da komme. Viele knien in den Bänken und starren ins Leere. Gespenster des Glaubens. Um 3 Uhr werden die Tore der Kirche geöffnet. Die Gerüche, die der frische Wind zu uns hereinträgt, locken uns ins Freie. Das Wasser des Lough Derg ist schwarz, der Himmel hat die Farbe von Blei. Überall leuchtet Zigarettenglut auf, im Warteraum steht eine Rauchwolke. Schlafende Tiere die Hügel rund um den See. Giganten, die sich im Traum regen; das ist die Erschöpfung. In vielen Gesichtern steht Entsetzen. Die Betenden sind sich selbst begegnet. Ist das meine Seele? Bin ich zu derlei Gedanken fähig? Zwei Frauen massieren sich gegenseitig die Füße. Sie sitzen am Ufer des Sees. Ein Mädchen weint. Ich denke an Erich. Sein Zeigefinger schreibt Schwüre auf meinen Rücken, von meiner Nase tropft Schweiß in seinen Mund. Verstecke sind viele. Wege der Rettung dagegen nur einer.

Der sechste Umgang beginnt um 3 Uhr 30. In achtzehn Stunden dürfen wir uns schlafen legen. Bei der Ankunft auf der Insel habe ich ein blaues Ticket bekommen, das mir mein

Bett im Schlafsaal der Frauen zuteilte: Cubicle 219, Bett B. Neben der Liege hat es einen Haken für die Kleider, ein Regal für die Schuhe und ein Becken mit Seewasser. In dieser Nacht ist das Bett von einer Wallfahrerin belegt, die schon den zweiten Tag hier ist. Morgen nacht werde ich das Bett mit den Leintüchern beziehen, die mir eine Angestellte in die Hand drückte. Das Frauenhaus hat sechshundertvierzig Betten, das der Männer dreihundertvierzig.

In der Pause um 4 Uhr 30 sehe ich, daß bald die Sonne aufgeht. Hinter den Hügelrücken wird der Himmel bereits heller. Längst nicht alle haben mehr die Kraft, um aus der Basilika in den anbrechenden Tag hinauszutreten. Sie bleiben sitzen. Erledigt, ernüchtert. Denn nun wissen sie, daß sie schwach sind. Daß eine einzige Nacht voller Gebete und ohne Schlaf und Nahrung genügt, um sie in ein Häufchen Elend zu verwandeln. Um sie zu brechen. Die aus der Kirche gehen, um sich am Ufer die Beine zu vertreten, haben noch nicht aufgegeben. Der schwebende Lichtschimmer auf dem Wasser ist eine Verheißung. Schweigend stehen wir nebeneinander und warten auf den Tag, warten auf das Ende dieser Qualen. Einzelne Frauen stützen sich gegenseitig oder halten sich an der Hand. Wir sind zu müde, um zu reden. Auf der Uferstraße wird die Morgendämmerung von Autoscheinwerfern zerschnitten, die sich rasch in den Hügeln verlieren.

Der siebte Umgang beginnt um 5 Uhr. Die Stimme des jungen Priesters ist forsch, widerlich. Ich hasse ihn. Erstes Tageslicht dringt durch die Fenster der Basilika, zeigt graue Gesichter, winzige blinzelnde Augen. Meine Zehen tasten über das abgetretene, weiche Holz der Bodenbretter, Fuß vor Fuß, danach über die kühlen Steinplatten, Fuß vor Fuß. Vater unser, der Du bist. Bis jetzt habe ich weder Stoner noch sonst jemanden von uns unter den Wallfahrern entdeckt. Bin ich die einzige, der Fisnish diese Prüfung auferlegt? In der ersten

Bank sitzt ein Junge und heult. Auf der Suche nach Trost streckt er voller Verzweiflung beide Hände in die Höhe. Ich muß mich beherrschen, ihn nicht zu schlagen. Er soll den Mund halten. Drehe ihm den Hals um, stopf ihm das Maul, dem krähenden Schreihals. Und gehe dennoch weiter, folgsam weiter, Station nach Station, ergeben:

Beginne die Wallfahrt mit einem Besuch des gesegneten Sakramentes in der St.-Patrick's-Basilika.

Geh dann zum St.-Patrick's-Kreuz nahe der Basilika; knie nieder und bete ein Vaterunser, ein Gegrüßet seist du Maria und ein Glaubensbekenntnis.
Küß das Kreuz.

Geh dann zum St.-Brigid's-Kreuz an der Außenwand der Basilika; knie nieder und bete drei Vaterunser, drei Gegrüßet seist du Maria und ein Glaubensbekenntnis.
Stell Dich mit ausgebreiteten Armen mit dem Rücken zum Kreuz hin und verleugne dreimal laut ›Die Welt, das Fleisch und den Teufel‹.

Geh langsam viermal rechts um die Basilika herum; bete dabei sieben Perlen des Rosenkranzes und ein Glaubensbekenntnis.

Geh dann zum Steinring mit dem Namen St.-Brigid's-Bed in der Nähe des Glockenturmes; umkreise den Steinring dreimal auf der Außenseite und bete drei Vaterunser, drei Gegrüßet seist du Maria und ein Glaubensbekenntnis.
Knie nieder am Eingang des Steinringes und wiederhole die Gebete.

Geh dreimal an der Innenseite des Steinkreises entlang und wiederhole die Gebete.
Knie nieder vor dem Kreuz im Zentrum des Steinkreises und wiederhole die Gebete zum vierten Mal.

Wiederhole dasselbe auch bei:
St.-Brendan's-Bed
St.-Catherine's-Bed
St.-Colomba's-Bed.

Umkreise sechsmal den großen Bußring auf der Außenseite, welcher sowohl das St.-Patricks's Bed wie auch dasjenige von Davog und Molaise umfaßt; bete dabei sechs Vaterunser, sechs Gegrüßet seist du Maria und ein Glaubensbekenntnis.

Knie nieder am Eingang des St.-Patricks's Bed und bete drei Vaterunser, drei Gegrüßet seist du Maria und ein Glaubensbekenntnis.
Geh dreimal der Innenseite des Steinringes entlang und wiederhole die Gebete.
Knie dich vor das Kreuz im Zentrum und wiederhole die Gebete erneut.

Knie nieder am Eingang von Davog'- und Molaises's-Bed und bete drei Vaterunser, drei Gegrüßet seist du Maria und ein Glaubensbekenntnis.
Geh dreimal der Innenseite des Steinrings entlang und wiederhole die Gebete.
Knie dich vor das Kreuz im Zentrum und wiederhole die Gebete erneut.

Geh zum Ufer des Sees; bete stehend fünf Vaterunser, fünf Gegrüßet seist du Maria und ein Glaubensbekenntnis. Knie nieder und wiederhole die Gebete. Kehre zurück zum St.-Patrick's-Kreuz; knie nieder und bete ein Vaterunser, ein Gegrüßet seist du Maria und ein Glaubensbekenntnis.

Beschließe den Umgang in der Basilika; bete fünf Vaterunser, fünf Gegrüßet seist du Maria und ein Glaubensbekenntnis.

Am Ende jedes Umgangs werde ich neunundneunzig Vaterunser, einhundertzweiundsechzig Gegrüßet seist du Maria und sechsundzwanzig Glaubensbekenntnisse gebetet haben. In den drei Tagen auf Lough Derg macht jeder Wallfahrer neun Umgänge. Achthunderteinundneunzig Vaterunser. Eintausendvierhundertachtundfünfzig Gegrüßet seist du Maria. Zweihundertvierunddreißig Glaubensbekenntnisse. Ich hasse mich. Hasse das goldene Licht, das gegen Ende des siebten Umganges durch die hohen Fenster flutet und die Gesichter der Wallfahrer verändert: Es macht sie nachgiebig und weich, barmherzig. Schon sind sie bereit, zu verzeihen, zu vergeben. Ich nicht. Der Zorn mobilisiert all unsere Kräfte. Ich werde diese Wallfahrt durchstehen, Fisnish. Ich bin stark. Stärker, als du denkst. Ich bin der Untergang. Halte die Luft an, bis sich der ganze Boden bewegt, bis Erich verblaßt. »We're all going to one place anyway«, sagt eine Frau zu sich selbst.

Sie steht reglos in der Sonne, die durch die offene Tür fällt. Auf ihrem Handteller liegt ein abgegriffenes Holzkreuz. Die frische Luft läßt mich taumeln. Über dem Wasserspiegel tanzen Mücken. Die Masse drängt aus der Basilika an die Morgensonne, bringt einen Schwall abgestandener Luft mit sich.

Hier sieht man aus, wie man ist. Niemand sollte so schutzlos sein. Niemand. Wie können so viele Menschen so ruhig sein, so absolut ruhig? Die Stille hat etwas Bedrohliches. Sie hat eine Botschaft: Wir sind schwach. Unser Atem ist ein Hauch, mehr nicht. Unsere Gebete sind Ausflüchte, Notlügen. Unsere Sprache ist Gestammel.

Möchte vor der Basilika stehen und Feuer spucken, Asche.

Als Kind liebte ich die Messe, Claudia. Ich wartete ungeduldig auf die Sonntage. Leider war die Kirche nur zweihundert Meter von unserem Haus entfernt. Der Weg war zu kurz, um die Vorfreude auf die Messe wirklich auskosten zu können. Ich liebte es, inmitten der Menge zu sitzen, mich mit all den anderen zu erheben und hinzuknien. Liebte es, meine Stimme in all den anderen Stimmen untergehen zu hören, wenn wir sangen oder beteten. Das Licht fiel durch die hohen, farbigen Scheiben, wanderte über die Steinplatten des Bodens oder stand als Säulen zwischen den Gläubigen und dem Pfarrer mit seinen Ministranten. Ich kannte jedes Wort, jede Bewegung, ging auf in den Ritualen und Gerüchen, verlor mich in den Stimmen, die in dem Raum hallten wie in einer Höhle. Die Steinsäulen stiegen hoch und immer höher, breiteten sich schließlich fächerförmig aus, als wären sie nicht länger aus Stein, als hätten sie ihr eigenes Gewicht losgelassen, um sich in die Luft zu erheben. Die Säulen wölbten und spannten sich wie Flügel, sie bewegten sich auf und nieder, gleich würden sie das Dach der Kirche davontragen, und dann würde selbst der Pfarrer den Kopf heben, um nicht das Wunder zu verpassen.

Ich saß immer zwischen Vater und Mutter, Claudia.

Ich ahnte, daß sich Vater nichts aus der Messe machte. Er saß nur wegen seiner Frau in der Kirche, faltete nur wegen ihr die Hände zum Gebet. Mutter dagegen strahlte vor Glück. In diesen Momenten war sie mir näher als Vater. Es kam sogar vor, daß

Mutter meine Hand packte, um sie zu drücken. Die meisten anderen Kinder kicherten, zwinkerten mit den Augen oder rutschten gelangweilt hin und her. Ich nicht, Claudia. Ich war Teil der Messe. Manchmal mußte ich die Tränen zurückhalten, weil mich unsere Gesänge und die Töne der Orgel ergriffen, und weil ich Trauer und Verzweiflung in den müden aber erwartungsvollen Gesichtern der Frauen und Männer erkannte.

In der Kirche begriff ich, daß ich die Melancholie liebte, Claudia.

Es gab nur etwas, was mich Sonntag für Sonntag störte: Pfarrer Lingen. Mit der Zeit machte ich es mir zur Gewohnheit, ihn aus meiner Wahrnehmung auszublenden. Weder hörte ich, was er predigte, noch sah ich ihn. Er war gar nicht da. Er war auch der Grund, weshalb ich die Beichte haßte. Saß er im Beichtstuhl, um sie mir abzunehmen, blieb mir nichts anderes übrig, als ihn zu belügen. Ich erfand Sünden für ihn, die ich niemals begangen hatte, denn er durfte, genau wie meine Mutter, nichts von mir wissen.

Wann ich aufhörte, die Messe zu besuchen?

Als sie mir Dich wegnahmen, Claudia.

23. JULI

Gib ihnen Nahrung, und sie fangen sofort an zu reden. Sie hören nur damit auf, um sich den nächsten Toast in den Mund zu stopfen oder den nächsten Keks, der nach gar nichts schmeckt. An einem Nebentisch läßt sich ein Mann zum achtzehnten Mal seine Tasse mit dem starken Tee auffüllen. Er hält die Tasse mit beiden Händen fest und trinkt sie in einem Zug leer. Der Kaffee, den die Frauen mit Schürzen ausschenken, ist dünn und lauwarm. Gib ihnen Nahrung, und sie sind duldsam. Bereit, die nächste Demütigung zu ertragen, die nächste Niederlage. Gib ihnen Tee, und sie gehören dir.

Namen von Ortschaften und Countys machen die Runde, werden von Tisch zu Tisch gerufen. Leitrim. Glenties. Roscommon. Castletownshend. Wexford. Drei Frauen, die aus Bulgarien angereist sind, bekommen Applaus. Unsere Namen haben kaum Bedeutung. Viel wichtiger ist, wie oft man hier war. Wie oft man Lough Derg ›gemacht‹ hat. Die Magie von Zahlen, die Demut ausdrücken, Beharrlichkeit. Vierzehnmal. Siebenmal. Und immer noch nicht erlöst, freigesprochen. Aus der Ukraine angereist, zum zweiten Mal, und immer noch Wasser in den Beinen, eine drogenabhängige Tochter. Kurzfassungen von Schicksalen werden ausgetauscht, deren Leid gegeneinander abgewogen. Meine Behauptung, aus Frankreich zu kommen, erntet Respekt. Toastscheiben, diagonal zerschnitten, werden in Münder geschoben, bevor ein Satz beendet ist. Catherine. Ich nenne meinen falschen Namen so laut, wie ich meinen richtigen niemals aussprechen würde. Eine junge Frau am gleichen

Tisch tschilpt ihren Namen, als sei sie ein Vogel. Sie hat in jeder Hand einen Keks, in ihren Mundwinkeln kleben Krümel. Sie heißt Claudia, spricht den Namen aber mit einem gedehnten, offenen O aus. Sie hört mit dem Lächeln jener Menschen zu, die kein Wort von dem, was man sagt, mitbekommen, weil sie nur der eigenen Stimme im Kopf lauschen. Abwesend, verzückt und erleichtert. Erleichtert, denn nun ist es vollbracht. Heute ist der dritte Tag der Wallfahrt, wir haben den neunten und letzten Umgang hinter uns. Nach dem Essen wird uns nichts davon abhalten können, sofort in eines der beiden Boote zu steigen. ›St. Davog‹. ›St. Columba‹. In ein blaugestrichenes Boot, auf dessen Dach Rettungsinseln festgezurrt sind und dessen Kapitän still und wissend in sich hineinlächelt, ohne sich mit uns zu unterhalten. Er bringt uns hin und zurück, ist unser Fährmann, das genügt. Daß er sich die Geschichten der Wallfahrer anhört, diese Fragmente ganzer Leben, wäre zuviel verlangt. Auch ihre Euphorie mag er nicht teilen. Er tut seine Arbeit. Er darf einfach bloß lächeln, niemand macht ihm einen Vorwurf. Die anderen Frauen haben mir angekündigt, daß sich der Monsignore am Pier von jedem Wallfahrer mit Handschlag verabschiedet. Er wird Witzchen machen wie jeden Sommer, ausgeruht und voller Zuversicht. Immerhin weiß er, daß der Strom der Wallfahrer niemals abreißen wird. Als ich die Basilika gestern nach der Morgenmesse verlassen wollte, bin ich von einem Priester aufgehalten worden. Er hatte mir erklärt, daß die Beichte der Abschluß der Nachtwache sei.

»Confession is important for those doing the pilgrimage«, hatte er mir mit freundlicher Stimme gesagt, mich dabei aber festgehalten. Über seine Stirn lief eine Narbe, die mich an eine perforierte Reißlinie erinnerte. Ein falsches Wort genügte, und die Narbe öffnete sich, platzte auf. Ich hatte seine Hände abgeschüttelt und war kommentarlos aus der

Kirche gegangen. Wir beichten unsere Sünden nicht. Zumindest keinem Priester. Ihr würdet sie ohnehin nicht ertragen können. Denn sie künden davon, daß wir über euch kommen werden in schrecklicher Gestalt.

Nach der Morgenmesse war die Zeit dann endgültig stehengeblieben. Aber das war nicht das Problem gewesen. Es war mir auch gleichgültig, daß es während des ganzen zweiten Tages regnete, daß der Wind den Regen waagerecht über die Insel trieb und daß ich fror und müde und hungrig war. Das Problem waren auch nicht die Steine, die mir die Fußsohlen zerschnitten und mich an das Brandmal erinnerten. Das Problem waren die vielen Menschen. Sie waren überall. Abgesehen von den Toiletten gab es keinen Ort, um allein zu sein. Um Ruhe zu finden. Am schlimmsten war es im Schlafsaal, der um 21 Uhr geöffnet wurde. Cubicle 219, Bett B. Die Atemgeräusche, Schmatzer und Schnalzer, das Rascheln der Leintücher, das Schlucken und verschämte Schnarchen gingen mir so auf die Nerven, daß ich lange nicht einschlafen konnte. Gib ihnen ein Bett, und sie schlafen. Ihr Gewissen ist rein, denn sie wissen es nicht besser. Als kurz vor Mitternacht der letzte Schimmer Licht vom Himmel verschwand, hatte es aufgehört zu regnen. Vor dem einzigen der vielen Fenster, das weit offenstand, kniete eine Frau. Sie sah weder in den schwarzen Himmel noch auf die Wallfahrer, die aus den Toren der Basilika strömten und sich rauchend die Beine vertraten, um auch den Rest der Nachtwache zu überstehen. Die Frau sah auch nicht über den Lough Derg, dessen Oberfläche kaum bewegt war und von dessen Wellen nichts zu hören war, kein Glucksen, gar nichts. Auch nicht das Knistern der Kieselsteine am Grund, die mit jedem Wasserschlag umgeschichtet werden. Hockt vor dem Hauszelt und starrt übers Meer. Komm, ich halt dich wie ein Baby. Feuerbaby. Meins.

»The french woman is dreaming! Isn't she!«

»She's just tired«, sagt die Frau, die mir gegenübersitzt, »Lough Derg is a bit like having a baby. After you get home you forget how bad it was and then you come again.«

Sie legt mir die Hand auf den Arm, zieht sie aber sofort wieder zurück. Der Teller, auf dem sich die Toastscheiben stapelten, ist leer. Der Blick der Frau sagt mir, daß jemand hinter mir steht. Das Gespräch an unserem Tisch hört schlagartig auf. Ich rieche das Blut an seinen Händen, ich kenne ihn. Höre den Priester betteln, höre das Scharren seiner Schuhe auf dem Steinboden, das Knacken seiner brechenden Knochen. Höre mich atmen wie sonst auch. Höre das Gurgeln und Röcheln des Sterbenden.

»Kommst du?« sagt Stoner und legt mir beide Hände so auf die Schulter, daß sich seine Daumen auf meinem Rücken berühren.

Als ich mich umdrehe, nimmt er seine Hände weg. Siona steht neben ihm. Sie hat sich den Kopf jetzt ebenfalls rasiert. Sie sieht aus, als sei sie bereits gestorben. Sie breitet beide Arme aus, um mich zu empfangen.

24. JULI

Ich muß meinen linken Arm festhalten, sonst schwebt er unter die Decke der Hütte. Die Hitze macht meine Knochen leicht und weich. Manchmal löst sich einer der Zweige und schnellt mit einem schnalzenden Geräusch auf einen Rükken. Wir sind nackt. Die Zweige stecken tief im Torfboden und sind über unseren Köpfen zu einer Kuppel zusammengeknüpft. Die Männer haben den ganzen Tag gebraucht, um die Schwitzhütte aufzubauen. Zuletzt warfen sie Bahnen von Teerpappe über die Zweige. In der Mitte der Hütte haben sie das Loch ausgehoben, in das die Steine geschichtet werden. Diese Steine bleiben so lange in dem Feuer vor der Hütte liegen, bis sie rot glühen. Die Hitze befreit uns von den Gesetzen der Schwerkraft. Wir schweben wie Taucher in die Tiefe, dem Grund entgegen. Dort ist das Licht schummrig wie in einer Höhle. Die Gedanken fließen ineinander, werden zu einem Strom, der immer wieder die Richtung ändert. Aber wenn wir den Mund öffnen, ertönt Gebell, Gekläff, das uns zum Lachen reizt. Wir hocken so eng nebeneinander, daß wir uns unweigerlich berühren. Wir sind glitschig wie Fische, Neugeborene. Wir glühen, sabbern.

»Wer die Wege der großen Welt geht und nicht den einen inneren Pfad, wird niemals Flügel aus Feuer erhalten, um zu Gottes grenzenlosem Angesicht zu fliegen«, sagt Fisnish.

Seine Worte brauchen lange, bis sie mich erreichen. In meinen Ohren rauscht die Hitze. Sobald ich die Augen öffne, wird mir schwindlig.

»Ertrage den Spott und die Geißelschläge derer, die da unwissend sind. Und siehe: Der Körper, niedergeschlagen, ist bereit zur wahren Kreuzigung.«

Um die Hütte breiten sich endlose Wolken gelber Blumen aus. Beginnt dort die Welt außerhalb unserer Körper? Die Erde ist schwer, schmatzt bei jedem Schritt. Zwei Hügelzüge und eine verlassene Hochebene trennen mich von dem Cottage, in dem ich mit meinem Vater vierzehn Sommerferien verbracht habe. Ich habe Fisnish von dem Cottage erzählt. Er gehört zu den Menschen, vor denen man unaufgefordert sein Leben ausbreitet. Er drückt seine Nasenflügel zusammen und wirft mit einer heftigen Bewegung den Kopf zurück. Als Kind riß ich den Mund auf, um soviel von der heißen Sommerluft zu schlucken, wie ich konnte. Aber wenn Stoner Wasser über die Steine schüttet, ist die Luft so heiß, daß wir nur noch durch die Nase atmen. Schweiß tropft in meine Hände, die ich mir wie eine Schale unters Kinn halte. Pierrette, sie sitzt links von mir, reibt sich die Wange an meinem Oberarm.

»Und? Wie hat es euch bei den Wallfahrern gefallen?« fragt Fisnish.

»Und dir?« gibt Stoner zurück, »warst du überhaupt auf der Insel?«

»Ich hab Lough Derg siebzehnmal gemacht. Bei meiner ersten Wallfahrt war ich neun. Ich kenne jeden Stein der Insel. Jeden.«

»Du hast die Wallfahrt mit deinen Eltern gemacht«, stellt Lea fest.

»Hast du Eltern?« gibt Fisnish zurück.

»Allein?« fragt Gerard.

»Mit den katholischen Brüdern, die mich aufgepäppelt und großgezogen haben. Die mich erzogen haben. Dressiert. Abgerichtet.«

Fisnish kläfft. Sein Blick ist herablassend. Es gehört zu seiner Taktik, uns nur Stichworte zu liefern. Er hat einen pflaumengroßen Bluterguß auf dem Oberschenkel. Er bewahrt seine Geheimnisse. Manche der Stichworte, die er uns im Lauf der vier Jahre gab, widersprachen sich.

»Siebzehnmal. Und dann?« fragt Gerard.

»Dann habe ich damit aufgehört. Und? Wie war es?«

»Langweilig«, antwortet Pierrette.

»Sie sind selbstgerecht und schwach«, sagt Siona.

Stoner würde gerne etwas sagen, hält sich aber zurück. Er hockt so dicht vor den Steinen, daß er sie beinahe berührt. Das Licht wird grau. Heftige Windböen fahren in die Zweige, und es ist, als würde die ganze Hütte angehoben und dann wieder auf den Erdboden gesetzt. Sie steht in einer Senke, sechs Meilen von der nächsten Straße entfernt.

»Sie sind unschuldig«, sagt Fisnish.

Er sitzt vor dem winzigen Eingang und lächelt hinterhältig. Als er sich nach vorn beugt, um Wasser über die Steine zu schütten, sehe ich, daß der Nachthimmel rasch dunkler wird. Ich bin durstig und bringe es nicht fertig, die Augen lange genug offenzuhalten, um zu erkennen, ob es Gewitterwolken sind, die über dem Meer stehen. Schwarz das Wasser und kühl. Darum wate ich hinaus, bis ich den Boden unter den Füßen verliere. Du gehst mir nach, ich höre Dich kreischen und planschen. Auch Du wirst ins Leere treten und Dich mit ausgebreiteten Armen fallen lassen. Das Wasser trägt mich, trägt uns, auch wenn Du mit Deinen Mädchenfersen nach mir trittst, trägt es uns. Wir schweben und drehen uns, bis Du mir an die Gurgel gehst, weil ich Dich verraten habe. Verschenkt habe.

»Christa besorgt unser Essen«, sagt Fisnish und drückt mir ein Messer in die Hand, dessen kurze, breite Klinge beidseitig geschliffen ist.

Stoner kichert. Die anderen vermeiden es, mich anzusehen oder einen Laut von sich zu geben. Sie sind verschont worden. Andererseits hat Fisnish mich auserwählt.

»Schaf«, sagt er nach einer Weile und schlüpft aus der Hütte.

Ja, ich habe in jener Nacht ein Schaf geschlachtet, Claudia. Als wir aus der Schwitzhütte krochen, ging ein kalter Wind. Der Himmel war bedeckt, aber es regnete nicht. Das Feuer, in dem wir die Steine erhitzt hatten, war beinahe heruntergebrannt, und die Männer kümmerten sich darum. In der Ferne war eine Sirene zu hören, sonst war es still. Am Saum des Meeres reihte sich ein Licht ans nächste, doch im Landesinnern lagen die Häuser weit auseinander. Ich brauchte eine Weile, um mich an das milchige Licht zu gewöhnen. Die anderen setzten sich um das Feuer, und ich blieb stehen. Ich hatte eine Aufgabe zu erledigen. Tat ich es nicht, mußten wir hungern. Die Erwartung, daß ich mich weigerte, ein Tier zu töten, lag förmlich in der Luft. Niemand redete, niemand sah mich an. Aber natürlich ließen sie mich nicht aus den Augen. Fisnish trug Erichs Hemd über dem Wollpullover, als wolle er mich verhöhnen.

Die anderen warteten darauf, daß ich versagte, Claudia.

Stoner war bestimmt eifersüchtig darauf, daß Fisnish mich auserwählt hatte. Lea und Gerard dagegen waren froh darüber. Sie konnten sich einmal mehr drücken. Sie gehörten in die zweite Reihe.

In der Nähe der Senke gab es weder ein Wohnhaus noch den Schuppen einer Farm. Wir waren allein. Allein mit Dutzenden von Schafen, deren zottige verfilzte Felle in der Dunkelheit leuchteten. Fisnish hatte das Messer in eine Scheide aus weichem Leder gesteckt. Es lag gut in der Hand, hätte auch ein Etui für einen Kompaß sein können. Bevor ich schräg den Hang hinaufstieg, ging ich einige hundert Meter über die Ebene. Das hohe

Gras war naß. Die Halme waren so scharf, daß ich aufpassen mußte, um mir nicht die Hände zu zerschneiden, wenn ich strauchelte und mich abstützte. An verschiedenen Stellen versank ich bis zu den Knien im Morast. Ich konnte die anderen bald nicht mehr sehen, nicht einmal den Widerschein des Feuers. Ich ging mindestens einen Kilometer weit, bevor ich mich nach einem Schaf umsah, meinem Opfer. Ich wollte weit weg sein von den anderen, wollte unbeobachtet sein. Auf mich allein gestellt. Auf der Kuppe des Hanges sah ich, daß dahinter ein windgeschützter Talkessel lag. Dort waren so viele Schafe, daß ich sie gar nicht zählen konnte. Einige lagerten allein im Schutz großer Felsblöcke, andere in Gruppen auf der offenen Wiese.

Hast Du schon einmal ein Tier getötet, Claudia?

Schafe sind sehr scheu und ängstlich. Das kleinste Geräusch genügt, und sie flüchten. Das merkte ich allerdings erst, nachdem ich die Wiese betreten und die Schafe vertrieben hatte. Es war sinnlos, mit dem Messer hinter einem der Tiere herzulaufen. Darum kletterte ich auf einen Fels und legte mich auf die Lauer. In der Zwischenzeit hatte der Wind die Wolkendecke aufgelöst und vertrieben. Ich lag auf dem Rücken und wartete. Der Himmel war sternenübersät, der Talkessel windstill. Ich wartete sehr lange. Allerdings nicht aus Geduld, sondern aus Angst und Feigheit. Ich konnte mir nicht vorstellen, ein Schaf zu töten. Das Lederetui mit dem Messer steckte in meinem Hosenbund, in der Hand hatte ich einen großen Stein. Nach einer Ewigkeit hatte ich endlich den Mut, mich auf den Bauch zu drehen und auf die Wiese zu sehen: Direkt unter dem Fels lagen drei Schafe, die offensichtlich schliefen. Ich gab mir nicht länger die Zeit, nachzudenken oder zu zögern. Ich richtete mich auf, hob den Stein mit beiden Händen über meinen Kopf und schmetterte ihn dem einen Schaf auf den Schädel. Die beiden anderen Tiere sprangen auf die Beine und liefen weg. Auch das getroffene Schaf versuchte aufzustehen, aber die Vorderbeine knickten ihm immer wieder weg. Der Laut, den es ausstieß, klang wie der Schmerzensschrei eines Kindes. Schließlich gab es auf. Es ging in die Knie und fiel röchelnd um. Seine Beine zappelten, es warf sich hin und her.

Als ich mich neben dem Schaf niederkauerte, lag es mit offenen Augen auf der Seite. Es zitterte und starrte mich voller Entsetzen an. In seinem Fell hatten sich Dreckklumpen und kleine Äste verfangen. Ich konnte das Schaf unmöglich berühren. Seine Augen waren riesengroß. Die Pupillen waren schmal und standen senkrecht. Es hatte den Blick des Teufels, Claudia.

Das rettete mich. Und kostete ihm das Leben.

Ich zog das Messer aus der Scheide und schnitt dem Schaf die Kehle durch. Das Blut schoß ins Gras und über meine Hand. Es war warm. Sein Geruch war so stark, daß ich mich beinahe übergeben hätte. Ohne nachzudenken, trennte ich dem Schaf den Kopf ab und hob ihn hoch. Er war schwer und tropfte. Dann ging ich zurück. Das tote Tier war zu schwer, um es allein zu tragen oder hinter mir herzuschleifen. Als ich mich umdrehte, sah ich, daß die anderen Schafe aus allen Richtungen auf den Kadaver zugingen. Den Kopf nahm ich mit. Das Blut tropfte über meine Hände und meine Schuhe, es war bereits kalt. Ich hinterließ eine Spur.

Ich freute mich auf Stoners Erstaunen, seinen irritierten Blick und auf seine Bewunderung, die er sich natürlich nicht eingestehen konnte.

Ich fühlte mich nicht schuldig, Claudia.

Ich fühlte mich stark und lebendig.

Ich darf Dich nicht belügen, nein.

25. JULI

Und dann steht die Sonne hoch genug und bringt Farbe in die Landschaft. Grüntöne in den verschiedensten Schattierungen. Das Blaugrau der Felsen und Steinmauern, die die Wiesen aufteilen und Besitzgrenzen markieren. Die Farbe unserer Gesichtshaut, der Decken, in die wir uns gewickelt haben. Gelb. Schwarz. Violett. Das Rot der Blutlache zwischen den Bäumen, die der stete Wind in eine krumme Stellung gezwungen hat. Die Farbe des Schafes, das ausgenommen zwischen den Bäumen an einem Draht hängt. Das Weiß des abgezogenen Felles. Die Brauntöne der Erde, des Holzes. Die Farbe des heruntergebrannten Feuers, der Asche.

Die Sonne bringt Licht und Farbe, aber noch keine Wärme. Die Luft ist nicht bloß frisch. Sie ist kalt. Als hätte sie scharfe Kanten, die beim Atmen im Hals schmerzen. Vögel schaukeln im Wind; Krähen. Das Motorengeräusch eines Autos kommt näher, wird wieder leiser und entfernt sich. Pierrette hat in der Schwitzhütte geschlafen. Sie kauert im Eingang und sieht reglos an uns vorbei auf das Meer hinaus. Wir sind wach, aber zu müde, um aufzustehen. Auf meinen Schuhen glitzert Tau, die Teerpappe ist feucht. Gerard liegt neben mir und sieht mich unverfroren an. Ich könnte auf dem Rücken liegenbleiben und müßte nichts als meinen Arm bewegen, um ihm die Faust ins Gesicht zu schlagen.

Fisnish hatte uns nach zwei Stunden Schlaf zum ersten Gebet geweckt. Ging zwischen uns hin und her und versuchte seiner Stimme einen freundlichen Tonfall zu verleihen. Aber seine Handbewegungen verrieten, daß er ungeduldig und aufgebracht war. Wir hatten lange nicht mehr zusammen gebetet, unsere Stimmen mußten sich zuerst finden und aneinander gewöhnen. Dann hatte sich unser Chor über die dunkle Landschaft erhoben. Eine Stimme. Das vorzeitliche Summen. Das mir Schauer über den Rücken jagte und Fisnish versöhnlich stimmte. Er hatte mich überreden müssen, von dem Schaf zu essen, welches er und Stoner ausgenommen, zerteilt und über dem Feuer gebraten hatten. Das zähe Fleisch hatte stark gerochen. Wir beteten, und ich sah mich in meinem Schlafzimmer auf dem Bett sitzen. Der Morgenmantel war flauschig und roch nach Weichspüler. Die Sonne schien mir ins Gesicht. Erich saß im Schatten. Er hielt meine Hand und redete. Staubgirlanden schwebten über den Fußboden. Unsere Kleider lagen auf einem Haufen vor dem Bett. Über die Ziegelwand der Schreinerei tanzte Sonnenlicht. Es roch nach Kaffee. Und dann hatte ich gemerkt, daß unserem Chor eine Stimme fehlte. Meine.

Fisnish erlaubt uns liegenzubleiben, bis die Sonne stark genug ist, um uns zu wärmen. Er hat begonnen, die Schwitzhütte abzubauen. Niemand hilft ihm. Pierrette rührt sich nicht von der Stelle, bis sie im Freien kauert, weil die Hütte verschwunden ist. Die Teerpappe hat Fisnish zusammengerollt, mit den Zweigen macht er ein Feuer. Das ist das Zeichen für uns, aufzustehen und die Decken zusammenzurollen. Bis jetzt haben wir uns nicht über die Zeit unterhalten, die wir nicht zusammen verbrachten. Die dreißig Tage. Wolkenschatten gleiten über Wiesen und Berge. Gerards Blick bekommt etwas Reuevolles, sobald er spürt, daß Fisnish ihn beobachtet. Er bettelt mit mahlenden Kieferknochen um die Anerkennung seiner Demut. Stoner und Siona werfen jetzt ebenfalls Zweige ins Feuer. Fisnish geht in die Hocke, schichtet das Holz um und drückt es mit bloßen Händen in die Flammen. Dann setzt er sich hin. Die Christian Brothers, die das Internat leiteten, in dem er aufgewachsen ist, sperrten ihn tagelang in einen winzigen Raum ohne Licht. Wenn sie ihn und die anderen Jungen schlugen, benutzten sie Lineale oder Ruten, die die Jungen selbst aus dem Haselnußstrauch im Garten schneiden mußten. Sie schlugen auf Finger und Handflächen, auf Handgelenke, Fußsohlen und entblößte Hinterteile und Oberschenkel. Die Priester begriffen nicht, daß sie Fisnish mit jeder Stunde, die er allein in dem dunklen Raum war, stärkten. Sie zeigten ihm, wer er war. Fisnish weiß über sich Bescheid, er kennt seine Grenzen. Kennt seine Schwächen und Stärken.

Wir setzen uns rund um das Feuer; er braucht uns nicht dazu aufzufordern. Der Rauch steigt kerzengerade in den Himmel. Unsere Oberkörper werden vom Wind gewiegt. Auch das hat uns Fisnish beigebracht: Hingabe und Bescheidenheit. Und die Schönheit, die in der Bereitschaft liegt, sich aufzugeben. Sich in seinen Schutz zu begeben und ihn für uns entscheiden zu lassen. Fisnish hat gelernt, zu erdulden. Die Priester zwangen ihn, den Teller leer zu essen, was immer auch darauf lag. Und wenn er sich übergab, zwangen sie ihn, das Erbrochene zu essen. Fisnish stand ganze Nächte vor dem offenen Fenster des Schlafsaales, nackt bis auf die Unterhose und mit ausgebreiteten Armen. Die Priester, die die Strafe überwachten, saßen in Bettdecken gehüllt auf einem Stuhl hinter ihm und wechselten sich jede Stunde ab, weil sie die beißende Kälte nicht ertrugen. Fisnish ertrug sie. Wenn er die Arme sinken ließ, schlugen sie ihn auf den Hinterkopf. Er erduldete die weißen kleinen Hände der Christian Brothers, die hart zuschlugen oder die ihm aufgeregt und voller Gier in die Hose griffen. Die Demütigungen und Erniedrigungen der Priester schliffen seinen Haß zu einem Diamanten, einem Schwert.

»Habe ich euch eigentlich erzählt, daß meine Schwester an einer Teufelsaustreibung gestorben ist?« fragt er.

»Nein, hast du nicht«, sage ich.

»Exorzismus?«

»Exorzismus, Lea, genau. Praktiziert nach den Weisungen der katholischen Kirche. Die Austreibung dauerte vier Wochen. Meine Schwester starb an Erschöpfung und an unterlassener ärztlicher Hilfeleistung. Sie war krank.«

»›Regnum tuum destruxit‹«, sagt Gerard spöttisch.

»›Jesus hat den Satan und sein Reich besiegt.‹ Ja, das behauptet die katholische Kirche. Einer ihrer vielen Widersprüche. Denn wie kann der Satan, da er doch besiegt ist, weiterhin ungehindert sein Unwesen treiben, so daß er durch einen Exorzismus erneut niedergekämpft werden muß?«

»Kennt ihr die Rechtfertigung der katholischen Kirche?« fragt Gerard.

»›Es ist Aufgabe der Kirche, zu tun, was Jesus getan‹«, sagt Siona sofort.

»Richtig, Siona. Dabei hat Jesus nie Teufel ausgetrieben. Was Jesus austrieb, waren Dämonen und Geister. Was bedeutet, daß er Krankheiten heilte. Damals war man nämlich davon überzeugt, daß Krankheiten von Geistern verursacht würden.«

Fisnish bricht in schallendes Gelächter aus und sieht sich triumphierend um. Auf seiner Oberlippe stehen Schweißtropfen. Sonnenbahnen fluten über die Landschaft, und wir heben alle gleichzeitig die Hand vor die Augen. Genau über uns kreisen drei Vögel, die geckernd abdrehen, als Fisnish aufsteht und in die Hände klatscht. Er lacht immer noch. In einer Wiese leuchtet das Dach einer zerfallenen Scheune. Das Licht ist rein.

»Hab ich überhaupt eine Schwester?« fragt Fisnish.

»Woher sollen wir das wissen«, antwortet Stoner.

»Oder hab ich bloß eine Schwester gehabt? Bis sie starb?«

»Sie starb nicht«, sagt Siona, »sie haben sie umgebracht.«

»Wen?«

Fisnish hat die Hand gehoben, sie verdeckt seine Augen. Sein Lachen ist jetzt nur noch ein Glucksen, als habe er sich verschluckt.

»Wen?« wiederholt er.

»Deine Schwester«, sagt Siona leise.

»Hab ich eine Schwester?«

In den Pyrenäen hat er uns erzählt, daß einer der Christian Brothers ihn zwang, seinen eigenen Urin zu trinken, denn er war dreizehn und immer noch Bettnässer. Es gab einen alten Priester, der fast nichts mehr hörte und seine Zöglinge mit dem Rosenkranz schlug, wenn er sie nicht verstand.

»Wir sind unter uns, um nicht abgelenkt zu werden«, sagt Fisnish nach einer langen Pause, »darum sind wir allein. Uns ist etwas geschehen. Aber nun geschehen wir.«

Sein Kopf ist nach vorn gekippt. Wir warten. Das Sonnenlicht streift über uns hinweg wie über die Landschaft. Ich will niemanden ansehen und hebe doch den Kopf: Stoner lächelt. Er ist aus Stein. Sitzt im Schneidersitz da und zeigt uns seine schmutzigen Fußsohlen und das Brandmal. Unser Zeichen.

Im Gegenlicht sieht der eine Fels aus wie der Bug eines Bootes. Wir sind alle aus Stein. Gemeißelt aus einem Klotz. Wagen uns nicht zu rühren. Knochen des Schafes, das ich getötet habe, liegen in der Feuerstelle und in der Wiese verstreut. Gerard dreht sich ab, wobei er ein eigenartiges Grunzen von sich gibt. Er versucht das Gähnen zu unterdrücken, aber schließlich gibt er nach und reißt den Mund auf, so weit er kann. Kaum ist er mit Gähnen fertig, schlägt er sich zur Strafe auf sein Handgelenk.

Dann erfüllt plötzlich ein Donnern die Luft, das alles andere verdrängt, verschluckt, und als Druckwelle über die

Landschaft fegt. Die Wucht des Lärms drückt uns zu Boden. Wir ziehen die Köpfe ein, heben die Arme und machen uns klein. Die Hasenschar im Wiesentrichter. Aber es gibt keinen Schutz vor dem Fauchen der Turbinen, das über uns hinwegrollt und als Echo von den Bergen zurückgeworfen wird. Als ich mich aufrichte, ist der Bomber verschwunden. Die Kondensstreifen ziehen einen Bogen über den Himmel, der sich über dem Wasser bereits wieder auflöst. Fisnish sitzt mir aufrecht gegenüber. Er lächelt großzügig, angeberisch.

»Sie brauchen den Lärm. Er ist alles, was sie haben. Er versichert ihnen, daß sie existieren. Daß sie Macht besitzen. Ihr Gebrüll überfällt uns von hinten, und wenn wir den Kopf heben, ist da nichts als ein Blitzen am Himmel. Sie hinterlassen ein Echo, mehr nicht.«

Fisnish ist dazu da, Dinge zu bestimmen und zu benennen. Wenn er früher zu uns sprach, ging er zwischen uns hin und her. Wir saßen am Boden, und er ging von einem zum andern, blieb immer in Bewegung. Legte uns seine Hände auf die Schultern, berührte uns, packte uns an den Oberarmen. Kniff und streichelte, besänftigte und rüttelte auf. Die Redepausen, die er einlegte, waren genauso wichtig wie das, was er sagte. Er brachte uns bei, die Stille auszuhalten und sein Schweigen zu deuten.

»Bei Herzoperationen müssen vier Hände in einem Brustkorb Platz haben. Und die beiden, die den Eingriff gemeinsam ausführen, müssen sich blind verstehen. Müssen sich genau kennen.«

Seit wir uns besser kennen, bleibt er zwischen uns sitzen, während er zu uns spricht. Einzig seine Augen sind in Bewegung. Seine Hände liegen ruhig auf den Oberschenkeln, kein Finger rührt sich. Es sind die Worte, die zählen. Die Rätsel, die er uns aufgibt. Die Sonne hat jetzt auch den hintersten

Winkel der von Schneisen und Hügeln durchsetzten Landschaft erreicht. Metallgefaßte Schnürsenkelösen blitzen auf, Reißverschlüsse.

»Wenn wir zusammenbleiben, sind wir unbeweglich. Ein Ziel, das jeder erkennen kann. Darum werden wir uns trennen.«

»Nicht schon wieder«, sagt Lea.

»Damit wir beweglich bleiben. Unsichtbar. Kein Ziel. Keine Opfer.«

»Sondern Täter«, sagt Stoner schnell.

»Ich will aber nicht allein sein.«

»Das wirst du auch nicht, Lea.«

»Wenn wir uns doch trennen«, sagt Lea trotzig.

»Ihr macht euch nicht allein auf den Weg, sondern zu zweit. Und weil ihr euch dabei gegenseitig erzählt, weshalb ihr zu uns gehört, müßt ihr Umwege machen. Diese Umwege führen euch an die Orte, an denen ihr die Geschichten, die euch zu mir gebracht haben, zu Ende bringt und abschließt.«

»Was heißt ›zu Ende bringen‹?« fragt Pierrette.

»Rache ist heilig. Daran darf nicht gerührt werden. Zu Ende bringen heißt auslöschen. Hinrichten.«

»Und dann?« fragt Stoner.

»Dann sind wir bereit. Leer. Unbeschrieben. Befreit. Bereit für den Satz, den wir in die Geschichtsbücher eintragen.«

»Bereit für den Stellvertreter«, sagt Stoner.

»Für den, der die Frechheit besitzt, sich Stellvertreter zu nennen. Vikar von Jesus Christus. Den Bischof Roms. Den Nachfolger des Apostelfürsten. Den Pontifex maximus der Universalkirche. Patriarch des Abendlandes. Primas von Italien. Erzbischof und Metropolit der römischen Provinz. Den Souverän des Staates der Vatikanstadt.«

»Bleibt die Frage, ob er für uns bereit ist«, sagt Stoner.

Seine Hände öffnen und schließen sich. Licht zerschneidet sein Gesicht und bringt die Wasserflasche, die neben ihm liegt, zum Funkeln. Der Wind, der aufgekommen ist, trägt die fauligen Gerüche der Fleischreste zu uns herüber. Das blutbesudelte, abgezogene Fell wird aufgebläht, fällt in sich zusammen. Auch Pierrette und Lea beobachten es. Niemand hält ein Zimmer bereit für uns, einen Tisch mit einem warmen Essen, das ist lange vorbei. Wir sind zu alt dafür, haben Entscheidungen getroffen, die uns ausschließen. Wir brauchen nicht daran erinnert zu werden, wer wir sind. Das junge Ehepaar, das meine Wohnung in Lausanne übernahm, hielt sich an der Hand, während es plappernd von Zimmer zu Zimmer ging. Sie ließen sich nur los, um mir zur Begrüßung und zum Abschied die Hand zu schütteln. Für das selbstgerechte Glück, das in ihren Gesichtern stand, empfand ich Verachtung und Abscheu. Keinen Neid und keine Eifersucht. Sie kannten keinen Schmerz, keinen Haß, nur blinde Liebe. Also wußten sie nichts. Rein gar nichts.

»Wo treffen wir uns wieder?« frage ich.

»In der Schweiz«, sagt er, »in der Nähe von Lugano.«

»Und wann?« fragt Lea.

»Am 4. August.«

»Und wer gehört zu mir?« fragt Siona.

Wir blieben noch drei weitere Tage in den Bergen, Claudia. Wir beteten und fasteten, saßen stundenlang reglos im strömenden Regen und in der prallen Sonne. Fisnish sprach kaum zu uns. Er wirkte abwesend und abweisend, und natürlich versuchten wir, seine Aufmerksamkeit zu erregen, seine Gunst zu gewinnen.

Am vierten Tag brachen wir auf. Für Siona und mich hatte Fisnish ein Auto organisiert, das uns nach Sligo brachte. Von dort nahmen wir den Zug nach Dublin. Wohin die anderen Zweiergruppen reisten, weiß ich nicht.

Siona und ich kamen kurz nach 22 Uhr in Dublin an, Claudia. Der Zug war, keine halbe Stunde nachdem er in Sligo losgefahren war, auf offener Strecke stehengeblieben und hatte sich für mehr als fünfzehn Minuten nicht von der Stelle bewegt. Wir schwiegen die meiste Zeit, hingen unseren eigenen Gedanken nach. Siona saß mit geschlossenen Augen auf dem Fensterplatz und bewegte die Lippen. Betete sie? Ich dachte an Erich und an das Feuer, das er durch die Luft wirbelte und das die Gesichter der Zuschauer für einen Augenblick erhellte. Stellte mir den Sand in unserer Bucht vor, sah Jean-Pierres Schatten vor mir, der wie ein Scherenschnitt auf der Zeltplane erschien und wieder verschwand. Setzte mich auf meine Hände, um nicht an den Fingern riechen zu können. Auf beiden Seiten der Geleise erstreckten sich endlose Wiesen, die leuchteten, als seien sie mit grüner Farbe lackiert. Die Wiesen erinnerten mich an Vater, an den Blick aus seinem Zimmer im Altersheim. ›Daß mich die eigene Tochter im Stich läßt, wer hätte das gedacht.‹ Er hob nicht einmal den Kopf, während er seine Vorwürfe loswurde, beugte sich über den aufgeschlagenen Duden, einen gespitzten Bleistift in der Rechten. Ich hatte kein Mitleid mit ihm, weil er darum bettelte. Sein Unterhemd war voller Kaffeeflecken und Löcher. Seine Schwäche widerte mich an. Er wollte mir vorführen, daß ich an seinem Zustand schuld war. ›Wer hätte gedacht, daß die eigene Tochter zu so etwas fähig ist.‹

Als wir nach über drei Stunden durch einen Vorort Dublins fuhren, änderte sich Sionas Verhalten. Sie öffnete die Augen, setzte sich gerade hin und sah aufmerksam aus dem Fenster. Jetzt war sie froh, nicht allein zu sein.

»Dort drüben hab ich vier Jahre gelebt«, sagte sie und zeigte auf eine heruntergekommene Siedlung. Auf den Wiesen zwischen den Wohnblocks standen ausgebrannte Autowracks, die Wände waren mit Graffitis und Parolen übersät. Vor einem Hauseingang brannte ein Feuer.

»Wann?«

»Die ersten vier Jahre.«

»Und danach?«

»Hölle«, sagte sie.

Es nieselte. Das Gebiet, durch das der Zug langsam fuhr, war öde und grau. Ziegelschuppen verfielen, Fensteröffnungen waren mit Brettern vernagelt. In der Innenstadt dagegen wuchsen Kräne und Stahlgerippe aus Baugruben. Das Licht der Autoscheinwerfer machte den Regen zu hauchdünnen Gardinen, die in den verstopften Straßen schaukelten. Als wir aus der Connolly-Station traten, gingen wir an zwei Mädchen vorbei, die lebhaft miteinander diskutierten. Sie standen so dicht nebeneinander, daß sich ihre Körper berührten, wenn sie sich bewegten. Die Mädchen faßten sich immer wieder an Armen und Schultern an und streichelten sich gegenseitig die Wangen. Sie strahlten eine unbändige Lebenskraft aus, Claudia. Es war offensichtlich, daß sie zusammengehörten, daß sie alles voneinander wußten.

Ob ich Freundinnen hatte?

Natürlich hatte ich Freundinnen, Claudia. Die Mädchen, die mich wirklich interessierten, hielt meine Mutter allerdings von mir fern. Sie verbot mir den Umgang mit ihnen. Darum waren die Mädchen, die ich zu uns nach Hause einladen durfte und die ich selbst besuchte, zweite Wahl. Sie waren genauso schrecklich gekleidet wie ich. Und genau wie ich wußten sie nicht viel vom Leben eines weiblichen Teenagers. Natürlich glaubten diese Mädchen an Gott, selbstverständlich saßen sie Sonntag für Sonntag mit ihren Eltern in der Messe. Keine dieser Freundschaften hielt lange. Meine Freundinnen kamen und gingen. Sie verschwanden alle aus meinem Leben.

Nein, ich habe keine von ihnen jemals vermißt, Claudia.

Heißt das, daß mir keines dieser Mädchen etwas bedeutete?

Ja. Ich fürchte, sie waren mir egal.

Dabei sehnte ich mich nach jemandem, dem ich alles hätte geben können. Meine Liebe. Meine Zuversicht. Mein Leben.

Ich mußte sechsunddreißig Jahre alt werden, um diesen Menschen zu treffen.

Als ich ihm endlich begegnete, erkannte ich ihn sofort.

29. JULI

Das schäbige Hotel liegt am Ende einer Sackgasse in der Nähe der Connolly-Station. Vor unserem Fenster schiebt sich eine Eisenbahnbrücke wie ein Keil zwischen die Häuser. Bei jedem Zug vibriert die Scheibe, als falle sie aus dem Rahmen, klingelt der Löffel in der Tasse auf dem Tisch. Klingelt wie das Kreuz an Michaels Silberkettchen, das er an einen Nagel im Fensterrahmen unseres Kellers hängt, bevor er sich zu mir legt. Er wäre so gerne unsichtbar, das sehe ich ihm an. Aber noch lieber möchte er stark genug sein, um mir zu widerstehen. Ich zeige ihm, daß er schwach ist. Dafür wird er mich früher oder später hassen. Wind streicht durch die zerschlagene Fensterscheibe und über unsere nackte Haut. Das Klingeln seines Kettchens hält Michael davon ab, sich wirklich gehenzulassen. Nachdem er gekommen ist, fährt er in die Höhe und schnappt nach Luft. Er sieht aus wie die braungebrannten Jungen auf Elba, die in die Nähe von uns Mädchen getaucht sind und dann aus dem Meer schießen, weil sie sonst ersticken. Manchmal begegnen wir den Jungen auf unseren Wanderungen am Rand des Dorfes. Aber sie wagen sich nicht in unsere Nähe, sind nichts als unscheinbare Striche, die über dem Teerspiegel schweben. Ihre Mütter sitzen im Schatten und sehen uns nach. Wir beten im Chor, und sie bewegen ihre Lippen und schlagen das Kreuz. Wenn wir uns küssen, knackt Michaels Kiefer. Seine Zunge ist flink, als fürchte sie sich vor mir. Ich verachte ihn bloß, weil er danach immer in Tränen ausbricht. Dann erinnert er mich an Lingen, der in seinen schwarzen Badehosen ins Wasser hinauswatet, behaart wie ein Schimpanse. Der so weit hinausschwimmt, daß wir ihn nicht mehr sehen können. Und der trotzdem immer wieder zurückkommt, immer wieder schnaubend aus dem Meer steigt. Lingen, der sich über mich beugt, um sich zu nehmen, was ihm nicht gehört.

Siona steht zwischen den beiden Betten und flüstert meinen neuen Namen. Ihr Gesicht ist so nahe, daß ich ihren Atem riechen kann. Das Licht ist grau, es wird bald hell werden. Regen schlägt gegen das Fenster. Ich habe nicht mitbekommen, daß Siona aus dem Zimmer gegangen war, aber sie hält eine Flasche in der Hand und schwenkt sie hin und her.

»Wein«, sagt sie leise.

In einem Nebenzimmer wird gehustet, sonst ist es still. Selbst das Rauschen des Verkehrs hat noch nicht eingesetzt. Die Müdigkeit ist schwer und schön. Siona setzt sich an das Tischchen am Fenster und zündet sich eine Zigarette an. Wir werden den Wein aus der einen Tasse trinken müssen.

»Rotwein«, sagt sie nach einer Weile, und ich stehe auf.

Sie öffnet den Drehverschluß der Flasche, füllt die Tasse und drückt sie mir in die Hand. Der Boden ist kühl, darum stelle ich meine nackten Füße auf den schmutzigen Teppich unter dem Tisch, genau wie Siona. Der Wein ist sauer und zu kalt. Die Tasse geht eine ganze Weile hin und her. Ist sie leer, gießt Siona sofort nach. Das hält uns vom Reden ab. Die Häuserzeile auf der gegenüberliegenden Straßenseite ist dunkel, irgendwann knacken die Dielen über uns.

»Hast du nie daran gedacht, abzuhauen?« fragt sie schließlich.

»Nie«, lüge ich.

»Ich schon.«

»Und warum bist du immer noch hier?«

»Weil er weiß, wer ich bin.«

»Du nicht?« frage ich.

»Du?«

»Hast du keine Familie?« gebe ich zurück.

»Deine Mutter hat sich das Leben genommen. Stimmt doch, nicht?«

»Wer sagt das?«

»Er hat es mir erzählt«, sagt sie.

Die Tatsache, daß sie etwas über mich weiß, bringt mich aus der Fassung, aber ich weigere mich zu glauben, daß es Fisnish war, der Siona von meiner Mutter erzählte. Sie lügt. Ich weiß nichts über sie. Nichts. Dann fällt mir ein Gespräch ein, das ich mit Roberto führte. Wir erzählten uns unsere Familiengeschichte, obwohl Fisnish uns das verboten hatte. Bestimmt hatte Roberto Siona vom Selbstmord meiner Mutter erzählt.

»Du hast eine Narbe am Kinn«, stellt Siona fest.

»Ich bin als Mädchen mit dem Rad gestürzt.«

»Hinter unserem Haus gab es einen betonierten Spielplatz mit einer Schaukel. Zwei Wochen vor meinem vierten Geburtstag riß das Seil. Hier.«

Sie hebt ihren rechten Arm und zieht mit der linken Hand das T-Shirt hoch. Die Narbe ist ungefähr zehn Zentimeter lang und liegt unter dem Rippenbogen in der Gegend der Galle.

»Meine Mutter hatte Angst vor mir«, sagt sie und bedeckt die Narbe.

»Und die Narbe?«

»Ich bin in die Lenkstange eines Fahrrades gefallen, das neben der Schaukel lag. Hat überhaupt nicht mehr aufgehört zu bluten.«

»Wie alt bist du, Siona?«

»Vierundvierzig. Und du?«

»Am 2. August werde ich vierzig.«

»Willkommen in Death Valley.«

Sie hört nicht auf zu lachen, bis ich ebenfalls einstimme. Als sie sich wieder beruhigt hat, schüttet sie den Rest des Weines in die Tasse und stellt sie in die Mitte des Tisches. Ein Güterzug fährt über die Brücke.

»Spendier mir nen Drink. Spendier mir nen Drink. Bloß einen«, sagt sie mit verstellter Stimme.

Sie greift nach der Tasse wie ein Kind nach einem Spielzeug. Aber sie tut nur so, als trinke sie. Ihr Gesicht ist hart und verschlossen.

»Der einzige Satz, den ich von meinem Alten gehört habe. Meine Mutter hat ihn mir gezeigt, als ich einundzwanzig war. Wir gingen eine Zeitlang in dieselbe Kneipe wie er. Spendier mir nen Drink. Bloß einen. Einen klitzekleinen.«

Sie wirft mir einen Blick zu, dreht sich ab. Ich habe nicht bemerkt, wann der Regen aufgehört hat. In einem der Häuser auf der anderen Straßenseite geht ein Licht an und wird nach wenigen Sekunden wieder ausgemacht.

»Meine Mutter ist aus einem Fenster des Krankenhauses gesprungen.«

»Ich weiß«, sagt sie.

Der Himmel über der Stadt verändert langsam seine Farbe, und jetzt ist auch das Rauschen des Verkehres zu hören. Jemand hustet, flucht.

»Goldenbridge«, sagt Siona nach einer langen Pause.

Das Wort klingt verheißungsvoll, obwohl sie es voller Abscheu ausgesprochen hat. Sie läßt das Wort stehen, es soll mich beeindrucken. Sie zwinkert, dann setzt sie die Tasse an, schluckt. Im nächsten Moment sehe ich meine Mutter vor mir: Sie sitzt in der Küche und poliert das Silberbesteck, das wir noch kein einziges Mal benützt haben. Den Tisch hat sie mit einer Zeitung abgedeckt. Das Poliermittel, das noch nicht trocken ist, gibt den Löffeln, Gabeln und Messern, die aufgereiht vor ihr liegen, matten Schimmer. Es riecht nach

Hustensaft. Später wird Mutter das Besteck mit einem weichen Baumwoll-Lappen polieren, gewissenhaft und geduldig. Und ohne mich zu beachten. Ich stehe neben ihr, in der Hand das Schulzeugnis mit den Noten, auf die ich so stolz bin, daß ich beinahe platze. Sie hebt nicht einmal den Kopf. Reibt, haucht, poliert. Der Triumph von Sauberkeit und Ordnung. Jedes Besteckstück, das sie hochhebt, hinterläßt einen Fleck auf der Zeitung. Und dann ist da plötzlich ein trostvoller Gedanke, den ich nicht mehr aus dem Kopf kriege: ›Ich werde sie überleben. Sie wird vor mir sterben.‹

»Ich war fünf, als sie mich ins Goldenbridge steckten. Das erste, was ich gesehen habe, war ein kleines Mädchen, das von zwei anderen Mädchen festgehalten und von einer Nonne verprügelt worden ist. Die Nonne schlug so fest zu, daß sie den Stock absetzen mußte, weil sie völlig außer Atem war.«

Das Tafelsilber liegt in einer flachen, mit rotem Samt ausgeschlagenen Holzschachtel. Diese Schachtel wird zusammen mit Tischtüchern und Servietten aus Leinen in einer unverschlossenen Schublade aufbewahrt. Meine Mutter sortiert im Kirchgemeindehaus Kleiderspenden, während ich die Suppenlöffel aus der Schachtel nehme und in den Mund stecke. Der Geschmack des Silbers ist widerlich, darum gehe ich dazu über, mich über die Schachtel zu beugen und meinen Speichel in langen Fäden und als dicke Fladen auf das Besteck tropfen zu lassen.

»Du hast natürlich auch Prügel bezogen«, sage ich.

»Um 6 Uhr 30 haben uns die Nonnen aus dem Bett direkt in die Frühmesse getrieben. In unserem Schlaftrakt war es sogar im Sommer saukalt. Nach der Messe mußten wir unsere Betten machen, die Fußböden schrubben und die Toiletten und Waschräume saubermachen. Frühstück gab's um 8. Ein Stück Brot, halbgekochten Porridge und Kakao. Die Schule ging um 9 los, wobei sich alles um Religion drehte. Alle anderen Fächer waren Nebensache. Wir mußten die Messe in Latein und in Gälisch lernen und so lange pauken, bis wir jedes Wort im Schlaf aufsagen konnten.«

»Wer hat das Heim geleitet?«

»Sisters of Mercy.«

Sie sagt das Wort so leise, als sei es verboten, ausgesprochen zu werden. Sie muß sich beherrschen, sich nicht umzusehen. Gegenüber tritt ein Mann auf die Straße und geht schnell weg. Das Haus, das er verlassen hat, ist dunkel. Irgendwo in der Nähe klappern Töpfe, wird ein Radio angemacht und sofort leise gedreht. Unser Zimmer liegt wohl über der Küche des Hotels.

»Für jeden Fehler gab es Prügel. Sister Carmel schlug mich jeden Tag. Sie behauptete, in meinen Augen den Teufel zu erkennen. Nach ein paar Monaten haben sie mir die Haare abgeschnitten. Um 3 durften wir eine halbe Stunde im Freien spielen, danach mußten wir bis zum Abendessen Rosenkränze machen. Stundenlang fädelten wir Perlen auf Schnüre. Die Perlen schnitten und schabten wir mit gewöhnlichen Zangen aus Glasstücken zurecht, sonst gab es keine Werkzeuge. Nur diese beschissenen Zangen.«

Sie legt ihre Hände auf den Tisch. Das Nagelbett des Daumens ihrer rechten Hand ist blutig. Auf dem Knöchel hat sie einen winzigen tätowierten Stern. Der Geruch von verbranntem Fett und von Spiegeleiern hängt in der Luft, und mein Magen zieht sich zusammen.

»Um 9 wurde das Licht im Schlafsaal gelöscht. Reden war verboten. Nicht einmal im Winter war es uns erlaubt, Unterwäsche im Bett zu tragen. Wir mußten auf dem Rücken liegen und die Hände vor der Brust falten. Ich hab jahrelang gebraucht, um mir das abzugewöhnen. Die Nonnen nannten uns übrigens nicht bei unseren Namen. Sie gaben uns Nummern. Ich war die 73. ›Komm her, 73.‹ ›Streck deine Hände vor, 73.‹ Das änderte sich erst mit der Pubertät. Dann nannten sie uns ›Prostituierte‹ oder ›Lesben‹. Bettnässerinnen mußten sich die vollgepißten Laken um die Schultern legen und die ganze Nacht vor dem Bett stehen bleiben. Vier- oder fünfmal im Jahr pinselten sie uns gegen die Krätze am ganzen Körper mit einer Flüssigkeit ein. Wer die Brüste oder die Scham mit den Händen verdeckte, bekam eins mit der Bürste übergebraten. Jeden Donnerstag kontrollierten die Nonnen unsere Unterhosen, die wir freitags wechseln durften. Wer eine schmutzige Unterhose hatte, mußte sie sich über den Kopf stülpen und für den Rest des Tages als Mütze tragen.«

Ich will weder an Lingen noch an Michael denken. Will gar nichts denken, bloß zuhören. Siona steckt sich noch eine Zigarette an. Jetzt ist der Himmel hell. Über den Bergen im Süden Dublins stehen Regenwolken. Auf dem Flur lacht eine Frau, dann fällt eine Tür ins Schloß.

»Ich war elf Jahre in Goldenbridge. In dieser Zeit hat mich ein einziges Mal jemand in den Arm genommen. Der Mann, der mich vergewaltigt hat. Er hat mich in einen Besenschrank gezerrt und nicht einmal die Tür abgeschlossen. Er war nett zu mir. Hat mich umarmt und geküßt. Gab mir einen Apfel und hat mich nicht geschlagen. Im Gegenteil. Er hat mich gestreichelt. Natürlich wußte ich nichts über Sex. Darum begriff ich gar nicht, was er mir antat. Ich kapierte noch nicht mal, daß es falsch war.«

»Wo finden wir ihn?«

»Die Vorsteherin von Goldenbridge war die Schlimmste. Sister Constanzia. Wer tagsüber Mist baute, mußte abends um 9 vor ihrem Zimmer auf die Strafe warten. Die anderen durften im Schlafsaal verschwinden, und wir warteten darauf, Prügel zu beziehen. Manchmal standen über zwanzig Mädchen vor ihrem Zimmer. Constanzia fragte nie, warum sie uns bestrafen sollte. Einmal warteten wir drei Stunden auf sie.

Dann kam sie endlich die Treppe hoch und befahl uns, am nächsten Morgen vor der Messe wieder anzutraben. Constanzia war zu müde, um uns zu verprügeln. Wir hatten uns drei Stunden vergeblich darauf vorbereitet, geschlagen zu werden. Sie war ein Teufel. Sie wußte alles.«

»Alles?«

»Mein jüngerer Bruder Ronan war auch in einem Heim der Sisters of Mercy, in Rathdrum, ganz in der Nähe von Goldenbridge. In den elf Jahren, die ich in Goldenbridge war, hab ich ihn kein einziges Mal gesehen.«

»Sie wußte von dem Mann?«

Siona lehnt sich so weit vom Tisch zurück, daß sie fast vom Stuhl fällt. An ihrem Hals spannen sich Sehnen. Auf ihren Lippen scheinen Worte zu beben. Worte des Hasses. Der Fluch. Das Urteil.

»Hast du eine Ahnung, wo sie heute lebt?«

»Allerdings«, sagt Siona.

Hinter den Dächern erscheint die Sonne. Durch nichts aufzuhalten. Sie ist da. Karosserien blitzen, Regenrinnen, Zahnplomben, Fingernägel. Siona stößt das Fenster auf und wirft die beiden Kippen in den Hinterhof, in dem ein Bettgestell im hohen Gras vor sich hinrostet.

»Constanzia lebt in einem Altersheim ihres Ordens in der Cork Street.«

Ich warte ab und sehe dem Sonnenlicht zu, das sich über die Tischplatte und die Wand hinter den Betten ausbreitet. Machtvoll, strahlend. In einem Garten nickt ein Fliederbusch. Bestimmt ist der Rasen naß. Aus der Küche riecht es nach verbranntem Toast. Würde die angekokelten Scheiben gerne mit beiden Händen zerbröseln und in meinen Mund stopfen. Auf der weißen Hose von Siona sind kleine rote Flecken. Über Dublin erscheint ein Flugzeug, das im Licht explodiert. Und weiterfliegt.

»Sag mir, daß es mir gutgeht.«
»Dir geht es nicht gut, Siona. Noch nicht.«
»Weiß ich selber. Jetzt erzähl du.«
Dann erzähle ich ihr meine Geschichte.

Und unter der geschlossenen Tür nimmt etwas die Gestalt meiner Mutter an. Ich habe ihre bloßen Füße nicht gehört. Sie weint feierlich. Wer wird uns finden, wenn es vorbei ist, aufnehmen bei sich?

Wir blieben vier Tage in Dublin, Claudia. Wir übernachteten in heruntergekommenen Hotels, von denen es in der Gegend zwischen der Gardiner- und der Capel-Street nur so wimmelt und in denen sie nicht einmal unsere Pässe sehen wollten. Wir checkten einzeln ein, gingen nie gemeinsam aus dem Haus und trennten uns wieder, bevor wir die Empfangsräume betraten, in denen aber ohnehin nie jemand saß. Nachts trafen wir uns in einem unserer Einzelzimmer, um gemeinsam zu beten.

Ich begleitete Siona auf ihren Erkundungsgängen, ließ mich aber nie in unmittelbarer Nähe des Altenheimes der Sisters of Mercy blicken. Wartete in einem Café oder Pub und bereitete mich auf das vor, was mich erwartete. Am zweiten Tag war Siona völlig aus dem Häuschen, als wir uns vor dem Eingang des St.-Stephens-Green-Parkes trafen: Sie hatte Constanzia gesehen. Die ehemalige Oberin hatte das Heim kurz nach dem Mittag verlassen, und Siona war ihr bis in die Innenstadt gefolgt, wo die Nonne in einem Amtsgebäude verschwunden und erst nach über einer Stunde wieder aufgetaucht war. Constanzia war im Lauf der Jahre in sich zusammengesunken, sie ging am Stock und war zu einem zerbrechlichen Persönchen geschrumpft. »Sie ist fast zu klein für meinen Haß«, sagte Siona. Ansonsten wollte sie nicht über ihre Gefühle reden; sie erzählte mir auch nicht, wie sie vorgehen würde. Constanzia mußte sterben, das war alles, was ich wußte. Nein, Claudia, ich hatte kein schlechtes Gewissen. Wir waren überzeugt, daß es richtig und gerecht war, was wir vorhatten. Es war soweit, ganz einfach. Wir mußten es tun, um uns zu befreien.

Das Ziel trifft uns, nicht umgekehrt, Claudia.

Am 31. Juli aßen wir abends in einem Pub in der Parnell Street Hühnersuppe und tranken ein Bier. Es war warm, die meisten Gäste standen mit ihren Gläsern vor dem Lokal. Wir saßen an einem Ecktisch im Dämmer, zwischen uns und der Theke standen Säulen von Sonnenlicht. Siona war schweigsam, schloß mich aus. Sie war bereit. Als wir auf die Straße traten, war es immer noch hell. Dächer gleißten in der letzten Sonne, der Himmel war ein hoher, verheißungsvoller Raum ohne Wolke, Vogel.

Durch die Straßen trieben Abfälle, vor einer leerstehenden Halle brannte ein Container. Menschen waren weit und breit keine zu sehen.

»Nichts ist so, wie ich es sehe«, sagte Siona, »das ist mein Problem. Deshalb bin ich immer noch hier. Er sieht es so, wie es ist.«

Mir blieb nichts zu sagen, Claudia. Sie hatte recht. Ein paar hundert Meter von unserem Hotel entfernt setzten wir uns auf ein Mäuerchen, und Siona rauchte eine Zigarette. Es war kurz vor Mitternacht, aber immer noch nicht wirklich dunkel. Ein leerer Bus fuhr vorbei, dessen Fahrer uns zuwinkte.

Dann sagte mir Siona, daß es am nächsten Tag soweit sei.

Als ich aufstehen wollte, hielt sie mich zurück. Sie wollte, daß ich sie in den Arm nahm. Ich mochte nicht, wie sie roch. Te absolvo. Spürte ihre Wimpern an meiner Wange, wenn sie zwinkerte. Ihre knochigen Hände schlossen sich um meinen Rücken und hielten mich fest.

In diesem Augenblick hätte ich gerne an gar nichts gedacht, Claudia.

Nicht einmal an Dich.

Wir beteten bis zum Morgengrauen. Dann verließ Siona das Hotel, machte sich auf ihren Weg. Ich schlief bis Mittag, dann buchte ich in einem Reisebüro an der Dame-Street für den nächsten Tag zwei Plätze im Nachmittagsflug der Crossair nach Zürich. Siona reiste mit einem schottischen Paß: Morvern Robinson. Geboren am 26. Juni 1951 in Oban. Hatte Fisnish sie zu einer Protestantin gemacht? Den Rest des Tages verbrachte ich im Naturhistorischen Museum. Präparierte Bären, Wölfe, Füchse. Saurierknochen. Raubvögel mit ausgebreiteten Schwingen. Staubige Schaukästen voller Schmetterlinge und Käfer, Gläser mit eingelegten Schlangen und Echsen. Springmäuse. Ratten. Fische, Dutzende von Fischen.

Zuletzt saß ich auf einer Bank auf der obersten Museumsgalerie neben einer Vitrine, in der ein Biber einen Holzstamm bearbeitete. Ich schrieb den Brief an Erich auf die Blätter, die ein Wärter für mich aus dem Notizblock riß, der an der Kasse lag. Den Bleistift schenkte er mir.

AUGUST 1996

2. AUGUST

Die drei Sitzreihen zwischen Siona und mir scheinen leer. Die Kinder, die zu einer Reisegruppe gehören, sind genauso in ihren Sesseln versunken wie der Mann neben mir: Der Pilot hat Turbulenzen angekündigt, worauf sich die Stimmung in der Kabine schlagartig veränderte. Die meisten ziehen sich in eine meditative Panik zurück, schließen die Augen, umklammern die Armlehnen oder falten die Hände und sind nicht mehr bereit, sich zu unterhalten. Sie machen sich klein. Siona stieg als letzte in das Flugzeug.

Sie ist erst im letzten Moment am Flughafen aufgetaucht; wir gingen uns wie abgesprochen aus dem Weg. Sonne streift durch die Maschine, aber auch das kann die Anspannung nicht lösen. Die Passagiere warten darauf, daß die Schaukelei beginnt, damit sich ihre Angst auch wirklich gelohnt hat. Siona bewegt ihren Kopf, hebt ihr Gesicht in die Sonne, die flach über die Wolkendecke scheint. Ich kann ihren Hinterkopf sehen. Sie trägt eine dunkle Mütze, weil sie weiß, daß ihr Glatzkopf auffällt. Ich sitze auf Platz 11 E. Verdränge jeden Gedanken an Constanzia, was dazu führt, daß ich Lingen vor mir sehe. Sein Schädel ist naß. In seinen Mundwinkeln klebt bestimmt Speichel. Das Licht über dem Meer ist weich, demnächst wird die Sonne untergehen. Dann wispert der Pinienwald wie in den anderen Nächten auch, zischelt, flüstert Namen, Mädchennamen. Läßt die Wände unserer Zelte tanzen, die Gestänge unserer Liegen knarren und Äste wippen, als winkten sie uns aufgeregt zu: ›Gebt acht Mädchen, gebt acht!‹ Michael sitzt allein am Tisch, das Windlicht neben sich. Er schreibt einen Brief; wem schreibt er einen seitenlangen Brief, an wen denkt er, während ich hinter Lingen stehe?

»Darf ich Ihnen eine Zeitung geben?« fragt die Stewardeß.

Wie lange habe ich keine Schweizer Zeitung mehr in der Hand gehabt? Der Schriftzug der »Neuen Zürcher Zeitung« erinnert mich an meinen früheren Beruf. Den Geruch und die Farbe der Bleilettern und meiner schmutzigen Hände. Das Gewicht der Schriftkästen, die getippten Manuskripte und die Fahnenabzüge mit der verschmierten Druckschrift und den Zeichen des Korrektors. Die Meldung, die uns betrifft, springt mir sofort in die Augen, ich brauche nicht danach zu suchen. Eine lächelnde Stewardeß schließt den Vorhang, der die beiden Klassen trennt. Ich verstehe kein Wort von dem, was der Pilot über die knisternden Bordlautsprecher verkündet, aber es wird eine Entwarnung sein. Der Mann neben mir stößt ein befreites Lachen aus und öffnet die Aktenmappe, die auf seinem Schoß liegt.

Rätselhafte Morde an irischen Geistlichen
DUBLIN, 1. AUGUST (REUTERS) Eine 78jährige Ordensschwester wurde gestern abend in ihrem Zimmer des Dubliner-Altersheimes ihres Ordens ›Sisters of Mercy‹ tot aufgefunden. Laut Polizeiangaben lag sie mit durchschnittener Kehle nackt in ihrem Bett. Am selben Abend wurde auch die Leiche eines Mönches der ›Christian Brothers‹ in seinem Privathaus in Cork gefunden. Der 73jährige Ordensbruder war ebenfalls erstochen worden. Die Polizei geht davon aus, daß zwischen den beiden Morden ein Zusammenhang besteht. An beiden Tatorten wurde mit Blut ein Zeichen an die Wand geschrieben. Sowohl die ›Sisters of Mercy‹ wie auch die ›Christian Brothers‹ waren in letzter Zeit in die Schlagzeilen geraten, weil sie Zöglinge mißhandelt haben sollen.

Kurz vor Luzern fährt Siona von der Autobahn und hält bei einer Raststätte. Sie ist müde und aggressiv, denn sie ist nicht gewohnt, auf der rechten Seite zu fahren. Sie muß den Kleinwagen fahren, den wir auf ihren Namen gemietet haben. Für Catherine Dubois hat Fisnish keinen Führerschein organisiert. Es riecht nach Gras. Vor dem Toilettenhäuschen sitzt ein älteres Paar an einem Tisch. Sie kauen an ihren belegten Broten und sehen uns mißtrauisch zu.

Siona hat bisher kaum geredet, aber sie sucht meine Nähe, sieht mich immer wieder an, sucht Bestätigung, Beistand. Sie ist blaß, und ihre Bewegungen wirken schläfrig. Ich habe ihr nicht gesagt, daß wir einen Umweg fahren; ich will mein Elternhaus sehen und die Kirche und die Wege, die ich früher gegangen bin. Wir werden im Auto übernachten, in irgendeinem Waldstück.

»Ich hatte Mitleid mit ihr.«

Eine junge Frau sitzt auf der Kühlerhaube eines Kabrioletts, das am anderen Ende der Raststätte steht. Sie hat ein Buch in der Hand.

»Hat dich jemand gesehen?«

»Ihr Zimmer war so winzig. Und sie hat mich nicht einmal erkannt. Sie war so unglaublich klein, wie aus Papier. So leicht.«

»Hat dich jemand gesehen, Siona?«

»Sie hat nach Lavendelseife gerochen. Das ganze Zimmer stank danach.«

»Was hast du mit dem Messer gemacht?«

»Ich hab kein Messer.«

»Aber du hast sie erstochen.«

»Sie hat nicht einmal geschrien. Unter ihrem Kopfkissen lag ein Plüschigel.«

»Und das Messer?«

»Ein Andenken aus Lourdes. Lag in ihrem Schreibtisch. Wahrscheinlich hat sie damit ihre Briefe geöffnet.«

»Du hast es mitgenommen?«

»In den Liffey geworfen. Sie hat mich gar nicht erkannt. Nicht einmal meine Nummer. 73. 73. 73. Drecksau. Sie hat nicht mal um ihr Leben gebettelt. Nix. Nur gebetet. Ich hab sie gehaßt, als Kind.«

»Du haßt sie immer noch.«

»Wohin gehen wir eigentlich danach?« fragt sie.

Plötzlich hat sie Tränen in den Augen. Das Paar setzt sich in seinen Wagen. Der Mann startet den Motor, fährt aber nicht weg. Sie sehen zu uns herüber. Danach. Das Wort macht mir angst. Siona läßt die Arme hängen und macht keine Anstalten, ihre Tränen vor mir zu verbergen. Als ich sie in den Arm nehmen will, wendet sie sich ab und geht zu unserem Mietwagen. Im selben Moment fährt der Mann endlich los. Er sieht starr auf die Straße, seine Frau senkt feige den Blick. Schafe. Siona öffnet den Kofferraum und nimmt etwas aus ihrer Reisetasche. Rollt mit den Schultern, nachdem sie sich wieder aufgerichtet hat. Die Abendsonne modelliert die Wiesenhänge und Berge hinter ihr, überflutet sie mit goldenem Licht.

»Herzlichen Glückwunsch zum Geburtstag«, sagt sie und drückt mir einen Schokoladekuchen in die Hand, der in Plastikfolie eingeschweißt ist.

Ich öffne die Verpackung mit den Zähnen und breche den Kuchen in zwei Hälften. Verkehr rauscht. Die Felder regen sich im Wind. Sionas schuldbewußtes Gesicht ist bronzefarben, sie wartet auf das erlösende Wort.

Wenn ich an meine Heimatstadt denke, denke ich vor allem an den Berg, der sie beherrscht, Claudia. Er ist immer da, vor allem bei Nebel. Man weiß, daß er direkt hinter den Häusern der Stadt in den Himmel wächst. Schroff, breit und machtvoll in seiner Schönheit. An bestimmten Tagen verwandelte die Sonne die Schneefelder auf seiner Spitze in Metallkappen. Dann sah man auch die Tragseile der Seilbahn, die sich über den Talboden schwangen und in der Nordwand verschwanden. Der Pilatus beherrscht Luzern. Aber aus unserem Haus konnten wir ihn trotzdem nicht sehen. Die Kirche stand uns im Weg. Wir lebten buchstäblich in ihrem Schatten.

Als Siona und ich in Luzern ankamen, war es bereits dunkel.

Wir hielten direkt vor unserem ehemaligen Haus. Es stand immer noch leer. Vater hatte es an einen Unternehmer verkauft, der seither vergeblich auf die Bewilligung für den Wohnblock wartete, für den unser Grundstück gerade groß genug war. Alle Fensterläden waren geschlossen, die Tür hatte man mit Brettern zugenagelt. Das Haus war in schlechtem Zustand. Einzelne Dachziegel fehlten, an mehreren Stellen löste sich der Putz. Unter dem Giebel klebte ein Schwalbennest. Schließlich stieg Siona aus. Ich blieb noch eine Weile sitzen, dann folgte ich ihr. Der Garten meines Vaters war verwildert. Die Brombeerranken hatten sich in alle Richtungen ausgebreitet, seine Beete waren voller Unkraut, und das Gras stand hüfthoch.

Der Anblick war nicht etwa deprimierend, Claudia.

Er war tröstlich. Es gab keinen Ort, an den ich zurückkehren konnte. Wir gingen um die Kirche herum. Es war mir egal, daß die Türen verschlossen waren. Ich wollte die Kirche gar nicht betreten. Ich schenkte mir auch die Wege meiner Kindheit, die ich ja als Erwachsene ebenfalls tagtäglich gegangen war. Wir setzten uns in den Mietwagen und fuhren weiter. Auch auf den Anblick von Lingens ehemaligem Pfarrhaus verzichtete ich. Ich wußte schließlich, wo er jetzt lebte.

Luzern war nicht länger mein Ort, Claudia.

Ich erkannte die Straßen, durch die wir fuhren, sah Häuser und Geschäfte, die mich an früher erinnerten, und es war mir egal. Auf der Seepromenade war das übliche Gedränge eines warmen Sommerabends. Im Hafen lag ein Ausflugsschiff, auf dessen beleuchtetem Deck getanzt wurde. Es roch nach Zucker-

watte. Der Pilatus nahm Siona den Atem. Ich sah ihren Blick in die Höhe wandern, als wir über die Seebrücke fuhren. Der mächtige Felsklotz machte sie nervös. Er war zu groß und zu dunkel. Sie nahm ihn als Zeichen des Unheils wahr, das sah ich ihr an. Sie fuhr beinahe im Schrittempo über die Brücke, um den Berg möglichst lange betrachten zu können. Das Abendlicht machte ihn unwirklich, gleichzeitig wußte Siona genau, daß er keine Erscheinung war.

Sie brauchte mehr als eine halbe Stunde, um die Sprache wiederzufinden. Machte einen Buckel, während sie fuhr, und sah so lange in den Rückspiegel, bis er wirklich nicht mehr zu erkennen war.

»Es war richtig, sie zu töten«, sagte sie dann, Claudia.

3. AUGUST

Das Ruderboot taucht aus dem Nebel und gleitet so nahe am Ufer entlang, daß sich der Mann bücken muß, sonst schlagen ihm die Zweige der Bäume den Anglerhut vom Kopf. Sionas rechte Hand liegt an meinem Hals, so bin ich erwacht. Sie atmet flach und regelmäßig, und ihre Hand bewegt sich bei jedem Atemzug. Der Mann sieht in unsere Richtung, natürlich hat er unser Auto entdeckt. Wir haben es am Ende der Forststraße zwischen die Büsche gefahren. Erkennt er, daß die Scheiben beschlagen sind? Oder hält er es für den Nebel, der sich langsam verzieht? Er hebt die Ruderblätter aus dem See, stößt sich dann aber ab, weil er beinahe auf Grund fährt, und rudert weiter. Sionas Mund steht leicht offen. Sie hat sich mit ihrem Pullover zugedeckt, ihre Gesichtshaut ist wächsern. Ich habe Erbarmen mit ihr. Sehe sie im Halbschlaf um Vergebung betteln, allein auf einem Kasernenhof kniend, Fisnish anhimmelnd, Rosenkränze in den Händen.

Als ich wieder erwache, hat sich der Nebel aufgelöst. Die Sonne steht jetzt so hoch am Himmel, daß sie bis auf den Waldboden dringt. Siona hat ihren Sitz hochgedreht und bläst den Rauch ihrer Zigarette aus dem offenen Fenster. Es ist heiß, über dem Hallwiler See tanzen Mückenschwärme. Die Duftkiefer, die am Rückspiegel baumelt, schaukelt hin und her.

»Ich wollte immer eine andere sein«, sagt Siona.

»Was für eine andere?«

»Als die, die ich bin. Schon als Kind. Mit einem eigenen Zimmer mit Teppich und Wandschränken voller Kleider und Puppen. Rosa Pullis. Liebesbriefe in alten Schuhschachteln.

Haarbürsten mit goldenem Griff. Pferdebilder. Einen Hamster. Jeansröcke. Rosa Strumpfhosen. Ein Tagebuch. Du hast garantiert ein Tagebuch gehabt. Mit Schloß und Schlüsselchen.«

»Nein. Einen Hamster auch nicht.«

Plötzlich fällt mir wieder ein, daß ich nicht weiß, wie die Handschrift meiner Mutter aussah. Sie hat nie etwas für mich aufgeschrieben, kein einziges Wort, das mir galt. Keinen Brief, keine Postkarte, auch keinen Glückwunsch. Vaters Schrift ist klar und aufrecht. Er schrieb mir Hunderte kleiner Botschaften, die er auf den Küchentisch legte. Ich wußte immer, wo er war, was er tat, wann er zurückkam. Seine Schrift war auf Hilfslinien nicht angewiesen. Er schrieb auf unlinierte quadratische Blätter, Schnittabfälle aus der Buchbindereiabteilung. Rechtfertigte jeden seiner Schritte und band mich damit an ihn. Ich weigerte mich, diese Gewohnheit anzunehmen, und bewahrte mir damit einen kleinen Rest Freiheit.

»Aber einen Vater hast du.«

»Wir sind anders als die anderen«, sage ich ohne nachzudenken.

»Und du redest genau wie er«, sagt sie, startet den Motor und setzt das Auto auf der Forststraße zurück.

Kurz nach 22 Uhr verläßt Lingen sein Haus. Er trägt einen Sommermantel und hat einen Dackel an der Leine. Er geht sehr langsam, zieht sein linkes Bein nach und hat offensichtlich Schmerzen. Obwohl der Hund winselnd darum bettelt, streichelt Lingen ihn nicht. Wahrscheinlich kann er sich nicht bücken. Er bleibt alle paar Schritt stehen, redet auf den Dackel ein und füttert ihn mit Biskuits, die er ihm zuwirft.

Lingens Haus liegt ganz in der Nähe der Strafanstalt am Rand von Lenzburg an einer wenig befahrenen Landstraße. Durch die Fenster an der Vorderseite sieht er genau auf den kegelförmigen Hügel und das Schloß, das sich darauf ausbreitet. Sein Grundstück grenzt an eine Gärtnerei, die ihrerseits an einen Friedhof anstößt. Das wird mein Fluchtweg sein. Siona wartet mit dem Auto in einer stillen Nebenstraße beim Bahnhof, die ich zu Fuß in fünfzehn Minuten erreichen kann. Von dort sind wir sofort auf der Autobahn.

Bis auf die Lampe über dem Eingang brennt kein Licht im Haus. Lingen lebt mit ziemlicher Sicherheit allein. Die ältere Frau, die kurz vor dem Mittag mit einer vollen Einkaufstasche auftauchte, ist am frühen Abend gegangen. Ich sitze seit zwölf Stunden auf dem Dachboden eines Schuppens, der zur Gärtnerei gehört. Die Arbeiter, die immer wieder Werkzeuge, Dünger oder Säcke voller Erde aus dem Schuppen holten, haben mich genausowenig bemerkt wie Lingen, der mit seinem Dackel direkt unter meinem Fensterchen vorbeigeht. Er hat stark abgenommen. Sein Haar ist weiß und fällt ihm bis auf die Schulter. Die Luft in dem Schuppen ist schwer und süß. Ich werde die Scheibe zerschlagen müssen, die Gärtner haben das Tor mit einem Vorhängeschloß verriegelt. Ich erwarte Lingen in seinem Haus. Wir sind unsichtbar. Aber wir sind da. Wir existieren. Kehren zurück, zurück in Zelte, welche die italienische Sonne aufgeheizt hat, weil wir immer wieder zurückkehren, um zu tun, was man uns befiehlt.

Ich darf Dich nicht belügen, Claudia. Ich habe Lingen getötet. Ich stieg durch ein offenes Fenster in sein Haus und sah mich im Dunkeln um. Die meisten Möbel, Ölgemälde und Teppiche erkannte ich wieder. Lingens Bibliothek war um die Hälfte geschrumpft: Die Bücher, die im Pfarrhaus einen großen Raum gefüllt hatten, fanden nun Platz in einem engen Wohnzimmer, in dem auch der Fernseher, das Telefon und ein Aquarium standen. Das Haus war sauber, die Teppiche frisch gesaugt, die Möbel abgestaubt. Auf dem Tisch im Flur lag ein Geschenkpaket mit einer Geburtstagskarte, die ich aber nicht las. Ich entschloß mich, in einem Zimmerchen unter dem Dach zu warten. Der Raum wurde wahrscheinlich als Gästezimmer benutzt. Das schmale Bett war frisch bezogen, an der Wand hing ein Kruzifix, und auf dem Nachttischchen lag die Bibel. Der Kleiderschrank war bis auf eine Wolldecke leer.

Ich brauchte nicht lange zu warten. Saß mit geschlossenen Augen auf dem Boden und hörte schon bald, wie Lingen die Haustür aufschloß, das Licht im Flur andrehte und laut mit seinem Hund redete. Bevor er sich schlafen legte, setzte sich Lingen vor den Fernseher im Zimmer direkt unter mir. Er hatte ihn so laut gedreht, daß ich jedes Wort verstehen und mir die Schauspieler und Bilder dazu vorstellen konnte. Wenn Lingen lachte, bellte der Dackel. Gegen Schluß des Filmes klingelte das Telefon. Lingen ließ es ziemlich lange läuten, bis er sich ächzend aus seinem Sessel hochkämpfte und abhob. Das Gespräch dauerte keine zwei Minuten, und ich hörte nicht, was Lingen sagte, weil der Fernseher seine Stimme übertönte. Bald darauf schaltete er den Apparat aus, obwohl der Film noch nicht zu Ende war. Das Licht im Treppenhaus ging an, und er stieg in die Küche hinunter. Die Pfoten des Hundes kratzten zuerst über die Holzstufen und dann über Fliesen. Daß der Dackel in der Küche schlief, begriff ich erst, als Lingen wieder die Treppe hochkam. Er war allein. Den Hundekorb in der Küche hatte ich übersehen. Lingens Schlafzimmer war direkt neben dem Gästezimmer. Er ging hin und her, öffnete das Fenster, zog Schubladen heraus, schloß sie wieder und redete mit sich selbst. Seine Stimme war weich und sympathisch. Einmal lachte er kurz auf. Ein Feuerzeug klickte, ich hörte, wie Lingen Rauch ausstieß und hustete. Dann knarrte das Bett, er klopfte das Kissen zurecht, die Decke raschelte, und er löschte das Licht.

Ich wartete eine weitere Stunde. Das Schnarchen stammte nicht von Lingen, sondern von seinem Hund. Woran ich dachte? An Dich, Claudia. Und an Michael und unsere Zeit auf Elba und in unserem Keller. Seinen mageren Jungenkörper. Seine warmen Hände. Die Klinik in den Bergen. Die Hebamme, die sich über mich beugte, ihr verschlossenes Gesicht, ihren Blick. Deinen roten, faltigen Körper. Deinen Mund, die Felswand im Fenster. Die Lederhände der Nonnen, mein Blut im Schnee und auf Michaels Hosenbeinen. Deine verschrumpelten Fußsohlen, Zehen. Das Pferd, Deinen zornigen Schrei. Den Futtersack, der sich bewegte.

Ich habe Lingen erstickt, Claudia.

Er erwachte nicht, als ich sein Zimmer betrat und an sein Bett trat. Auch der Hund schlief weiter. Ich hörte, wie er schnarchte, drückte die Tür aber trotzdem ins Schloß. Lingen lag auf dem Rücken, schlief mit offenem Mund. War so mager, hilflos. Er erwachte nicht einmal, als ich mich über ihn beugte. Ich mußte ihn wachrütteln. Ich wollte, daß er mich ansah und erkannte. Er trug ein Haarnetz. Er öffnete die Augen, wirkte einen Augenblick verstört, aber gelöst, dann sah ich das Entsetzen, das ihn überkam, die bodenlose Angst. Er hatte mich erkannt und schüttelte den Kopf. Sein Blick schweifte durch den ganzen Raum, kehrte zu mir zurück. Instinktiv hob er beide Hände, um das Gesicht zu schützen. Seinen Schrei erstickte ich mit dem Kissen, das neben dem Bett auf einem Sessel lag. Er hat mich erkannt. Meine Hände. Meinen Atem. Er schlug um sich, traf mich am Hals und an der Nase, allerdings nicht stark genug, um mich aus dem Gleichgewicht zu bringen. Er war zu schwach für mich. Seine Beine zappelten, er trat nach mir und traf mich im Rücken. Der Schlag nahm mir den Atem, und ich ließ das Kissen für einen Moment los.

Das Kissen, das sah ich erst jetzt, war bestickt.

Lingen wehrte sich nicht wirklich. Ich hoffte, daß er aufgegeben hatte. Seine Hände öffneten und schlossen sich. Das Muster der Vorhänge schaukelte über die Wand hinter dem Bett, daneben nickten die Schatten der Äste vor dem Fenster.

Als es vorbei war, setzte ich mich in den Sessel.

Lingens Kleider lagen zusammengelegt auf der Kommode. Seine schwarzen Halbschuhe standen am Fußende des Bettes, die Pantoffeln vor dem Nachttischchen. Als ich seine Beine zudeckte, bemerkte ich, daß er Socken trug. Ich brachte es nicht fertig, das Kissen von seinem Gesicht zu nehmen:

›Ich will den Herrn loben, solange ich lebe,
will meinem Gott singen, solange ich bin.‹

Ich brachte es auch nicht fertig, Lingen zu verletzen, um unser Zeichen mit seinem Blut an die Wand zu malen. Zuerst dachte ich daran, das Zeichen zu vergessen und einfach zu verschwinden. Aber dann sah ich den Rosenkranz, der auf dem Schreibtisch neben einer Füllfeder und einem ledergebundenen Buch lag. Ich zerriß ihn und ordnete die Perlen so auf der weißen Bettdecke an, daß sie unser Zeichen bildeten. Calcinare. Verglühen. Auslöschen.

Der Dackel erwachte erst, als ich in die Küche trat. Er sprang bellend auf die Beine und ging knurrend auf mich los. Ich packte ihn am Halsband, zerrte ihn durch den Flur, öffnete die Tür zum Keller, schubste ihn auf die Treppe und machte die Tür zu. Sein klägliches Jaulen und die Pfoten, die in rasender Wut über die Holztür kratzten, waren die letzten Geräusche, die ich in Lingens Haus hörte, Claudia.

4. AUGUST

Das Rustico steht in einem Kastanienwald am Ende des Val Colla. Lugano ist nur ein paar Kilometer entfernt, aber wir sind trotzdem am Ende der Welt. Es regnet seit Stunden. Zwischen den Bäumen am gegenüberliegenden Hang steht Nebel, das nasse Sägemehl vor dem Schuppen ist dunkel und hat die Farbe von Teeblättern. Das Rustico ist feucht und ungemütlich, durch die kleinen Fenster dringt kaum Tageslicht.

Das Bad ist voller Spinnen und Käfer, auf dem kurzen steilen Fußweg durch den Wald haben wir zwei Ringelnattern gesehen, das war, bevor der Regen kam. Als wir den Tisch und die Stühle aus dem größten Raum in den Korridor hinaustrugen, fanden wir einen toten Feuersalamander. Das Gelb der Punkte war blaß und erloschen, der schwarze Körper ausgetrocknet. Stoner hat ihn aus dem Fenster geworfen. Der Fleck, der zurückblieb, befindet sich genau in der Mitte des Teppichs. Das Geräusch der Tropfen auf den Granitsteinen des Daches wirkt einschläfernd. Dabei können wir kaum ruhig sitzen. Wir wollen erzählen. Was wir getan haben, ist zu groß für uns. Wir müssen es loswerden, indem wir darüber reden. Das weiß Fisnish. Er spannt uns auf die Folter, darum lächelt er. Regen schlägt gegen die Scheiben. Wir sitzen im Kreis auf dem Boden, mit nackten Füßen, unsere Arme berühren sich, auch wenn wir uns gar nicht bewegen. Gerard nickt im Sitzen ein, immer wieder ist er für Sekundenbruchteile weg, dann fährt er hoch, schüttelt den Kopf und sieht sich schuldbewußt um. Hat er nicht dasselbe hinter sich wie wir anderen? Unsere Gesichter glühen, wir legen uns die

Sätze zurecht, die beschreiben sollen, was uns geschehen ist, darum bewegen wir die Lippen. Wir reden mit uns selbst, stehen uns Red und Antwort in einer Art Dauergebet.

»Wir sind die düstere Last auf der Seele der katholischen Kirche.«

Fisnish lächelt. Er ist Gebieter über die Zeit, über unsere Zeit. Er bestimmt, wann wir unsere Geständnisse loswerden dürfen. Ihm gilt unsere Gehorsamkeit. Ihm und Gott, an den wir ebenfalls glauben.

»Kirchen gehören zu den Gebäuden, die von den Regierungen aufgestellt werden, um die Enttäuschung der Massen in Schach zu halten. Genau wie Gerichtsgebäude, Regierungspaläste, Diskotheken und Fußballstadien. Man soll die Kruzifixe verbrennen, statt Christi Marterholz zu verehren. Gott ist nur denen gnädig, die es verdienen, die sich aus dem Glauben rechtfertigen.«

Wir sind diejenigen, die an das glauben, was wir tun. Der Regen klingt wie das Trippeln vieler kleiner Füße. Es ist jetzt zu dunkel, um die Gesichter der anderen zu sehen. Fisnish hat gelernt, sich selbst zu ertragen, mit sich selbst fertigzuwerden. Davon sind wir weit entfernt. Siona bewegt ihren rechten Arm, streichelt mich auf diese Weise. Stoner räuspert sich, setzt sich anders hin. Der Teppich riecht nach Reinigungsschaum.

»Im Gesicht unserer Opfer erkennen wir uns selbst«, sagt Fisnish.

Ich habe es nicht fertiggebracht, mir Lingens Gesicht noch einmal anzusehen. Denke an die zappelnden Beine, seine Socken. Sehe Mutter vor mir: Sie kniet still neben mir, der Rosenkranz fesselt ihre Hände, sie nickt und murmelt, nickt und murmelt, die Hände sind ihr gebunden, sie kann mich nicht abwehren, als ich sie in den Arm nehme und drücke, drücke, so fest ich kann.

»Und? Hast du dich wiedererkannt, Gerard?«

Gerard schreckt hoch und verschluckt sich. Er hört erst auf zu husten, als ich ihm auf den Rücken klopfe. Er ist völlig verspannt, sein Rücken steinhart.

»Ich konnte nicht.«

»Was konntest du nicht?«

»Ihn ansehen.«

»Dich ansehen«, sagt Fisnish sanft.

»Mich ansehen.«

»Und warum nicht? Ich kann es doch auch. Sieh mich an, Gerard.«

Wohin gehen wir danach? Wer nimmt uns auf, wenn alles vorbei ist? Er hat uns nicht beigebracht, allein zu sein. Hat uns bloß die Vision gegeben, die sich unseren Zweifeln entgegenstellt.

»Weil ich Angst bekam. Er hat. Ich hab mich über ihn ...«

»Scht, scht. Ich weiß, was ihr durchgemacht habt. Du brauchst es mir nicht zu erzählen. Ich weiß es. Ich war dabei. Mit jedem von euch. Bei euch.«

»Ich bin aber weiter gegangen«, sagt Stoner, »du hättest mich sehen sollen.«

Fisnish schlägt ihm mit der flachen Hand seitlich auf den Kopf, knapp über dem Ohr. Stoners Kopf zuckt zur Seite, viel zu stark, denn der Schlag war nur schwach. Stoner braucht einen Augenblick, dann hat er sich wieder in der Gewalt und sieht Fisnish offen an. Sein Ohr ist rot.

»Ich hab dich gesehen. Der gerechte Zorn mobilisiert all unsere Kräfte, nicht wahr, Stoner?«

»Ja, das tut er.«

»Da gehen die Menschen hin und bewundern die Höhen der Berge, die gewaltigen Wogen des Meeres, den breiten Fall der Flüsse, den Umfang des Ozeans, das Kreisen der Gestirne und vergessen sich selbst darüber, was?«

»Die anderen schon. Aber wir nicht«, sagt Stoner.

»Aber wir nicht«, wiederholt Fisnish.

Vor den Fenstern ist es dunkel. Der Regen hat aufgehört. Der Wind schüttelt Tropfen aus den Bäumen und weht sie gegen das Glas. Siona bewegt ihren Arm immer noch. In Dublin hätten wir es noch in der Hand gehabt, einen anderen Weg einzuschlagen. Ich bin hungrig und durstig. Die Müdigkeit ist verflogen, auch wenn ich meine Geschichte nicht loswurde. Ich werde sie erzählen müssen, das ist mir bewußt. Die Wände des Rusticos sind leer und weiß. Im ganzen Haus gibt es nicht ein Bild, keine Photographie, keinen Kalender, keine Bücher, Schallplatten oder CDs. Nicht einmal die Bibel.

»Am nächsten Sonntag ist es soweit. Johannes Paul II. besucht eine römische Pfarrei, morgens, damit er pünktlich zum Angelus im Petersdom zurück sein kann.«

»Welche Pfarrei?« fragt Lea.

»Er wird die Kinder der Katechismusschule besuchen, zwei, drei Lieder mit ihnen singen und Fragen beantworten. Dann feiert er mit der Gemeinde die Eucharistie. Aber vorher begrüßt er die Gläubigen, die an der Absperrung der Polizei auf ihn gewartet haben und ihm zujubeln. Johannes Paul II. ist ein Papst des Volkes. Er sucht den Kontakt und liebt es, stehenzubleiben. Er schüttelt die Hände, plaudert, fährt einem Kind über den Kopf, schüttelt noch mehr Hände, erteilt den Segen, führt einen kurzen Wortwechsel, schüttelt schon wieder Hände und läßt sich anfassen und berühren.«

»Wer macht es?« fragt Pierrette.

»Am liebsten unterhält sich Johannes Paul II. mit Kindern oder Nonnen und Ordensschwestern.«

»Wer darf es tun?« fragt Lea.

»Bei uns ist jeder wie alle anderen.«

»Wer?« fragt Stoner.

Die Dunkelheit schützt uns. Der Boden ist kühl, die Luft schwül. Manchmal hört man ein Auto auf der Straße, die nach Lugano führt, wie mir erst jetzt auffällt. Die Ringelnattern lagen auf einer Steinplatte, waren gesprenkelt von der Sonne wie unsere nackten Arme und Gesichter.

»Christa wird unsere Nonne sein.«

Ich habe den Klang meines Namens nie gemocht. Verkroch mich hinter dem Schrank, wenn Mutter ihn rief. Meinen Namen.

»Und du wirst mit ihr durchs Feuer gehen, Stoner.«

Siona zieht ihren Arm zurück. Pierrette hebt beide Arme, läßt sie in der Luft schweben und dann fallen. Gerard sitzt reglos neben mir und blickt in seine Hände.

Ich lernte Fisnish in einem Antiquariat in Lausanne kennen, Claudia. Es war ein dunkler Herbsttag mit einem Wind, der den Regen als Schleier über den Lac Léman trug, Schirme umdrehte und die Menschen in warme Restaurants und Geschäfte trieb. Ich war wochenlang jeden Tag an dem Antiquariat vorbeigegangen und hatte es an jenem Tag zum ersten Mal betreten. Durch das vollgestellte Schaufenster drang kaum Tageslicht, und auch die Lampen mit Blechschirmen sorgten eher für eine gemütliche Stimmung denn für Helligkeit. Der Laden war eng und verwinkelt, die Decke so tief, daß ich unwillkürlich den Kopf einzog. Es dauerte fast eine halbe Stunde, bis ich den Antiquar bemerkte. Er hockte hinter einem Pültchen in der Ecke des Raumes und war mit Büchern, Magazinen und Manuskriptstapeln regelrecht eingemauert. Ich erschrak zu Tode, als das Köpfchen des alten Mannes plötzlich auftauchte und er sich blinzelnd nach meinen Wünschen erkundigte. Ich ließ das Buch fallen, das ich in der Hand hatte.

»Keine Angst, Madame«, krächzte der Alte, »Antiquare beißen nicht.«

Dann verzog er sich wieder hinter seinem Pult.

Ich weiß nicht, wie lange ich in dem Geschäft blieb. Der Regen schlug gegen die schmutzige Scheibe, und ich vergaß die Zeit. Als ich das nächste Mal den Blick hob, war es draußen dunkel geworden. Das Licht einer Straßenlampe warf einen gelben Schimmer über den Boden und das Regal neben mir. Vor dem Regal stand ein Mann. Ich hatte weder bemerkt, daß er das Antiquariat betreten hatte, noch daß er neben mir stand. Mit einem Mal kam mir das Geschäft beklemmend klein vor. Es war nicht groß genug für den Antiquar, den Fremden und mich. Er blieb nur einen Augenblick neben mir stehen, gerade so lange, wie man braucht, um ein Buch ins Regal zurückzustellen. Dann verschwand er zwischen den Regalen. Ich spürte seine Nähe, wollte gehen und blieb doch wie angewurzelt stehen. Wasser rauschte durch ein Abflußrohr, die Tropfen auf dem Glas klangen wie Schläge eines Hämmerchens.

»Eine wunderbare Ausgabe«, sagte der Mann.

Es ist mir bis heute ein Rätsel, wie er hinter mich treten konnte, ohne daß ich es mitbekam. Im ersten Moment dachte ich, der Mann sei blind. Sein Blick war absolut leer. Er sah durch mich hindurch. Dann begriff ich, daß er in mich hineinsah. Es war unmöglich, seinem Blick standzuhalten. Was Gesichter betrifft, muß man streng sein, Claudia. Das wußte ich, seit ich ein Kind war. Er war nicht schön, er war eindrücklich. Ich sah dem Mann an, daß er es gewohnt war, allein zu sein, und daß er die Einsamkeit nicht fürchtete, sondern genau kannte.

Ich machte das Buch zu und wollte es zurückstellen, aber er nahm es mir aus der Hand. Er roch eigenartig. Um den Geruch einordnen zu können, schloß ich für einen Augenblick die Augen, Claudia.

»Ist Ihnen nicht gut?« fragte er und legte mir die Hand auf die Schulter, als müsse er mich stützen.

Er roch nach Puderzucker und Weihwasser. Ich hätte mich

gerne von ihm in den Arm nehmen lassen, schüttelte aber bloß den Kopf. Er öffnete das Buch und blätterte darin.

»Wer mag wohl J. C. Madden gewesen sein?« fragte er.

Ich muß ihn sehr erstaunt angesehen haben, Claudia. Er lachte jedenfalls laut heraus und deutete dann auf die winzige, mit Bleistift geschriebene Zeile auf der ersten Seite der ledergefaßten Bibel. Hinter dem Namen stand die Zahl 1914 und ein Wort, das ich nicht entziffern konnte.

»Vielleicht ein Pfarrer«, sagte er.

Sein Französisch war fast perfekt. Er sprach sehr leise und schnell, ein atemloses Murmeln, das mich angenehm berührte.

»Sind Sie Engländer?«

»Nordire.«

»Aus Belfast?«

»Und Sie? Glauben Sie an Gott?«

Er blätterte in der Bibel, ohne hinzusehen, strich dann eine Doppelseite glatt und öffnete das Buch so weit, daß es knackte: »Le Livre de Ruth.« Zwischen den Seiten steckte eine kleine getrocknete Blume. Ich nickte.

»Sie haben Sorgen«, sagte er.

»Ich bin verzweifelt«, sagte ich, ohne nachzudenken.

In jener Nacht schliefen wir das erste und einzige Mal miteinander, Claudia. Wir nahmen ein Zimmer in einem billigen Hotel unten am See. Fisnish war alles andere als sanft zu mir. Er war rücksichtslos, als wolle er mich bestrafen und demütigen. Als ich ihm über das Gesicht streichen wollte, schlug er meine Hand beiseite, stand auf und ging ins Bad. Am anderen Morgen küßte er mich auf die Stirn und legte eine Rose auf das Kopfkissen. Er war bereits angezogen.

Ich sah ihm zu, wie er ans Fenster trat und hinaussah. Ich wußte, daß ich ihn nicht liebte, sondern verehrte, denn er würde mich retten. Dazu war er ausersehen. Das war seine Bestimmung.

Davon war ich damals überzeugt, Claudia.

»Du gehörst mir«, sagte er, »und du wirst mir gehorchen.« Zwei Wochen später besuchte ich das erste Seminar, das er leitete. Die kleine Gruppe traf sich in einem abgelegenen Gasthof im Jura. Fisnish machte kein Geheimnis daraus, daß er die katholische Kirche und ihre Würdenträger verachtete. Sein fanatischer Haß schreckte die meisten Teilnehmer ab, und sie kamen nicht mehr wieder. Ich folgte ihm in jedes seiner Seminare, Wochenende für Wochenende. Es dauerte über zwei Jahre, bis Fisnish verkündete, nun habe sich die Gruppe gefunden, an die er glaube.

* * *

Am 4. August 1996 mußte ich nach Narbonne. Die Medikamente waren mir ausgegangen. Am Tag zuvor hatte es mich erwischt: Georges fand mich am Strand. Als ich wieder zu mir kam, hielt er meine Hand, und mein Kopf lag in seinem Schoß. Seit Ihre Mutter weg war, war das Gleichgewicht unserer Gruppe zum Teufel. Sie hinterließ eine Lücke. Die Stimmung war nicht angespannt, sie war vergiftet. Wir gingen uns nur noch auf die Nerven und bekamen wegen jeder Kleinigkeit Streit. Ein falsches Wort genügte, schon ging es los. Mushroom verschwand kurz nach Ihrer Mutter. Daß er sich aus dem Staub machte, ohne sich von uns zu verabschieden, war uns egal. Aber er ließ Lamberts Schlafsack, das ganze Dope und ein paar Kleider mitgehen, und das war zuviel. Wir suchten zwei Tage nach ihm, und die Wut auf ihn schweißte uns noch einmal zusammen. Er kann von Glück reden, daß wir ihn nicht erwischten. Lambert hätte ihn wahrscheinlich totgeprügelt.

Ich nahm mein ganzes Gepäck mit nach Narbonne. Heimlich, damit es die anderen nicht mitbekamen. Ich hatte nämlich keine Ahnung, was ich machen sollte: Vielleicht trampte ich nach Barcelona, vielleicht blieb ich in Narbonne, und vielleicht hatte ich Lust, zu den anderen zurückzukehren. Ich wollte mir jede Möglichkeit offenlassen.

Ich holte meine Medikamente und setzte mich in ein Café am Kanal, um die Touristen zu beobachten und mir vorzustellen, wie sie wohl auf einen Feuerschlucker reagieren würden. Seit Ihre Mutter weg war, hatte ich die Keulen nicht mehr angerührt. Ein weißgeschminkter Clown äffte die Leute nach. Er ging ihnen hinterher, ahmte ihren Gang und ihre Gesten nach und erstarrte zu Stein, wenn sie sich umdrehten und ihn entdeckten. Der Typ war genauso peinlich wie das Mädchen, das mit zwei Bällen jonglierte und dazu auf einer Mundharmonika die Songs begleitete, die ihr Gettoblaster spielte. Es war lachhaft. Kurz bevor die Post zumachte, stellte ich mich in die Schlange vor dem ›Poste-restante‹-Schalter. Meine Schwester hatte mir seit mehr als fünf Wochen nicht mehr geschrieben; der Beamte konnte sich ein Grinsen nicht verkneifen, als er von den Ablagefächern an den Schalter zurückkam. Das Couvert meiner Schwester war rosa und mit Filzstiftherzen übersät. Ich konnte mir vorstellen, was sich der Mann dachte. Der zweite Umschlag sah amtlich aus: Der Aufdruck zeigte das schematische Skelett eines Tieres, das ich nicht erkannte. Darunter stand: Natural History Museum. Merrion Street. Dublin. Eire.

Der Brief war von Ihrer Mutter. Eigentlich wollte ich Ihnen diesen Brief zuerst nicht beilegen. Immerhin ist er neben dem weißen T-Shirt das einzige Erinnerungsstück, das ich an Ihre Mutter habe. Aber ich mache es trotzdem. Schließlich haben Sie nie einen Brief Ihrer Mutter erhalten. Sie werden aber bestimmt verstehen, daß ich Ihnen nur eine Kopie beilege:

Dublin, 1. August 1996

Lieber Erich
warum schreibe ich Dir, obwohl ich weiß, daß Du mir nie verzeihen wirst, was ich Dir angetan habe? Weil es mir leid tut. Weil Du mir fehlst. Es wird wie die dümmste Ausrede klingen, ist aber die Wahrheit: Wir haben uns zum falschen Zeitpunkt getroffen. Ich bin auf einem Weg, den Du nicht gehen darfst. Bin an einem Ort, der Deiner nicht sein kann. In einer anderen Phase meines Lebens hätte ich Deine Liebe angenommen – schließlich habe ich mich jahrelang danach gesehnt. Ich stehe am Abgrund.
Laß es Dir gutgehen, lieber Erich.
Ich vermisse Dich, Deine C.

Ich trampte am gleichen Abend zu den anderen zurück. Wollte an den Orten sein, an denen ich mit Ihrer Mutter gewesen war. Strand. Lichtung. Hauszelt. Bucht. Alains Bar. Die Rampe zum Strand. Ich fing sogar wieder an, mit dem Feuer zu arbeiten. Stand an derselben Stelle wie mit Ihrer Mutter und hoffte insgeheim, daß sie plötzlich neben mir stehen und wir unsere Feuerschwerter gemeinsam in den Nachthimmel blasen würden. Aber natürlich tauchte Ihre Mutter nicht wieder auf. Sie blieb verschwunden. Ich fuhr jeden Tag nach Narbonne – aber es kam auch kein zweiter Brief von Ihrer Mutter.

5. AUGUST

Die Panik kommt in Wellen über mich, und ich kämpfe darum, mir nichts anmerken zu lassen. Stoner sitzt bereits im Zug nach Rom; wir werden uns in einer sicheren Wohnung an der Piazza dei Cinquecento direkt beim Bahnhof Termini treffen. Dort werde ich in die Nonne verwandelt, die dem Papst den ewigen Frieden bringt, seine Erlösung. Zingulum. Wimpel. Skapulier. Weiß und schwarz. Schlicht und zweckmäßig. Die ihn tötet und damit unsterblich macht, die dafür sorgt, daß er für immer und ewig in die Geschichte eingeht. Ich bin diejenige, die Johannes Paul II. zum Märtyrer macht. Diejenige, die den Tod bringt, auch mir selbst.

Die Ordensschwester, die ein Korsett unter dem Habit trägt, in das drei Kilo Semtex eingenäht sind. Eine Bombe, die Stoner im richtigen Moment zünden wird. Wenn der Papst stehenbleibt, um nach meiner ausgestreckten Hand zu greifen. Wenn er mich lächelnd ansieht und seinen Kopf neigt, weil er hören möchte, was ihm die Nonne zu sagen hat. Wenn ich seinem Ohr so nahe bin, daß ich es berühren könnte, wenn er meine Hände freiläßt. So nahe, daß ich ihn küssen könnte. Warnen. Verdammen. Freisprechen. Meine letzten Worte werden die letzten Worte sein, die er hört.

Wir haben die ganze Nacht gebetet. Mit gesenkten Köpfen, eingeschlafenen Beinen und Armen, flehenden Stimmen und feuchten Handflächen. Als der Morgen dämmerte, hat Fisnish die Fensterläden und Gardinen geschlossen. Er wird die nächsten sieben Tage mit den anderen in dem abgedunkelten Rustico bleiben und für Stoner und mich beten und fasten. Es wird keine Welt mehr existieren. Es wird nur noch das kleine, dämmrige Haus in dem Kastanienwald geben. Die Gebete werden sich in der abgestandenen Luft erheben und jeden Winkel erfüllen, werden alles andere verdrängen und auslöschen, bis endlich jenes klare Bild erscheint, das eine Nonne und einen kräftigen Mann mit glattrasiertem Schädel zeigt. Das Paar, das sich aufgemacht hat, die Erlösung zu bringen. In Gedanken werden sie mit uns sein, bis es vollbracht ist. Was wir sehen, sehen auch sie. Was wir hören, hören auch sie. Bei uns ist jeder wie alle anderen. Jeden Atemzug werden sie mit uns teilen. Nur nicht den letzten. Den werden Stoner und ich mit dem Papst teilen.

Nach dem Mittag fährt mich Fisnish zum Bahnhof in Chiasso. Wir öffnen die Tür des Rusticos, und das Sonnenlicht fällt wie eine helle Klinge vom Flur in das dunkle Zimmer, in dem die anderen sitzen. Und das ist das Bild, das ich von ihnen mit auf die Reise nehme: Sie sitzen im Kreis auf dem Fußboden, halten sich an den Händen und sehen zu Fisnish und mir auf. Siona. Gerard. Pierrette. Lea. Blaß, übermüdet, euphorisch.

Der Fiat hat italienische Kennzeichen. Auf einem Rücksitz ist ein Kindersitz festgeschnallt, daneben liegt eine Plastiktüte. Lugano ist auf Ebenen von Licht und Schatten reduziert, die sich überlagern. Über dem See flirrt die Luft. Fisnishs ganze Aufmerksamkeit gilt mir, obschon er nicht mit mir redet. Er strahlt Zuversicht aus, Anteilnahme. Einmal legt er mir die rechte Hand aufs Knie, nachdem er geschaltet hat. Er läßt sie fast eine Minute liegen, ohne etwas zu sagen, dann wechselt er erneut den Gang und zieht sie zurück. In Chiasso fährt Fisnish am Bahnhof vorbei und parkt das Auto in einer Einbahnstraße.

»Du weißt, daß ich dich den anderen immer vorgezogen habe?«

Ich nicke. Es ist so heiß, daß mir der Atem stockt. Fisnish fährt sich über die Stirn und nimmt einen Umschlag aus der Innentasche seiner Jacke.

»Geld, Fahrkarte. Alles andere bekommt ihr in Rom. Hast du Angst?«

»Ja«, sage ich und bringe es nicht fertig, ihn anzusehen.

»Sieh mich an, Christa. Du sollst mich ansehen.«

Er nimmt mein Gesicht in beide Hände und zieht mich an sich. Seine Finger sind warm. Er drückt mein Gesicht an seine Brust und streicht mir über den Kopf. Ganz in unserer Nähe wird gehupt, einmal, zweimal.

»Wir lieben dich, Christa. Das darfst du nicht vergessen, ja?«

Ich nicke, und er läßt mich los. Dann nimmt er Erichs Hemd aus der Plastiktüte auf dem Rücksitz und drückt es mir in die Hand.

»Das gehört dir. Trag es unter dem Korsett mit der Bombe.«

DANACH

3. SEPTEMBER

Früher hatte ich Angst davor, von Dir zu träumen, Claudia. Angst, Dich vor mir zu sehen, Deine Stimme zu hören. Heute sehne ich mich danach, daß Du mir im Traum erscheinst, damit ich endlich weiß, wie Du aussiehst, wer Du bist. Aber ich träume nicht von Dir, Claudia.

Die Nacht ist windstill und ohne ein Licht.

Ich träume von Erich, von Vater, Fisnish und von Lingen, immer wieder von Lingen. Sehe seine strampelnden Beine, seinen entsetzten Blick, nachdem er mich erkannt hat, spüre seine Hände an meinem Hals, weil er um sein Leben kämpft, aber dann stehe ich wieder hinter ihm, das Pinienwäldchen flüstert Mädchennamen wie seit Ewigkeiten, und das Streichholz zeigt mir Lingens Bauch, über den der Schweiß rinnt. Warte darauf, daß das Streichholz in der Höhle seines Mundes verschwindet, warte auf die gnädige Dunkelheit, wie Lingen auf meine Hände wartet. Und der Schwefelgeruch brennt in den Augen, kratzt im Hals. Das Verlangen nach mir treibt ihm die Hitze auf die Stirn, so krächzt er wie ein altes dummes Weib, bis ihm das Kissen die Luft zum Betteln nimmt.

Ich habe Lingen getötet, Claudia, und ich bereue es nicht.

Denn man darf nicht vergessen.

Den Papst aber tötete ich nicht. Allerdings ging es mir nicht um sein Leben, sondern um meines. Ich entschied mich gegen den Tod. Ich konnte nicht tun, was man von mir verlangte. In Mailand stieg ich aus dem Zug und verkroch mich in einer Pension im Schatten der Kirche Sant' Ambrogio. Ich besuchte die Abendmesse, auch dafür hätte mich Fisnish verachtet. Saß inmitten alter, schwarzgekleideter Frauen, die den Ritualen der Messe andächtig folgten und mich natürlich an meine Mutter erinnerten. Für einen Moment spielte ich sogar mit dem Gedanken, die Beichte abzulegen.

Aber die Hoffnung ist genauso falsch wie die Verzweiflung, Claudia. Weder die ewige Finsternis noch das immerwährende Licht sind mein Ziel. Es ist das Aufblitzen von Liebe und Glück, es sind die kurzen Augenblicke der Erfüllung. Der Haß hat keinen Platz mehr, Claudia.

Am nächsten Tag flog ich von Mailand Malpensa nach London und danach weiter nach Belfast. Ich legte eine deutliche Spur, ohne es Fisnish allzu einfach zu machen. Er soll mich finden. Er weiß von dem Cottage. Er wird mich finden, ich erwarte ihn.

In der Nacht wird das Cottage nicht etwa größer. Es wird noch kleiner, zieht sich zusammen, und seine Wände schmiegen sich in der Dunkelheit an mich wie eine Haut, das war schon damals so. Im ersten Sommer haben Vater und ich im selben Raum geschlafen, aber schon in den zweiten Ferien bestand ich auf meinem eigenen Schlafzimmer. Und obwohl die Küche zwischen uns lag, konnte ich ihn hören, wenn er mitten in der Nacht aufstand und sich an den Küchentisch setzte, um zu lesen. Mittlerweile schreibe ich in dem Zimmer, das früher seines war.

Erich hat heute endlich zurückgerufen. Es wird ein paar Tage dauern, bis er hier ist. Er stellte keine Fragen, er traut unserer Liebe.

Es ist kühl, und ich höre, daß der Wind auffrischt. Er fährt durch die Hecken und zerrt an der Regenrinne vor meinem Fenster.

McGowan hat sich heute morgen für eine Woche verabschiedet. Er fährt mit seinem Sohn nach Cork, wo seine Tochter heiratet. Ein benachbarter Farmer wird sich um die Tiere und den Hof kümmern. McGowan hat mich nur gebeten, nach den angekette-

ten Hunden zu sehen, da er sie nicht mitnehmen kann. Wahrscheinlich bringe ich sie morgen hierher; sie können in der Küche schlafen. Ich war lange genug allein.

Das ist alles, was ich Dir auf diesem Weg zu sagen habe, Claudia.

Dreihundertsiebzehn maschinengeschriebene Seiten. Du wirst sie bekommen, sobald ich weiß, wer Du bist und wo Du lebst.

Wie Du wohl heißt, Claudia?

Sehen wir uns ähnlich?

Nein, ich träume nicht mehr von Dir, seit ich hier bin. In zwanzig Minuten ist es Mitternacht. Der Wind, der Wind. Bringt die Zelte zum Schaukeln, streicht über Arme und Beine, zaubert weiße Kronen auf die Wellen, die sich am Strand auflösen. Dort sitzt Michael auf seinem Klappstühlchen. Der Strohhut ist ein gelber Fleck, Michaels Gesicht liegt im Schatten. Der Blechkasten mit den Farben steht im Sand neben dem Wasserglas. Michael beugt sich über das Papier, den Pinsel in der Hand. Wenn er den Kopf hebt, sieht er mich. Ich tauche nur für ihn aus dem Meer, braungebrannt, die Arme ausgebreitet. Ein halbes Leben ist es her.

Der Wind trägt das wütende Geheul von McGowans Hunden zu mir herüber. Du warst so winzig, Claudia, als die Nonne Dich in die Höhe hob und aus dem Zimmer trug. Ich habe Dich kein einziges Mal berühren dürfen. Der Schnee lag meterhoch, und die Welt stand tatsächlich still. Ich werde mich schlafen legen und warten. Warten auf Dich, mein Kind.

Und auf ihn.

Man muß eine Geschichte erzählen, dann verliert sie ihren Schrecken.

McGowans Hunde haben sich beruhigt.

Ich muß meine Geschichte beenden und loslassen.

Müde bin ich, geh zur Ruh.

Die Küchentür springt auf, kracht gegen die Wand.
Das kann nicht der Win

* * *

Am 3. September ging ich in Alains Bar, um mich von ihm zu verabschieden. Ich hatte die Nase voll vom Leben auf der Straße und wollte nach Österreich zurück. Ich blieb nicht lange sitzen. Die müden Gesichter der ewig gleichen Trinker widerten mich an, und ich machte, daß ich rauskam. Ich war schon unter der Tür, als Alain mich aufhielt. Er fuchtelte mit einem Zettel herum, den er völlig vergessen hatte: Ihre Mutter hatte vor ein paar Tagen in der Bar angerufen und eine Nummer für mich hinterlassen.

Ich rief Ihre Mutter sofort an.

Sie versteckte sich seit fast einem Monat in dem Cottage in Irland, von dem sie mir so viel erzählt hatte, daß ich es mir genau vorstellen konnte. Unser Gespräch war ein Witz, weil Ihre Mutter es nicht fertigbrachte, mich klipp und klar zu bitten, Sie in Irland zu besuchen. Sie druckste so lange herum, bis ich Ihr schließlich sagte, daß ich jetzt sofort losfahre. Bevor wir auflegten, sagte mir Ihre Mutter, daß Sie mich liebe. Ich machte mich in der gleichen Nacht auf den Weg.

Blöderweise ließ ich irgendwo die Serviette mit der Wegbeschreibung liegen. Vermutlich in dem LKW, mit dem ich von Dijon bis Calais fuhr. Davor hatten mich ein Paar mit einem schreienden Baby und ein ehemaliger Jockey mitgenommen. Der Jockey trank Pernod aus einer Flasche, fuhr wie ein Verrückter und hielt nicht eine Sekunde lang den Mund. Ich war nicht gerade unglücklich, als er mich in Vienne absetze.

Den Rest der Reise will ich Ihnen ersparen. Sie dauerte unendlich lange und war etwa so umständlich wie ein Trip auf den Mond. Am 6. September kam ich endlich in Donegal Town an. Jetzt hätte ich den Plan auf der Serviette natürlich unbedingt gebraucht: Ich hatte keinen Schimmer, wo ich das Cottage suchen sollte. Ich fragte in mehreren Pubs und Geschäften, zwei Hotels und einem Coffeeshop, in dem ich den ersten richtigen Kaffee seit Tagen bekam. Schließlich erinnerte sich der Besitzer eines Ladens mit Angelruten, Fliegen und anderen Ködern an einen Mann aus der Schweiz, der früher mit seiner Tochter viele Jahre in McGowans Cottage Urlaub gemacht hatte.

Für das letzte Stück nahm ich ein Taxi.

Wir fuhren ziemlich weit in die Berge hinauf in eine menschenverlassene Gegend, in der es von Schafen wimmelte. Als wir am Ende einer Schotterstraße anhielten, war es bereits dunkel. Ein Haus war weit und breit nicht zu sehen. Der Wind pfiff, und es nieselte. Der Fahrer deutete auf eine Hecke, die mindestens zwei Meter hoch war: Dahinter verbarg sich das Cottage. Daß etwas nicht stimmte, sah ich schon, als ich auf das Haus zuging: Die Tür war eingetreten worden und stand offen. Im Flur lagen Scherben.

Es ist bestimmt besser, wenn ich Ihnen die Einzelheiten nicht beschreibe. Es macht aber keinen Sinn, Ihnen die Wahrheit zu verschweigen: Ihre Mutter ist erstochen worden. Sie lag auf dem Bett. Ihr Gesicht war mit meinem weißen Rüschenhemd bedeckt, als habe sich der Täter geschämt. Der Mörder Ihrer Mutter lag im anderen Schlafzimmer. Die Polizei geht davon aus, daß er sich selbst die Kehle durchschnitten hat. Da alle drei Zimmer des Cottages völlig verwüstet waren, nimmt man an, daß ein Kampf stattfand. Auch die Schnittwunden an beiden Armen deuten darauf hin, daß sich

Ihre Mutter gewehrt hat. Mit den Einzelheiten will ich Sie aber wie gesagt verschonen.

Das Manuskript Ihrer Mutter lag im Kamin. Der Mörder, der als Führer der Sekte identifiziert wurde, zu der auch Ihre Mutter gehörte, hatte versucht, den Papierstapel zu verbrennen. Aber er konnte nicht mit Torf umgehen. Es gelang ihm, das Feuer anzumachen. Er teilte das Manuskript in zwei Stapel, die er übereinander in die Flammen legte. Dann machte er einen Fehler: Er glaubte nämlich, das Feuer brenne stark genug, und überließ es sich selbst. Entweder war er sich seiner Sache absolut sicher, oder er hatte keine Geduld. Ziemlich sicher war das Feuer schon ausgegangen, bevor er sich selbst tötete. Zum Glück verbrannten bloß vierzig Seiten.

Ich steckte das Manuskript Ihrer Mutter in eine Plastiktüte und versteckte es mindestens einen Kilometer von dem Cottage entfernt in einer Steinmauer, dann alarmierte ich die Polizei. Natürlich war ich der Hauptverdächtige: Ich wurde nach Letterkenny in Untersuchungshaft gebracht. Nach zwei Tagen wurde der Verdacht gegen mich freilich fallengelassen.

Der Vater Ihrer Mutter bestand darauf, daß sie in Luzern beerdigt wurde. Er starb nur ein Jahr nach ihr. Er hat das Manuskript seiner Tochter gelesen; ich ließ einige Monate verstreichen, bevor ich ihm davon erzählte. Wir reisten gemeinsam nach Irland, um es zu holen. Wir wohnten sogar für drei Tage in McGowans Cottage. Er hat seiner Tochter vergeben, so schwer es ihm gefallen ist. Steht es mir zu, Sie um dasselbe zu bitten?
Ihr Großvater war ein wunderbarer Mensch. Genau wie Ihre Mutter.

Alles, was ich von Ihrem Vater weiß, ist sein Name und seine Adresse. Selbstverständlich ist es Ihre Sache, was Sie damit anfangen: Michael Badertscher. Fischerglacis 12. 50968 Köln. Deutschland.

Ich lebe heute in Wien und besitze das Jonglier- und Spielgeschäft ›Delirium ludens‹. Ich habe nie mehr jongliert oder Feuer gespuckt. Aber es vergeht kein Tag, an dem ich Ihre Mutter in dem Cottage nicht immer wieder aufs neue finde.

Und es ist mir bewußt, daß dies bis an mein Lebensende so bleiben wird.

Hansjörg Schertenleib
Der Antiquar

Erzählung
Gebunden

»Als sie wortlos den Salon betraten, fuhr eben der erste Blitz in die Seeoberfläche. Der Donnerschlag folgte nahezu im selben Augenblick, ließ die Scheiben klirren. Die Buchregale waren leergeräumt worden, Tische und Sessel hatte man bereits abtransportiert. Sie hatten nur noch die Gelegenheit zu einem letzten Rundgang.«

Hansjörg Schertenleib
Die Ferienlandschaft

Roman
KiWi 507

»Hansjörg Schertenleib hat... seine Sprache gefunden, eine ungekünstelte und doch poetische, eine zarte und doch kraftvolle Sprache.
Es ist ihm ein spannendes Buch gelungen, mehr als ein nur autobiographischer Text, als literarisch gewendete Selbsterfahrung - ein sehr lesenswertes Buch.«

Rainer Weiss, Süddeutscher Rundfunk

Hansjörg Schertenleib
Das Zimmer der Signora

Roman
Gebunden

Schertenleibs großer Roman, voll psychologischer Raffinesse, Komik und abgründiger Erotik, erzählt auf faszinierende Weise von der unauflöslichen Verstrickung von Sexualität, Macht und Gewalt, von deren weiblichen und männlichen Ritualen.

Kranichsteiner Literaturpreis 1995